HEYNE <

ZUM BUCH

Der Fall der drei toten, lachenden Ausländer ist rätselhaft. Rafael Corrales von der Guardia Civil macht die Quallen an der Costa Brava dafür verantwortlich. Doch Inspektor Sakamura, der verehrungswürdige japanische Zenmeister von Interpol, hat einen ganz anderen Verdacht - und er hat offensichtlich recht. Sonst wäre ja auch nicht zu verstehen, warum der Präsident der autonomen Regionalregierung Kataloniens trotz seiner heftigen Blähungen alles unternimmt, um die Ermittlungen des wahnwitzigen Pärchens Sakamura und Corrales zu behindern. Sogar die Dienste der unerhört teuren und mit allen wirkungsvollen erotischen Waffen gesegneten Agentin 69 nimmt er in Anspruch. Und so zieht der Fall immer weitere Kreise, bis schließlich der nationale Ausnahmezustand ausgerufen wird ...

ZUM AUTOR

Pablo Tusset wurde 1965 geboren, arbeitete als Maurergehilfe, Möbelpacker, Straßenverkäufer, Nachtwächter, Grafiker, Tankwart, Blumenverkäufer und Programmierer. In Spanien stand sein erster Roman *Das Beste was einem Croissant passieren kann* wochenlang auf Platz 1 der Bestsellerlisten und erhielt den Premio Tigre Juan für das beste Debüt des Jahres. Was Pablo Tusset tut, wenn er keine Romane schreibt, darüber kann nur spekuliert werden. Glaubt man den Gerüchten, hat er eine Churrería aufgemacht oder arbeitet in einer Bar in seiner Geburtsstadt Barcelona.

LIEFERBARE TITEL

*Das Beste was einem Croissant passieren kann*
*Im Namen des Schweins*

**Pablo Tusset**

# DIE LACHENDEN LEICHEN

**Roman**

Aus dem Spanischen
von Ralph Amann

WILHELM HEYNE VERLAG
MÜNCHEN

Die Originalausgabe SAKAMURA, CORRALES Y LOS MUERTOS RIENTES erschien 2009 bei Ediciones Destino, S.A., Barcelona

MIX
Papier aus verantwortungsvollen Quellen
FSC® C014496

Verlagsgruppe Random House FSC-DEU-0100
Das für dieses Buch verwendete FSC®-zertifizierte Papier
*Holmen Book Cream* liefert Holmen Paper, Hallstavik, Schweden.

Vollständige deutsche Taschenbuchausgabe 05/2012

Printed in Germany 2012
Umschlaggestaltung: Nele Schütz Design, München, unter
Verwendung der Covergestaltung von © Laura Gerlach und
eines Motivs von © Bravo Factory, 2009
Druck und Bindung: GGP Media GmbH, Pößneck
ISBN: 978-3-453-40789-3

www.heyne.de

# Erster Teil

# Eins

Die dritte Leiche befand sich auf dem Deck ihrer Yacht und war ziemlich hässlich. Der Mann hatte einen Überbiss, ein feistes Gesicht und einen Schnurrbart, der ihm überhaupt nicht stand. Sein Körper war nackt und übergewichtig und sah aus wie der einer Seekuh, lugte da nicht ein winziges Geschlechtsorgan wie ein Champignon unter dem dicken Bauch hervor, als wäre es der Schniepel eines Schwimmreifens. Die Leiche schien zu allem Überfluss auch noch zu atmen, das sah besonders eklig aus. Der Wellengang ließ den Bauch wie einen Wackelpudding hin und her schaukeln. Andererseits waren, mal abgesehen von diesem unheimlichen Lebenszeichen *post mortem*, weder Blutspuren noch Verunstaltungen zu sehen, die auf einen gewaltsamen Tod hingedeutet hätten. Ganz im Gegenteil: Das schnauzbärtige Gesicht des Toten strahlte vor Glück und sah auf eine so bescheuerte Weise verzückt aus, dass der Mann auch noch dümmlich wirkte.

Inspektor Sakamura hielt ein wenig Abstand von der Teakholzliege, auf der diese hässliche und doch so glückselige Leiche lag. Sekundenlang stand der Inspektor reglos da: die kurzen Beinchen leicht gespreizt, die Hände hinter dem Rücken verschränkt. Seine Schlitzäuglein glänzten wie zwei Stecknadelköpfe und wanderten im Halbschatten des Sonnensegels hin und her. Die Kollegen von Interpol hätten gewusst, dass Sakamura sich den Tatort minutiös einprägte. Zwar hatte der Fotograf der katalanischen Polizei, der *Mossos d'Esquadra*, die Leiche aus verschiedenen Perspektiven abgelichtet, doch die dreidimensionalen Bilder, die der ehrwürdige Zenmeister in seinem Gedächtnis festhielt wie eine Computeranimation, waren besser als die modernsten Digitalkameras.

Neben ihm auf dem Deck der Yacht klebte Rafael Corrales von der Guardia Civil beiläufig den Aufkleber der Spanienflagge wieder fest auf das Armband seiner Real-Madrid-Uhr. Dann wagte Corrales eine steile These, um zu erklären, warum gleich drei Leichen in den letzten Tagen aufgefunden worden waren, die alle auf eine so unglaublich dämliche Weise glücklich aussahen:

»Keine Frage, das liegt an den Quallen, das können Sie mir ruhig glauben.«

Doch der Inspektor bat mit einer geschmeidigen Armdrehung um Ruhe, schnupperte mit wackelnden Nasenflügeln durch die Luft und beendete seine organoleptische Prüfung.

Dann sagte er mit flötender Stimme und einem ulkigen Kyotoer Akzent:

»Pufeffer ... Tumate ... Sellirie ... klein wenig Zitrone ... reiner Sake ...«

»Sie meinen die Bladdie Märrie«, sagte Corrales und zeigte auf das Glas, das neben einer zusammengefalteten Zeitung auf einem Tischchen unweit der Liege stand.

»Aaaaha ...«, rief Inspektor Sakamura, als sei ihm plötzlich ein Licht aufgegangen. »Bla Qi Mary?«

»Auf den Cocktail hatte sich der Tote sicher schon gefreut.«

»Aaaaha ... spanische Cocktail mit Pfeffer?«

»Natürlich«, sagte Corrales und gab sich souverän wie immer, wenn er etwas unsicher war. »Der Drink kommt aus Andalusien, sozusagen eine Art Gazpacho, halt ohne Knoblauch ...«

»Aaaaha ...«, sagte Maestro Sakamura, als habe er eine weitere Erkenntnis gewonnen: »Ga Pa Qo?«

»Natürlich ... Das essen die im Sommer, gewissermaßen als Suppe ...«

»Suppe Bla Qi Mary im Sommer?«
»Nein, nein, eine Bladdie Märrie wird nicht gelöffelt, sondern getrunken, aber dann bekommt man am nächsten Morgen sozusagen einen fetten Kater ...«
»Aaaaha ... Ka Ta ... Auch spanische Spezialität?«
»Um Himmels willen, nein, einen Kater bekommt man, wenn man sich volllaufen lässt. Am nächsten Morgen brummt einem dann tierisch der Schädel ...« Corrales untermalte seine Ausführungen mit vielsagenden Bewegungen und hielt sich zum Schluss theatralisch die Stirn.
»Aaaaha ...«, rief erneut der Inspektor und setzte ein intelligentes Gesicht auf, wodurch seine Augen, die hinter den schmalen Lidschlitzen kaum zu erkennen waren, noch mehr glänzten.
»Und? Was halten Sie von der Geschichte ...?«, fragte Corrales, der vor Japanern einen gewissen Respekt hatte, ebenso wie vor Deutschen und Italienern. Von seinen Vorgesetzten wusste er außerdem, dass Sakamura einer der berühmtesten Spezialagenten auf der ganzen Welt war.
»Och, Tote im Meer schwimmen«, sagte der Inspektor und vollführte eine elegante Zenbewegung mit dem Arm. »Salzwasser in den Haaren ...«, dabei deutete er auf seinen eigenen Schopf, der deutlich grauer und schütterer war als der des opulenten Meeressäugetiers mit den nassen, verfilzten Haaren. »Aus dem Wasser klettert, will scharfe spanische Suppe trinken ... ohne Löffel: um Ka Ta bekommt ...«, sagte er ernst, als wäre ihm das besonders wichtig. »Zack, dann Toter mysterios tot.«
»Genau so war's, gar nicht so dumm ...! Und wieso lacht der so?«, Corrales steckte die Hände in die Hosentaschen seiner blauen Synthetikhose, die ihm um die Hüfte schlabberte,

und beugte sich über die Leiche, um sich das Gesicht noch einmal genauer anzusehen.
»Aaaah ... in Ruhe meditieren über großes Rätsel ... Großes *Koan*!«
Corrales zuckte mit den Achseln und redete jetzt, da er sich ein wenig an den Inspektor gewöhnt hatte, freier drauflos: »Hören Sie, ich glaub, der Fall ist eigentlich ganz einfach: Alle drei toten Touris lachen doch wie blöde, nicht wahr? Letzten Sonntag die Engländerin am Strand, am Mittwoch der Holländer auf der Parkbank und jetzt dieser Deutsche auf seiner Yacht ... Und alle drei sehen aus wie gekochte Krebse, knallrot. Ich sage Ihnen was, das waren die Quallen, garantiert, die haben ein Gift, das die Touristen nicht vertragen. Uns Spaniern macht das vermutlich nichts aus, oder wir haben einfach eine bessere Haut ... Aber ich wette, dass sich bei der Autopsie der Engländerin herausstellt, dass die Quallen irgendwas mit ihrem Lachmuskel angestellt haben.« Er kniff sich in die Backen und zog seinen Mund zu einer Grimasse, bis ein sardonisches Grinsen auf seinem Gesicht lag. »Dos nennt mon schoschuschagen eine Quollenvagüftung! Sie werden schon sehen.«
Inspektor Sakamura hörte Corrales aufmerksam zu und versuchte wenigstens die Hälfte von dem zu verstehen, was ihm da zu Ohren kam, während sein von Natur großzügig ausgestatteter Geist bereits komplexeren Überlegungen nachhing.
»Oft Morde in Carabeya?«, fragte er.
»Morde? Hier?«, Corrales schnalzte verneinend mit der Zunge. »Hier sorgen die Bonzen dafür, dass nicht mal eine Disco neu aufgemacht wird ... Diese Katalanen in Ampurien sind ziemlich gerissen, das werden Sie schon noch sehen ... Oder mei-

nen Sie, die Urlauber würden noch an die Costa Brava kommen, um ihre Kohle bei uns zu verjubeln, wenn die Leute hier sterben würden wie die Fliegen? In Lloré ist das wieder was anderes, auch in Caster'defés, da wäre ich mir nicht so sicher, aber hier in Calabella wird niemand umgebracht ...«

»Drei Morde in einer Woche, hi hi«, kicherte Meister Sakamura, streckte drei Finger in die Höhe und lachte, so unangebracht es auch schien, als wäre dies alles für einen Japaner äußerst witzig.

Corrales, der trotz all seiner Wertschätzung nicht viel über Japan wusste (ebenso wenig wie über Italien oder Deutschland), schnalzte erneut mit der Zunge:

»Ich schwör's Ihnen, das sind die Quallen ... Wie gesagt, ich lebe seit dreißig Jahren in diesem Nest. Hier herrscht absolut tote Hose.«

»Aaaaha ...«, sagte Sakamura wie immer, wenn sich ein Rätsel auflöste. »Sie in Carabeya nicht geboren?«

»Ich? Wie kommen Sie denn da drauf ...? Ich bin ein waschechter Madrilene und komme zudem aus Carabanchel, dem geilsten Viertel von ganz Madrid.«

»Aaaaha, verstehe ...«, sagte der Inspektor. »Ich habe Sardinen aus Carabanchel gegessen.«

Der gute Corrales brauchte ein paar Sekunden, bis er verstand, welch irreführende Assoziation dem verehrungswürdigen Maestro durch den Kopf gegangen sein musste.

»Sardinen aus Carabanchel, ach du Scheiße, nein, Sie meinen Sardinen *en escabeche*, eingelegte Sardinen ...«, verbesserte er geflissentlich, gleichwohl leicht gekränkt in seinem Lokalpatriotismus.

»Aaaah, ja. Viel scharfe Essen in Spanien«, sagte Inspektor Sakamura schmunzelnd.

Dann wandte er sich den *Mossos d'Esquadra* zu, die auf dem Deck der Yacht Wache standen, grüßte sie respektvoll – mit gefalteten Händen und einer tiefen Verbeugung – und verschwand auf dem Treppchen in Richtung Heck.

Der ehrenwerte *President* der autonomen Regierung Kataloniens nutzte den Augenblick, in dem seine Frau auf der Toilette verschwunden war, um sich unter der Bettdecke einer quälenden Flatulenz zu entledigen, die ihm ordentlich zu schaffen gemacht hatte. Überaus befriedigt lauschte er dem lang gezogenen, volltönenden Furz, bevor er die Muskeln anspannte, um einem unerwünscht feuchten Nachspiel vorzubeugen. Da seine Frau jeden Augenblick ins Bett zurückkommen konnte (vom Pipistrahl war im Klo schon nichts mehr zu hören), lüftete er eifrig die Decken, um die Methanwolke flugs in alle Winde zu zerstreuen.

In diesem Augenblick klingelte das Handy, das der katalanische *President* immer auf seinem Nachttisch liegen hatte:

*Segur que tomba, tomba, tomba, i ens podrem alliberar ...*

An dem Klingelton erkannte er die Anrufe der Mitglieder seiner Regierung. Auf dem Display standen drei Buchstaben, Edu, die Abkürzung für den Vornamen des *Conseller de Presidència*, eines Ministers, der dem *President* eigens unterstellt war.

Der Anruf eines Ministers der autonomen Regionalregierung bei seinem *President* kurz vor Mitternacht verhieß nichts Gutes.

»Was zum Teufel ist denn nun schon wieder los ...?«, schimpfte der *President* ungehalten auf Katalanisch (falls spanische

Autoren ihre katalanischen Protagonisten verstehen), nachdem er sich das Handy geholt und auf die grüne Taste gedrückt hatte.

»Schläfst du etwa schon?«, sagte Edu am anderen Ende der Leitung ebenfalls auf Katalanisch.

»So gut wie ... Und? Was gibt's denn ...?«, antwortete der *President* unwirsch.

»Es ist etwas Schreckliches passiert ...«

»Nun mach es nicht so spannend. Ich liege schon im Bett ...«

»Du erinnerst dich doch sicher an das Katalanische Experiment.«

»Psscht! Natürlich erinnere ich mich. Warum ...?«, fragte der *President* und senkte auffällig die Stimme.

»Drei Freiwillige sind unter ganz komischen Umständen ums Leben gekommen.«

Dem *President* verschlug es die Sprache.

»Unter komischen Umständen? Ach du Scheiße. Was soll das denn heißen?«

»Die Ergebnisse der Autopsie liegen uns noch nicht vor, aber drei von denen ... tja, grinsen, als hätte man ihnen eine Überdosis gute Laune verabreicht, obwohl sie mausetot sind. So jedenfalls drückte sich der Direktor der *Mossos* vorhin wortwörtlich aus ... Heute Abend haben sie jetzt schon die dritte Leiche gefunden, einen deutschen Unternehmer, der eine Yacht im Hafen von Calabella liegen hatte.«

Der *President* wusste im ersten Augenblick gar nicht, welche der Neuigkeiten er am beunruhigendsten finden sollte.

»Und da mussten erst drei Leute sterben, bevor ich informiert werde?«

»Ich habe es auch eben erst erfahren. Das ist ja alles erst in den letzten Tagen passiert. Letzten Sonntag wurden die *Mossos* über die erste Leiche informiert, eine Engländerin mit Wohnsitz in Calabella, am Mittwoch haben sie dann einen Niederländer tot aufgefunden, der ebenfalls viel Zeit hier verbracht hat, und jetzt heute Abend kam zu allem Überfluss auch noch der Deutsche dazu ...«

Der *President* rieb sich die Schläfen.

»Und du meinst, da besteht ein Zusammenhang mit dem ... Experiment?«

»Anzunehmen, oder? ... Wenn von zehn Freiwilligen drei innerhalb von einer Woche unter ähnlich rätselhaften Umständen und ohne erkennbare Todesursache das Zeitliche segnen ... Ich weiß ja nicht, wie du das siehst, aber für mich klingt das nicht gerade nach Zufall.«

»Du hast recht, vor allem dürfen wir nicht das geringste Risiko eingehen. Das Experiment wird unverzüglich gestoppt. Denk dir irgendeinen glaubhaften Grund aus ... Und wirbel bitte dabei keinen Staub auf, hörst du, nicht auszudenken, was passiert, wenn sich die Neuigkeiten bis nach Madrid herumsprechen.«

»Ich fürchte, das wird nicht so einfach ... Der Deutsche ist dummerweise ein Großaktionär der Volkswagen-Gruppe ... Die Nachricht wird wohl nicht nur in Madrid, sondern in halb Europa die Runde machen.«

»Ach du Scheiße! Und welcher Schlauberger kam auf die Idee, ein hohes Tier von Volkswagen für unser Katalanisches Experiment zu rekrutieren?«

»Wir wollten zehn Freiwillige, und zwar Frauen und Männer aus allen sozialen Schichten und aus verschiedenen Ländern. Das weißt du doch selbst ...«

»Oh Mann, hoffentlich geht das Experiment nicht nach hinten los!« Der *President* hatte sich bereits aufgesetzt und überlegte fieberhaft, mit welchem geschickten Schachzug er das Schlimmste verhindern konnte.

»Mal sehen. Ich will, dass wir uns unverzüglich mit dem Direktor der *Mossos* zusammensetzen. Verstehst du, ab jetzt müssen alle Nachforschungen unter größter ...«

»Vergiss es, Andreu. Zu spät.«

»Zu spät wofür?«

»Die Angelegenheit lässt sich nicht mehr geheim halten.«

Der *President* seufzte:

»Raus mit der Sprache. Was ist denn sonst noch schiefgelaufen ...?«

»Der zweite Tote, der Holländer, arbeitete als Übersetzer für irgend so eine Polizeistaffel, die irgendwie mit Interpol zusammenhängt. Interpol hat daraufhin bereits einen Inspektor nach Calabella geschickt, offenbar einen Japaner, der ein kleines Genie auf seinem Gebiet sein soll, und das Ganze in direkter Absprache mit dem Innenministerium und ...«

»Waaas? Die haben Madrid eingeschaltet?«

»Sieht ganz so aus.«

Der *President* saß auf seinem Bett und hatte das dumpfe Gefühl, dass seine Pyjamahose feucht geworden war. Da war er wohl wieder mal nicht schnell genug gewesen.

»Ein Japaner von Interpol? Ach du Scheiße ...! Ich möchte, dass einer unserer Leute diesen Typen keine Sekunde mehr aus den Augen lässt. Schick jemanden, dem wir blind vertrauen können, verstanden? Ihr könnt ihm den Mann meinethalben als Stadtführer vorstellen oder als seinen Dolmetscher oder ... als Hostess oder ... Lass dir gefälligst was einfallen!«

»Auch der Zug ist bereits abgefahren. Die in Madrid haben ihm einen Typen von der Guardia Civil zur Seite gestellt. Die haben doch noch ein paar Leute unten am Hafen in Calabella beim Zoll ...«

»Einen von der Guardia Civil ...? Edu, du Missgeburt«, fluchte er auf Katalanisch. »Das ist doch wohl nicht dein Ernst, oder ...?«

»Seine Akte habe ich mir bereits besorgt: Rafael Corrales, dreiundfünfzig Jahre alt, und der Typ ist seit 1979 in Calabella im Dienst.«

»Das darf doch nicht wahr sein. So langsam habe ich die Faxen aber dicke. Du rufst mich mitten in der Nacht an, um mir zu erzählen, dass ein beknackter japanischer Inspektor von Interpol und ein Schwachkopf von der Guardia Civil bei uns herumschnüffeln, weil drei Freiwillige unseres Katalanischen Experiments verreckt sind? Habe ich dich richtig verstanden? Du schwörst mir jetzt bitte auf der Stelle, dass du nicht vorhast, mich mit einem Herzinfarkt um die Ecke zu bringen, um selbst bei den nächsten Wahlen auf Platz eins unserere Liste zu kandidieren.«

»Ich schwöre es.«

Als der *President* auflegte, war seine Frau bereits wieder im Bett.

»Was ist denn?«, fragte sie ihren Gatten.

»Da ist was gründlich in die Hose gegangen«, sagte er, während er sich den Gummizug der Pyjamahose vom Leib hielt und mißmutig ins Badezimmer stapfte.

Natürlich hatte Inspektor Sakamura die Einrichtung seines Zimmers im Hotel Marina Brava nach allen Regeln des Feng-Shui umgeräumt: jene Lehre der harmonischen Wohnraumgestaltung, durch die das *Qi* oder die Lebensenergie frei fließen kann und Yin und Yang in Einklang gebracht werden.

Bereits morgens um fünf saß er in seine Mönchsrobe gehüllt auf einem Kissen und meditierte *Za-Zen*. Die Beine hatte er zu einer vollendeten Lotusposition ineinander verschlungen, der Oberkörper war aufrecht, die Hände lagen im Schoß. Vollkommen reglos saß er da, obwohl man eine ungeheure Spannung in seinem Körper spüren konnte wie bei einem Flitzebogen.
Tief in die Meditation versunken, ganz bei sich und seiner Atmung, stand er erst auf, als die Glocken in Calabella sechs Uhr schlugen.
Dann begann er mit der uralten *Kin-Hin*-Meditation, um sich die Beine ein wenig zu vertreten, und lief mit rhythmischen Schritten im Zimmer auf und ab wie ein Fasan. Als würden seine Füße feste, lautlose Spuren im Sand hinterlassen wie die eines Räubers ...
Nach einer Viertelstunde Tai-Chi und einer weiteren Viertelstunde *Qigong* trat der Inspektor auf den Balkon des Hotels, um an der frischen Luft noch ein paar Kampfsportübungen zu machen. Oben im vierten Stock ging er am Geländer mit dem rechten Bein in die Kranichposition, hielt auf beneidenswerte Weise das Gleichgewicht und verharrte drei Minuten lang mucksmäuschenstill in dieser Haltung. Dann schrie er urplötzlich los, und das kriegerische Gebrüll hallte in der menschenleeren, dunklen Allee wider:
»Utuuuuu, Assaaaaaaa, Ishoooooo ...!«
Die gutturalen Laute und das furchteinflößende Geschrei gehörten zu den *Shisei*-Übungen, mit denen er seine Körperhaltung und die Geschwindigkeit seiner Bewegungen trainierte. Danach legte er einen schönen *Aikido*-Tanz hin, entschwand mit seinem Körper vor einem imaginären Gegner, »Upaaaaaa, Upaaaaaaa, Upaaaaaa!«, bevor seine Beine im Stil

von Taekwondo nur so durch die Luft wirbelten, »Nisiiiii, Nisiiiiiyaaaa!«, und er unmittelbar darauf eine Reihe trockener Karateschläge ansetzte: »Youuuu, Youuuu, Utaishoooooo!?« Der Maestro war so auf seine Kampfsportübungen konzentriert, dass ihm nicht auffiel, wie einige Leute in den Nachbarhäusern an die Fenster und auf die Balkone traten:

»Warum stopft dem Idioten niemand das Maul? Eine Frechheit, uns morgens um sieben alle aus den Federn zu holen«, schimpfte ein Gast, der im selben Hotel logierte und in Unterhosen auf der Terrasse stand.

Unbeirrt trainierte Meister Sakamura achtzehn weitere koreanische Kampftechniken, den *Shippalgi*, zog dann seinen imaginären Säbel, der nicht weniger scharf war, bloß weil es ihn nicht gab, und rannte mit geschlossenen Augen entfesselt auf dem Balkon hin und her, bevor er als *Kendoka* wie ein gefürchteter japanischer Schwertkämpfer durch die Luft flog: »Icooo, Ya, Icooooo, Ya, Icoooo ...!«

»Um Gottes willen!«, flehte eine Urlauberin aus Vic, die sich in ihr Badetuch vom Strand gehüllt hatte. »Die Leute schlafen noch!«

An der Rezeption hörte das Telefon nicht mehr auf zu läuten. Doch als der Hotelangestellte endlich auf die Straße flitzen konnte, um nachzusehen, was sich da auf dem Balkon im vierten Stock abspielte, hatte der ehrwürdige Meister bereits seinen imaginären Säbel weggesteckt und die Trugbilder seiner ebenso ehrenwerten Gegner mit einer tiefen Verbeugung verabschiedet, genauso wie die zwei nicht minder verehrungswürdigen kleinen Knirpse, die aus der Wohnung gegenüber applaudierten, und den keineswegs weniger ehrbaren Säufer, der angesichts des Spektakels mit offenem Mund seinen Heimweg unterbrochen hatte und unten stehen geblieben war.

In die Straße war wieder Stille eingekehrt. Der Inspektor hatte sich in sein Zimmer zurückgezogen und ein Tuch aus seinem Gepäck geholt, mit dem er jetzt den Fußboden gewissenhaft wischte. Danach machte er sein Bett. Zu guter Letzt ging er ins Bad und unterzog sich vor dem Frühstück einer rituellen Reinigung. Normalerweise fastete der Inspektor jeden zweiten Tag. Zu Zeiten des *Sa Shin* fastete er sogar sieben Tage am Stück. Da ihn die Ermittlungen in den nächsten Tagen womöglich viel Energie kosten konnten, hielt er es für ratsam, nun darauf zu verzichten. Er zog sich eines der beiden weißen Leinenhemden über, eine Art *Guayabera*, die er in Lyon gekauft hatte, als er erfuhr, dass er nach Spanien reisen musste. Dann ging er hinunter in den Speisesaal, um in aller Ruhe einen kritischen Blick auf das Frühstücksbüfett zu werfen. Die Wurstplatte, den gebratenen Speck, den Toast und die Butter ließ er ebenso links liegen wie die vielen bunten Marmeladentöpfchen, stattdessen zog es ihn zu einem großen Früchtekorb, aus dem er sich nach reiflicher Überlegung einen kleinen Apfel herausnahm. Danach zog er sich wieder in sein Zimmer zurück und frühstückte im Stile eines Zenmeisters das Äpfelchen. Seine Gedanken kreisten um nichts, was nicht mit seiner Kaubewegung zusammenhing oder dem, worauf er herumkaute. Alle Gedanken zogen wie eine Wolke dahin, ohne eine Spur am Himmel zu hinterlassen. Bis ihm seine innere Uhr sagte, dass er jetzt zu der Verabredung mit Corrales aufbrechen musste.

Das Treffen hätte mit der Präzision einer Schweizer Uhr vonstatten gehen können, wäre Corrales nicht erst um acht Uhr vierundzwanzig ins Foyer des Hotels Marina Brava gekommen, also genau vierundzwanzig Minuten zu spät. Um die Unpünktlichkeit besser einordnen zu können, muss man wissen, dass Corrales vor vielen Jahren einmal gehört hatte, dass Pünktlichkeit die Tugend der Könige sei – da er sich aber zum gemeinen Volk zählte, fühlte er sich von da an seinen Mitmenschen gegenüber von solchen Pflichten für immer entbunden.

»Alles klar, Maestro?«, grüßte er, sobald er den Inspektor erspäht hatte, der mit hinter dem Rücken verschränkten Armen in der Halle stand und ihn erwartete. Der Inspektor verbeugte sich wortlos und blieb dann so reglos stehen wie zuvor.

»Worauf warten wir noch …?«, fragte Corrales.

»Jetzt du warten«, antwortete der Inspektor.

Zur völligen Verblüffung von Corrales, der in jener ungastlichen Rezeption weder rauchen durfte noch die bescheidenste Sitzgelegenheit entdecken konnte, traten sie erst auf die Straße hinaus, als weitere vierundzwanzig Minuten verstrichen waren.

Der spanische Ministerpräsident ließ sich in seinem Dienstwagen, einem Audi A8, zum Abgeordnetenhaus fahren: einer dunkelblauen, bis zum Auspuffrohr gepanzerten Kiste mit getönten Scheiben, die von außen kaum als Regierungswagen zu erkennen war, weil die Behörden auf Fähnchen oder andere Insignien der Macht lieber verzichteten, um den Unaussprechlichen nicht mehr Anhaltspunkte zu liefern als unbedingt nötig.

Wie gewöhnlich lauschte er der morgendlichen Radiosendung, die bei den Taxifahrern in Madrid am beliebtesten war: Don José Domingo de la Cascada, Radioreporter und die scharfzüngigste Schandschnauze des Landes, putzte gerade seinen

Wirtschaftsminister herunter, der am Vorabend vor die Presse getreten war, um ein Paket mit Eilmaßnahmen zur schnellstmöglichen Überwindung der Finanzkrise vorzustellen.

»Dieser fette Pissbackenzeisig glaubt wohl, dass er uns Spanier für dumm verkaufen kann«, schimpfte die Stimme im Radio, »das glauben aber auch nur Sie, Don Dosenbefruchter, es dürfte keinem ehrbaren Spanier entgangen sein, was für ein Rüschelbrunzer Sie sind ...«

Der Ministerpräsident nahm sich vor, das Wort »Rüschelbrunzer« später in dem dicken Wörterbuch nachzuschlagen, das in seinem Büro stand, und nutzte die Zeit, in der sein Fahrer vollauf mit dem morgendlichen Berufsverkehr beschäftigt war, um seinen kleinen Finger auf Wanderschaft zu schicken, tief in die Nase hinein, etwas aufstöbernd, das ihn in den Atemwegen kitzelte. Die kleine Razzia verlief erfolgreich, und schon nach kurzer Zeit klebte der verkrustete Kopf und vor allem der durchscheinende Schwanz eines Popels am Finger, der in gewisser Weise einer Sojasprosse nicht ganz unähnlich sah.

Genau in diesem Augenblick klingelte das Handy in seiner Aktentasche.

*Saliste a la arena del night club, y yo te recibí con mi quite mejor. / Estabas sudadita, pues era una noche que hacía calo-or ...*

Das Radio hätte der Ministerpräsident an der Innenseite der Wagentür leiser stellen können, ihm wurde aber sofort klar, dass er beide Hände frei haben musste, um die Schlösser seines Aktenkoffers zu öffnen. Wohin nur mit dem Popel?

*Y yo bolinga, bolinga, bolinga / haciendo frente a la situación / con torería y valor ...*

Jenes klebrige Würmchen hatte begonnen, ein eigenständiges und aufmüpfiges Leben zu führen. Er versuchte, es am Ledersitz abzustreifen, musste aber feststellen, dass es sich auf hartnäckige Weise überhaupt nicht von seinem Finger trennen wollte. Währenddessen war der Klingelton immer lauter geworden, bis er seine volle Lautstärke erreicht hatte:

*La culpa fue del cha cha cha / que tú me invitaste a bailar ...*

Endlich ließ sich die zarte Kreatur gnädigerweise auf dem Polster seines Sitzes absetzen, und der Ministerpräsident konnte nun seine Aktentasche öffnen und das Handy herausholen. »Andreu« stand auf dem Display, zu Zeiten eines Felipe González noch sein junger Parteigenosse, seit drei Jahren aber bereits *President* der autonomen Regierung Kataloniens.

»Mensch, Andreu, gerade habe ich noch an dich gedacht ...«, log der spanische Ministerpräsident in guter sozialistischer Manier.

»Paquito, wie geht's?«, antwortete der katalanische *President*. Wie die Freunde und nahestehenden Mitstreiter benutzte er den Spitznamen des Ministerpräsidenten.

»Ich sitze gerade im Auto und höre mir das Lästermaul im Radio an ... Weißt du vielleicht, was ein Rüschelbrunzer ist? Er hat meinen José Miguel gerade als Rüschelbrunzer beschimpft.«

»Keine Ahnung, mich hat er vor Kurzem als Alufolienglattstreicher bezeichnet.«

»Ich wüsste ja gern mal, wo der Typ seine Schimpfworte hernimmt ...«

»Wahrscheinlich hat er die früher als Messdiener aufgeschnappt ...«

An beiden Enden der Leitung war ein komplizenhaftes kirchenfeindliches Gekicher vernehmbar, danach schwiegen sie, bis es für beide beklemmend wurde.

»Genau wegen José Miguels Pressekonferenz wollte ich dich

kurz sprechen«, sagte der katalanische *President* schließlich.
»Sehr gut, hm ... zumindest hier bei uns hat er einen sehr guten Eindruck gemacht. Ich habe sie mir mit Pirol von der Sparkasse zusammen angesehen, der Banker jedenfalls fand ihn sehr besonnen. Hast du den Leitartikel in *La Vanguardia* schon gelesen?«
»Dazu bin ich noch nicht gekommen, ich habe sie aber in meinem Aktenköfferchen dabei«, flunkerte der spanische Ministerpräsident erneut in bester Manier.
»Darin kommt er ziemlich gut weg. Ich finde, er hat Vertrauen ausgestrahlt, vor allem als er sagte, man müsse den Stier bei den Hörnern packen ...«
»Ja, das war klasse ...«
Wieder musste der katalanische *President* ein ausgedehntes Schweigen brechen – immerhin hatte er ja angerufen. Diesmal jedoch lag eine Spur Befangenheit in seiner Stimme:
»Und sonst so ... Gibt's was Neues in Madrid?«
»Nein, nein, hier läuft alles glatt ...«
»Schön ... Steht noch irgendwas an, was wir demnächst besprechen müssten?«
»Nicht dass ich wüsste ... Im Fußballblättchen *Marca* habe ich gelesen, dass ihr den Brasilianer von Liverpool verpflichtet habt, stimmt das?«
»Das ist ein Staatsgeheimnis, weißt du doch! Dementieren würde ich es aber nicht ...«
»Junge, Junge, ihr seid mir welche ... Und dann verkackt ihr in der Liga doch wieder, nur dass du's weißt.«
»Das wird man ja sehen ...«
Wieder Funkstille.
»Sehr schön, na, dann einen herzlichen Glückwunsch von mir an José Miguel, ich muss jetzt Schluss machen, weil ich

gleich noch so ein blödes Frauenzentrum in Manresa einweihen soll. Allein schon bei dem Gedanken wird mir ganz schlecht ...«

»Selbst schuld, solche Dinge übernimmt bei uns die Emanzipationsministerin ... Du hast einfach zu wenige Frauen in deinem Kabinett. Das habe ich dir ja schon immer gesagt ...«

»Es hat auch seine Vorteile, wenn man sich um alles selbst kümmert ...«

Nachdem sie das Gespräch beendet hatten, saß der spanische Ministerpräsident eine Weile nachdenklich in seinem Wagen, der nun endgültig in einem riesigen Stau auf der *Gran Vía* feststeckte.

Irgendetwas an dem Anruf des katalanischen *President* Andreu kam ihm komisch vor.

Er griff erneut zum Telefon und suchte sich die Nummer von Alberto heraus, seinem Innenminister.

»Berto, störe ich dich gerade?«

»Nein, ich stecke auf der *Gran Vía* fest ...«

»Echt? Ich auch ... Auf welcher Höhe?«

»Kurz vor der *Calle Montera*. Und du?

Der Ministerpräsident ließ die abgetönte Scheibe herunter, streckte den Kopf heraus und entdeckte auf der Nebenspur, nur wenige Wagen vor ihm, einen weiteren gepanzerten Audi A8 mit dunklen Fensterscheiben.

»Ah, da bist du. Wir sind dicht hinter euch«, sagte er, »vielleicht zwanzig Meter. Komm doch schnell mal rüber in meinen Wagen.«

»Jetzt sehe ich dich auch. Wenn ich jetzt aussteige, bekommen meine Bodyguards einen Herzkasper!«

Der Ministerpräsident schaute sich die zwei Wagen an, die

zum Schutz diskret vor und hinter jedem der beiden dunkelblauen Audi A8 fuhren.

»Da hast du recht ... Ich rufe dich an, weil ich gerade mit Andreu telefoniert habe, dem katalanischen *President.*«

»Aha, und was wollte er ...?«

»Nichts Besonderes ... Er hat gesagt, dass er José Miguel gestern sehr gut fand, dass er die Pressekonferenz mit dem Vorsitzenden der Sparkasse gesehen hat und so weiter: bla, bla, bla ...«

»Das ist ja erstaunlich. Normalerweise hat er doch immer etwas an José Miguel und mir auszusetzen ...«

»Und weißt du, was am erstaunlichsten war: Wir haben sicher fünf Minuten miteinander telefoniert, ohne dass er auch nur ein einziges Mal von den Vorzügen einer ökonomischen Unabhängigkeit Kataloniens geredet hätte. Obwohl nichts näher gelegen hätte, als von José Miguels Auftritt gestern direkt auf sein Lieblingsthema zu kommen ...«

»Ist nicht wahr, oder? Das kann ich kaum glauben.«

»Sage ich doch ... Hast du vielleicht heute schon in *La Vanguardia* geschaut?«

»Nee, heute ist bei mir die regionale Presse dran, *El Faro de Vigo* und *El Oriente de Asturias.* Wahrscheinlich hat er dich angerufen, um mal zu hören, wie du reagierst, oder was meinst du?«

»Das glaube ich auch ... Wer weiß, was die in Barcelona so still und heimlich gerade am Laufen haben.«

»Tssss ... Nur die Geschichte mit dem Brasilianer, den sie Liverpool weggeschnappt haben, sonst wüsste ich auch nichts.«

»Schau doch bitte mal die katalanische Presse durch und ruf die entsprechenden Leute an, sei so gut ... Dann sprechen wir uns am Nachmittag wieder.«

Als er das Gespräch beendet hatte, kam auch der Verkehr wieder ins Rollen, und da sein Fahrer ihn nun nicht mehr im Rückspiegel beobachten konnte, ging auch der Finger des spanischen Ministerpräsidenten wieder auf Wanderschaft, um sich den nächsten Popel zu schnappen, der ihn diesmal im linken Nasenloch kitzelte.

Da sich die Witwe des deutschen Großaktionärs noch immer unpässlich fühlte, beschloss Inspektor Sakamura, die Ermittlungen mit einem Besuch des Freundes der ersten Verstorbenen, der Engländerin, zu beginnen, die am Strand tot aufgefunden worden war.
Corrales lotste den Japaner durch die steil ansteigenden, gewundenen Gässchen der Altstadt von Calabella. Immer weiter entfernten sie sich vom Trubel des Touristenviertels, der Strandpromenade und der Hauptstraße. Vor der Tür eines niedrigen, schmalen, dunkelviolett angestrichenen Häuschens machten sie Halt. Wie ein Mosaikstein fügte es sich in die gleichförmige Häuserzeile ein.
Corrales klingelte.
Nach einer halben Minute hatte sich nichts getan, das feine Gehör des Inspektors jedoch nahm gedämpfte, leise Musik hinter der Tür wahr (*They tried to make me go to rehab / I said no, no, no*), während sein mentales Datenarchiv versuchte, die Wahrnehmungen der feinen Nasenschleimhäute genau einzuordnen: irgendwo bei qualmenden, getrockneten Pflanzenblättern ...
Corrales warf dem Inspektor einen verschwörerischen Blick zu und klingelte erneut. Plötzlich war die Musik aus, zuerst hörten sie ein Husten, dann rief jemand im Haus:

»Ok, ok, give me just a minute …«
Als die Tür endlich geöffnet wurde, gab es für Inspektor Sakamura keinen Zweifel mehr: Es roch nach genmanipuliertem Marihuana der Sorte XP4 sowie hellem Tabak der Marke Lucky Strike, die in ein Reispapier gerollt und angezündet worden waren. Der Mann, der ihnen die Tür geöffnet hatte, war ungefähr dreißig Jahre alt, ziemlich groß, auffällig dünn, und hatte Dreadlocks, an denen bunte Kügelchen klapperten. Mit seinem Blick streifte er erst die ausladende Figur von Corrales, der sich mit einem Schritt vor die unscheinbarere, zierliche Gestalt des Inspektors geschoben hatte, dessen ruhig wirkende Augen unter den mandelförmigen, ungewöhnlich großen Lidern nahezu verschwanden.
»Hola«, sagte der junge Mann in Anbetracht von Corrales, dessen Visage so *typical spanish* aussah.
»Einen schönen guten Tag, mein Name ist Corrales, ich bin von der Guardia Civil«, sagte Corrales im Tonfall eines Nachrichtensprechers. »Darf ich vorstellen, Inspektor Sakamura von Interpol …«
Der Inspektor hatte aus dem Nichts eine goldene Interpolmarke gezückt, grüßte mit einer Verbeugung und hielt den Kopf leicht geneigt.
»Inspektor Sakamura leitet die Ermittlungen im Todesfall Ihrer jüngst verstorbenen Lebensgefährtin«, redete Corrales weiter. »Wären Sie so freundlich, sich ein paar Minuten Zeit für uns zu nehmen?«
»Oh Mann, die *Mossos* waren schon vor Ihnen da, und auf dem Kommissariat musste ich auch schon aussagen«, erklärte der junge Mann, der einen ulkigen Stan-Laurel-und-Oliver-Hardy-Akzent hatte.
»Das wissen wir alles, und wir haben volles Verständnis dafür,

dass die Umstände schwierig für Sie sind. Trotzdem müssen wir mit Ihnen über ein paar Details sprechen, die sich noch als wichtig herausstellen könnten. Dürfen wir eintreten? Wir werden Sie auch nicht länger als nötig aufhalten.« Corrales zeigte mit einer lässigen Bewegung in den Hausflur hinein.

»Ja, klar«, sagte der junge Mann missmutig. Offenbar traute er sich nicht, die freundlich und korrekt vorgetragene Aufforderung auszuschlagen, die gleichzeitig so entschlossen und unwiderruflich klang, als verberge sich eine verschleierte Drohung dahinter. In Corrales' Augen verkörperte sein Auftreten haargenau den elegant-kühlen Stil des FBI, den er in vielen Filmen bewundert hatte und jetzt endlich einmal selbst in Szene setzen durfte. In weiser Voraussicht hatte er deshalb die Sonnenbrille mitgenommen, die er sonst eigentlich nur zum Autofahren aufsetzte, und sogar kurz in Erwägung gezogen, sich in den Hochzeitsanzug seines Neffen zu werfen, um ein noch perfekteres Bild abzugeben. Die Wettervorhersage hatte jedoch einen besonders heißen Sommertag angekündigt, und so hatte er seine Frau letztlich nur gebeten, ihm eines seiner weißen, kurzärmeligen Hemden aufzubügeln. In dem Hemd und den blauen Hosen sah er zwar aus wie ein sendungsbewusster Mormone, der sichere Tonfall seiner Stimme jedoch war unverkennbar der eines erfahrenen Kriminalisten.

Sie folgten dem jungen Mann durch einen langen, im Violett der Hausfassade gehaltenen Flur, der in ein kleines Wohnzimmer führte. Der kurze Weg war lang genug, um Inspektor Sakamura vor Augen zu führen, wie fürchterlich es um das Feng-Shui in dieser Wohnung bestellt sein musste und wie sehr Yin und Yang sich hier selbst überlassen worden waren. Doch davon mal ganz abgesehen, waren in dem kleinen Innenhof, der sich an das Wohnzimmer anschloss, vier üppig gedeihende Cannabispflanzen zu bestaunen, die im Sonnenlicht grün glänzten. Der Raum musste trotz der unglücklichen Anordnung der Möbel der einzige Ort in dieser Wohnung sein, mutmaßte der Inspektor, den man Gästen präsentieren konnte, sonst hätte der Kerl sie nie und nimmer auf diesem Weg ins Haus geführt, der ihnen seine Vorliebe für die psychoaktive Botanik wie auf einem Servierteller präsentierte.

»Möchten Sie sich setzen?«, fragte der Bursche.

Corrales hatte das Gefühl, seinen Job prima erledigt zu haben, und nahm zufrieden am einen Ende des Ecksofas Platz, während der britische Gastgeber sich am anderen Ende platzierte.

Nun war der Inspektor an der Reihe, und Corrales freute sich genüsslich darauf, Zeuge eines meisterhaft geführten Verhörs zu werden, das den Burschen nach allen Regeln der Kunst aus der Reserve locken würde. Der Inspektor seinerseits, der sich prinzipiell nie mit dem Rücken zur Tür auf ein Sofa setzte, war stehen geblieben und betrachtete die vier unterschiedlich großen, vergilbten Poster, die an kaugummirosafarbenen Wänden hingen, die sich wiederum mit den papageiengrünen Türen bissen. Auf dem ersten Poster lachte Bob Marley mit schwarzen Zähnen den Betrachter an, auf dem zweiten war das markante Gesicht des drogensüchtigen Lou Reed zu sehen, auf dem dritten die besoffene Janis Joplin bei einem Livekonzert und auf dem letzten Amy Winehouse, die in die Kamera schaute, als wolle sie den Fotografen gleich eigenhändig erschlagen. Die wild zusammengewürfelten, abgenutzten und teilweise überpinselten Möbel sahen aus, als kämen sie vom Sperrmüll. Bücher waren keine zu sehen, nur ein paar

Magazine lagen verstreut auf dem Tischchen in der Mitte und interessierten den Inspektor ebenso wie die CDs, die ungeordnet in Stapeln herumlagen. Alles war übersät mit Zigarettenasche, von Aschenbechern dagegen fehlte jede Spur, woraus der Inspektor schloss, dass der Engländer sie noch schnell aus dem Verkehr gezogen hatte, bevor er sie ins Haus gelassen hatte.

»Was arbeiten?«, fragte der große Meister Sakamura plötzlich und schaute den Engländer dabei mit seinen leuchtenden Augen an.

Der junge Mann schien die Frage halbwegs verstanden zu haben.

»Ich verkaufe Armbänder auf der Straße«, antwortete er und hob dabei das Handgelenk, um zu zeigen, um welches Produkt es sich handelte.

»Aaaaha ...«, sagte der Inspektor und verlieh wie üblich seinem blitzartigen Verständnis Ausdruck.

»Dürfen bitte übermorgen anderen Tag kommen?«

Jetzt verstand der Engländer überhaupt nichts mehr, nicht aber, weil er Engländer war, sondern weil die Frage ziemlich unverständlich formuliert war.

»Klar, kein Problem«, sagte der junge Mann, um auf Nummer sicher zu gehen.

»Gut, danke und auf Wiedersehen«, sagte der Inspektor, als hätte er die Namen der Heiligen Drei Könige auswendig aufgesagt. Dann wartete er an der Tür zum Flur, bis ihnen ihr Gastgeber vorausging.

Corrales brauchte mindestens ebenso lang wie der junge Mann, um zu begreifen, dass der Moment gekommen war, sich zu erheben und zu verabschieden. Kaum hatte er die Lage gepeilt, rückte er sich in bester FBI-Manier die dunkle Brille

zurecht und überspielte gekonnt seine zwischenzeitliche Perplexität.
Als sie sich wieder an der frischen Luft befanden, wollte er eine Erklärung vom großen Meister:
»Das war's schon? Mehr wollten Sie von dem gar nicht wissen?«
»Ja, das war's schon, ja, ja«, antwortete der Inspektor lächelnd.
»Und wir sind den ganzen Weg hierher gelatscht, bloß um herauszufinden, womit der Typ sein Geld verdient? Wofür haben wir denn dann die Akten und die *Mossos* ...?«
Der Inspektor blieb kurz stehen, verschränkte die Arme hinter dem Rücken und heftete seine kaum sichtbaren Äuglein auf Corrales.
»Wichtig ist der Mensch, seine Ausstrahlung und sein Zuhause – Akte nicht wichtig.«
Dann ließ er den verdatterten Corrales stehen und marschierte los.
»Nichts für ungut«, rief dieser und versuchte mit ihm Schritt zu halten. »Aber wo die Ermittlungen schon so schnell so weit fortgeschritten sind, spräche doch sicher nichts dagegen, jetzt erst einmal ein Bierchen zu zischen, bevor wir dem Holländer einen Besuch abstatten, oder was denken Sie?«
»Eine kleine Frage: Was ist By Qen?«
»Von wegen Bieh Chen, *ein Bierchen*, das ist ein sehr beliebtes spanisches Sommergetränk. Eine Erfindung von uns aus Carabanchel, aus der Zeit, als es noch keine Klimaanlagen gab.«
»Aaaaha ...«, sagte Inspektor Sakamura verständnisvoll.

Der *Lehendakari*, also der baskische Präsident, Satrústegui, kam nur mit großer Mühe an seinen linken großen Zeh heran, um den Fußnagel zu schneiden, und tat dies auf unorthodoxe Weise. Der Nagel sah danach aus, als hätte ihn ein Hamster angeknabbert. Auf dem Badewannenrand sitzend, musste er für einige Minuten durchschnaufen, bis ihm klar wurde, dass es keinen Sinn hatte, sich etwas vorzumachen: Er würde sich einer Diät unterwerfen müssen, wobei allein schon das Wort »unterwerfen«, mit all seinen totalitären Assoziationen, einen Albtraum für ihn darstellte.

In Unterhemd und Unterhose kam er aus dem Bad und brüllte lauthals Richtung Küche:

»Maitechu! Komm doch mal schnell.«

»Was ist denn?«

»Du sollst kommen, hab ich gesagt!«

Maitechu erschien und trocknete sich die Hände ab.

»Und?«

»Ich kann mir die Fußnägel schlecht allein schneiden.«

»Warst du schon unter der Dusche?«

»Mache ich gleich ...«

»Geh erst mal unter die Dusche, was denkst du dir denn eigentlich ...?«

»Ich habe mich erst gestern Abend geduscht ...«

»Ab mit dir unter die Dusche, deine Füße stinken.«

»Stimmt doch gar nicht, die riechen überhaupt nicht.« Der *Lehendakari* schnupperte an den Fingern, in denen er gerade einen Fuß gehalten hatte. Sein Gesichtsausdruck sprach Bände.

»Gib mir mal deine Socken rüber, die kommen gleich in die Wäsche ... Und reib deine Füße nachher gründlich mit Peusek ein, hörst du?«

In diesem Moment klingelte das Handy des *Lehendakari*, das im Bad auf der Ablage lag:
*Tenemos pollo asau, asau, asau, asau con ensala-a-da. / Buen menú, buen menú, buen menú, señor ...*
Auf dem Display stand »Koldo«, die Nummer eins der Partei der Baskischen Grünen Täler und Mitglied der letzten Sechs-Parteien-Koalitionsregierung im Baskenland. Dem *Lehendakari* schwante missmutig, dass er jetzt Baskisch reden musste, eine Sprache, die er bis zu seinem sechsunddreißigsten Lebensjahr kaum verwendet hatte und die er, mal abgesehen von den einstudierten Auftritten, trotz eifriger Bemühungen nicht fließend beherrschte.
Er setzte sich auf den Klodeckel, um es sich für die kommenden Herausforderungen ein bisschen gemütlicher zu machen, nahm das Handy und drückte auf das kleine, grüne Knöpfchen.
»Was gibt's, Koldo?«, begrüßte er ihn auf Baskisch.
»Wenn du wüsstest, was für interessante Neuigkeiten ich für dich habe«, antwortete Koldo (falls ein spanischer Autor seine baskischen Protagonisten richtig versteht).
»Ja, dann schieß los ...«
»Halt dich gut fest: Die Katalanen haben sich einen Konfigurator organisiert.«
Der *Lehendakari* sprang von seinem improvisierten Thron auf.
»Was? Wirklich?«
»Wenn ich es dir sage!«
»*Hijos de puta!*« Auf Spanisch fluchte es sich immer noch besser. »Woher weißt du das?«
»Aus zuverlässiger Quelle. Mehr darf ich nicht verraten. Aber du kannst es mir wirklich glauben.«
Dem *Lehendakari* war klar, dass »zuverlässige Quelle« nur die Unaussprechlichen meinen konnte, die aufgrund ihrer glo-

balen Vernetzung im Untergrund über hervorragende Informationskanäle verfügten.

»Wie haben die das bloß geschafft? Wir haben damals Himmel und Hölle in Bewegung gesetzt, und trotzdem war nichts zu machen ...«

»Keine Ahnung, die scheinen den Deal über irgendeinen Kontakt in Kuwait oder in den Arabischen Emiraten eingefädelt zu haben. Das dürfte sie doch mindestens ein Atomkraftwerk gekostet haben, oder nicht? Und das jetzt, mitten in der Krise ...«

»Pah, die Katalanen sind hinter dem Geld her wie der Teufel hinter der armen Seele: Ich könnte wetten, dass sie die Gewölbe unter ihrer Kathedrale mit den Haushaltszuschüssen gepflastert haben. Deswegen waren sie auch gegen eine Bahntrasse unter der Sagrada Familía. Außerdem werden sie die Kosten in drei Monaten wieder eingespielt haben, wenn sie sich nur schlau genug anstellen. Und schlau sind sie ja, wie wir alle wissen ... Sag mal, weiß man, ob die Maschine problemlos funktioniert? Ich habe mal gehört, die Dinger seien wegen ihrer Strahlungen nicht so ganz ungefährlich ...«

»Keine Ahnung, falls sie das Teil schon mal getestet haben sollten, hat es wohl noch keiner mitgekriegt.«

»Du glaubst doch wohl selbst nicht, dass sie eine solche Maschine noch nicht ausprobiert haben ... Das sind mir Schlitzohren. Halt mich auf dem Laufenden, verstanden, und melde dich, sobald du wieder etwas hörst ...«

Kaum hatte der *Lehendakari* aufgelegt, da stand auch schon seine Frau im Türrahmen.

»Na sag mal, du warst ja immer noch nicht unter der Dusche ...«

»Selbst im Badezimmer hat man keine Ruhe mehr. Habe gerade mit dem Koldo von den Baskischen Grünen Tälern telefoniert.«

»Weshalb musst du auch immer stundenlang herumtelefonieren ...?«
»Das geht dich gar nichts an, verflucht noch mal, das sind Staatsgeheimnisse ...«

Die Wohnung des verstorbenen Niederländers lag direkt an der Uferpromenade. Corrales führte Inspektor Sakamura also erneut quer durch das Zentrum von Calabella. Auf der Hauptstraße traten sich die Touristen gegenseitig auf die Füße und drängten sich an die Schmuckstände, als warteten sie nur auf eine Gelegenheit, um ihr Geld zwanghaft unter die Leute zu werfen. Sie hätten die überfüllte *Calle Mayor* eigentlich leicht umgehen können, Corrales aber liebte es viel zu sehr, sich ab und an mit ausgesuchten weiblichen Sommergästen ein wenig auszutauschen:
»Hallo, mein Schätzchen, schon auf dem Weg zum Strand?«, säuselte er einer gut gebauten Französin mit Sonnenbrille hinterher, »ich könnte dir ein bisschen Schatten spenden, dann bekommst du keinen Sonnenbrand ...«
»*Ta geule* ...«, blaffte die Französin zurück und hielt ihm ihren Fotoapparat vor die Nase, sodass ihm das Blitzlicht in die Augen flashte.
»Haben Sie das gesehen? Die hat ein Foto von mir gemacht: Mann, fand die mich scharf«, meinte Corrales und wandte sich dabei dem Inspektor kurz zu. »Wenn ich nicht im Dienst wäre ... Warten Sie mal, ich hol mir schnell am Kiosk ein paar Ducados ...«
Der Inspektor hatte nicht die geringste Ahnung, um was es sich bei »Ducados« handeln könnte, daher durchschritt er

hinter Corrales die Glastür, die sich automatisch öffnete und den klimatisierten Innenraum von der Hitze der Außenwelt abschirmte.

Der kurze Abstecher entpuppte sich als echte Erfahrung für den Meister. Es war das allererste Mal, dass er mit seinen achtundsechzig Jahren (von denen man ihm höchstens siebenundfünfzig ansah) einen Tabakladen betrat. Augenblicklich überkam ihn das Gefühl, in einem stark parfümierten Gefrierschrank zu stehen. Das Holz der Zigarrenkisten und die Beutel mit Pfeifentabak verströmten einen betäubenden Duft. Vor allem aber das bunte Mosaik aus Tausenden von Zigarettenpäckchen hatte es Sakamura angetan, das sich hinter der Theke über die gesamte Wand erstreckte. Begeistert beobachtete er, wie zwei Verkäuferinnen eine ganze Schlange von Touristen mit schlafwandlerischer Sicherheit nacheinander bedienten. Ohne hinzusehen griffen sie hinter sich ins Regal, erwischten dort genau die Marke, die ihre Kunden verlangt hatten, und vertrauten dabei offenbar blind der Intelligenz ihrer automatisierten Bewegungen.

Dem großen Meister Sakamura schien das alles sehr zenmäßig zu sein.

»Gib mir doch mal 'n paar Ducados, sei so lieb, ich muss mal eben ein paar Keime abtöten«, bat Corrales die ältere der beiden Verkäuferinnen, die ihm bereits seit 1979 seine Zigaretten verkaufte. »Heute tummelt sich eine Menge blondes Gemüse auf der Straße, was? Die kommen doch sicher nicht alle aus Can Fanga ...«

*»No me'n parlis, ha arribat aquest matí un vaixell ple d'anglesos i no donem l'abast ...«**

* »Hör mir auf, heut Morgen ist 'n Boot mit Engländern angekommen, die reißen uns die Kippen förmlich aus der Hand ...«

»Verhökert den Engländern ruhig tonnenweise weiche Drogen«, sagte Corrales, »dann fahren sie noch blasser nach Hause, als sie gekommen sind ...«
Trotz der betörenden Gerüche verfolgte Inspektor Sakamura aufmerksam das Gespräch, und sobald sie wieder auf der Straße standen, nahm er Corrales zur Seite, schaute ihm direkt in die Augen und wollte folgendes Rätsel aufgeklärt haben:
»Eine kleine Frage: Warum dich verstehen und wieso nicht Zigarettenfrau?«
»Ich nehme mal an, weil ich Spanisch spreche und sie Katalanisch ...«
»Aaaaha, verstehe ... Ka Ta Lan ... hi, hi«, der Inspektor kicherte kurz. »Ka Ta Lan?«
Während Corrales nun dem großen Meister Sakamura einen kleinen soziolinguistischen Vortrag über die Sprachgeschichte der iberischen Halbinsel hielt, soweit sie ihm aus seiner Schulzeit in Erinnerung geblieben war, schlenderten die beiden weiter zum *Paseo Marítimo*:
»Katalanisch ist ein Dialekt von unserem Spanisch, bloß dass man die Worte sozusagen französisch aussprechen muss. Übrigens ist das mit dem Galicischen ähnlich, nur dass man da alles gewissermaßen portugiesisch ausspricht. Dann haben wir auch noch Baskisch, dieser Dialekt muss aber was mit den alten Griechen zu tun haben, denn wenn die Basken schnell sprechen, kann ich Ihnen sagen, dann verstehe selbst ich nur Bahnhof ...«
»Aaaaha, verstehe! Viele verschiedene Sprachen in Spanien ...«
»Wenn man's genau nimmt, haben wir nur eine einzige echte Sprache, und die haben sie zu Zeiten der alten Römer damals schon in Madrid erfunden – sprich: unser Spanisch ... Mit

einem so intelligenten Menschen wie Ihnen kann man ja über alles offen reden, aber sagen Sie das bloß nie zu einem Katalanen, die verstehen da überhaupt keinen Spaß. Wissen Sie was, als ich das einmal zu meiner Frau gesagt habe, da hat die mich glatt zwei Wochen bei Wasser und Brot gehalten.« Mit dem Ringfinger und dem Zeigefinger strich er sich über den Nasenrücken.

»Aaaaha«, sagte der Inspektor, »seine Frau Katalanin?«

»Gewissermaßen aus Olot, das war mein erster Schicksalsschlag. Leichtsinnig wie ich war, habe ich sie eines Tages ins Kino eingeladen, und da ist sie dann gleich schwanger geworden. Sonst wäre ich doch nie auf die Idee gekommen zu heiraten, wo ich bei den Frauen so gut ankomme. Unseren Sohn habe ich mittlerweile bei der Luftwaffe auf der Militärakademie untergebracht: Der ist ein ganzer Kerl wie sein Vater ...«

»Eine kleine Frage: In Carabanchel auch sprecht Katalanisch?«

Corrales schnalzte mit der Zunge und schaute den Inspektor etwas abschätzig an, so wie er es immer machte, wenn ihn jemand in seinen lokalpatriotischen Gefühlen verletzte:

»Nun hören Sie mir mal gut zu, Maestro ... Wir in Carabanchel haben unseren eigenen Dialekt: Die Wissenschaftler sagen dazu ›*Carabanchelí*‹, abgekürzt auch ›*Cheli*‹, aber reden tun wir meistens christlich wie die feinen Herren.«

»Aaaaha ...«, sagte der Inspektor nachdenklich und versuchte all die Informationen zu verarbeiten, die ihm sein Cicerone anvertraute. »Katalanisch unchristlich, aber sprechen maurische Sprache Islam?«

»Nein, nein, nein ... Das mit dem Katalanischen hat nur damit zu tun, dass die Provinz Gerona am weitesten von Madrid entfernt liegt, und früher waren die Straßen nicht so wie heutzutage ... Aber Can Fanga zum Beispiel ist mittlerweile gut zu erreichen und daher reden da auch immer mehr Leute die richtige Sprache, sprich: unser Spanisch.«

»Eine kleine Frage: Kan Fan Ga?«

»Can Fanga ist sozusagen Barcelona, gewissermaßen in mittelalterlichem Katalanisch.«

»Aaaaha, verstehe ... Ich kurze Zeit Can Fanga, Flughafen Plat«, sagte der große Meister. »Sehr hübsch, sehr moderne Architektur.«

»Pfff, die wollen uns Madrilenen doch bloß alles nachmachen, nur dass es bei ihnen halt immer viel kleiner gerät und nicht so prächtig ... Einen Strand haben sie, das gebe ich zu, das ist aber auch schon alles, hätte ich beinahe gesagt. Die Straßen sehen doch alle gleich aus, eine wie die andere, und damit es nicht so auffällt, nennen sie das ganze dann *Enchample de Sardá*, nach dem Großvater von dem Showmaster, der mal was mit der Veneno hatte, ich weiß nicht, ob das auch in Japan im Fernsehen lief ... Und die Sagrada Família haben sie auch noch, bloß dass die immer noch nicht fertig ist, weil eine Straßenbahn den Architekten totgefahren hat, und seitdem suchen sie immer noch nach den Plänen, und im Zoo hatten sie mal einen weißen Gorilla, aber der sollte dann einen ganzen Harem von Äffchen begatten, um zu sehen, ob da weiße Nachkommen bei herauskommen, bis der Arme vor lauter Begatten den Löffel abgegeben hat ...«

»Aaaaha! Und Olympiade auch Can Fanga. *Amigos para siempre, naino naino, naino na*«, trällerte der Inspektor vor sich hin, »kam in Kyoto im Fernsehen.«

»Tsss, Menschenskinder, die Olympiade war doch eine einzige Abzocke ... Da war ein stinkreicher Katalane federführend, und trotzdem haben die alles in die eigene Tasche gewirtschaftet ... Wenn der Jesús Gil damals die Leitung bei der Olympiade bekommen hätte, dann hätten sie die noch in Marbella veranstaltet. Wollen wir wetten? Komm, hör mir auf!«

Mittlerweile hatten sie den *Paseo Marítimo* erreicht und flanierten über den fein säuberlich planierten Mittelstreifen, was sehr viel angenehmer war, als durch die Gässchen der Altstadt zu laufen. Inspektor Sakamura schien allerdings etwas im Kopf herumzuspuken:

»Eine kleine Frage: Gut verstehen Katalanisch?«

»Klar, ich verstehe alles, wissen Sie, beim Zoll, da hat man ja jeden Tag mit Ausländern aus aller Welt zu tun ... Eines Tages hatten wir sogar mal einen australischen Frachter bei uns, aber kein Australier aus *Austria*, sondern ein Australier aus Australien, das ist noch viel weiter weg ...

Junge, Junge, schauen Sie sich mal die Möpse an, die hat aber mal Holz vor der Hütte ...

Darf ich dir was abnehmen, meine Süße, damit du nicht so schwer zu tragen hast ...?«

Die Angebetete ließ sich zu keiner Erwiderung herab.

»Die Hälfte davon ist eh nur Silikon, das können Sie mir glauben, bei den Früchtchen kann mir keiner was vormachen ...«

Inspektor Sakamura war jedoch mit den Gedanken woanders:

»Eine kleine Frage: Mir beibringen ein zwei Worte Katalanisch?«

»Ja, wo denken Sie denn hin, Maestro, das muss einem doch keiner beibringen, das lernt man ganz von allein, so wie unser *Cheli* auch.«

## Zwei

In seinem Amtssitz in der Moncloa entledigte sich der spanische Ministerpräsident gerade eines klebrigen, knubbeligen Dingsbums am Polster unter dem Sessel, als jemand an die Tür klopfte.

»Herein«, rief er.

Der Türknauf drehte sich, und schon streckte der Innenminister den Kopf herein.

»Hallo, Berto«, sagte der Ministerpräsident, »gibt's was Neues von den Katalanen ...?«

Der Minister setzte ein Pokerface auf und machte es sich dann in einem Sessel dem Ministerpräsidenten gegenüber bequem, bevor er mit der Sprache herausrückte.

»Ich habe den ganzen Tag lang die Presse hoch und runter durchgesehen und alle Kontakte genutzt, die uns zur Verfügung stehen – nichts. Alles dreht sich nur um die Verpflichtung von diesem Ricardinho, der offenbar die medizinischen Checks schon hinter sich hat. Sogar eine Pressekonferenz haben die für Montag angekündigt ... Ansonsten reden alle nur über die Krise und die Sommerferien, wie bei uns halt auch.«

»Trotzdem, da ist was faul in Katalonien ...«, sagte der Ministerpräsident nachdenklich. »Ich könnte einen Whisky vertragen, nimmst du auch einen?« Er erhob sich aus dem Sessel, ging zu einem Rokokotischchen hinüber, auf dem mehrere Flaschen standen und alles, was eine gut ausgerüstete Bar auszeichnet.

»Einen doppelten ohne Eis ... Du denkst noch an den Anruf von Andreu, nicht wahr ...? Weiß der Himmel, was mit dem gerade los war: Bei diesen Katalanen weiß man doch nie ...«

Der Ministerpräsident reichte dem Minister den Drink, setzte sich wieder in den Sessel und nippte an seinem Glas.

»Da hast du natürlich völlig recht, aber weißt du, was mich so verblüfft? Heute Nachmittag rief auch noch der Satrústegui an ...«

»Der Fettsack ...? Die machen uns noch fertig mit ihrer Autonomie: ZP hat immer auf den Ibarretxe geflucht, aber der hier ist ja noch viel schlimmer ...«

»Von wegen ... Denkst du, der hätte auch nur mit einem Wort die Vorzüge der Selbstverwaltung oder Unabhängigkeit des Baskenlands erwähnt? Fünf Minuten lang hat er über das Essen schwadroniert, von irgend so einem neuen Restaurant gefaselt, das ein Freund von ihm in Hondarribia aufgemacht hat, und dass wir dort mal in den frühen Mittagsstunden diese baskischen Tapas zusammen essen müssen. Sobald ich wieder im Lande sei, wolle er mich dort zum *Hamaiketako* einladen ... Danach fragte er beiläufig, wie es in Galicien, in Katalonien und auf den Kanaren stehe, und dann hat er sich nett verabschiedet und mich noch einmal sehr herzlich auf ein Gläschen *Txakoli* zum Aperitif und diese Häppchen, weißt du, diese *Montaditos*, eingeladen.«

»Der hat sich nach den Kanarischen Inseln erkundigt?«

»Galicien, Katalonien und die Kanaren, wenn ich es dir doch sage, genau in dieser Reihenfolge ...«

»Nicht zu fassen, sonst findet er doch immer, die Kanaren sollten nicht einmal mehr zu Europa gehören. Weißt du noch, was die für ein Affentheater veranstaltet haben, als Teneriffa einen Hochgeschwindigkeitszug von uns haben wollte?«

»Ja, klar ... Und was leiten wir aus seinem urplötzlich erwachten Interesse an dem beklagenswerten Schicksal der Ureinwohner der Kanarischen Inseln ab, die vom spanischen Imperialismus unterdrückt werden ...?«

»Hmm ... Der gesunde Menschenverstand sagt einem, dass ihn irgendwas an den Katalanen oder den Galiciern interessiert. Die Kanaren hat er wahrscheinlich nur so vorgeschoben, damit du den Braten nicht so schnell riechst ...«

Der Ministerpräsident nickte:

»Wenn wir nun eins und eins zusammenzählen, dann spricht die Unterhaltung mit Andreu heute morgen sehr dafür, dass die Katalanen erstens etwas im Schilde führen und dass die Basken zweitens davon Wind bekommen haben - und zwar eher als wir, hm - und dass unser Innenministerium drittens der verschnarchteste Laden weit und breit ist.«

»Was soll das denn nun schon wieder heißen, Paquito, das eine hat doch mit dem anderen gar nichts zu tun ... Wüssten die Basken so genau, was die Katalanen aushecken, dann würde ein Mann wie Satrústegui doch nie und nimmer bei dir anrufen, um möglichst unauffällig mal seine Fühler auszustrecken ...«

»Vielleicht wissen sie nicht genau, was vor sich geht, aber immerhin wissen sie, dass etwas vor sich geht. Ich könnte mir sogar vorstellen, dass sie bestens informiert sind und nur hören wollten, ob wir von der Geschichte schon Wind gekriegt haben. Du hättest den Tonfall mal hören sollen, in dem der Satrústegui mit mir telefoniert hat, der hatte vorhin so richtig seinen Spaß mit mir. Eins kann ich dir jedenfalls versichern, die sind uns mindestens einen Schritt voraus.«

»Du weißt doch selbst, dass der *Lehendakari* nur deshalb so gut informiert ist, weil er mit den Unaussprechlichen unter einer Decke steckt. Vor allem seit die Partei der Baskischen Grünen Täler jetzt auch noch zur Sechs-Parteien-Koalition gehört ...«

»Sollte ich daraus etwa schließen, dass es besser wäre, einen Haufen Verbrecher für sich arbeiten zu lassen, als einen unfähigen Geheimdienst wie den unseren zu unterhalten, der uns eine ordentliche Stange Geld kostet und offenbar nur dazu in der Lage ist, solch bedeutende Neuigkeiten herauszufinden wie beispielsweise, dass Can Fanga sich Ricardinho geangelt hat, und zwar auch erst dann, wenn es in allen Sportblättchen schon auf der Titelseite steht …?«

»Ich bitte dich, Paquito, nun lass die Kirche im Dorf … Wir tun ja, was wir können.«

»Ihr müsst mehr tun, Berto, verdammt noch mal: Ihr müsst viel, viel, viel mehr tun …«

Das Feng-Shui in der Wohnung der Niederländer gefiel Inspektor Sakamura auf Anhieb ziemlich gut. Im großzügigen Eingangsbereich stand dem freien Fluss des *Qi* nichts im Weg. Allerdings war ein Bereich etwas erhöht und damit in der Lage, die Lebensenergie besser hinein- als hinausfließen zu lassen, was sich als Nachteil entpuppen könnte, wenn es darum geht, die Kinder aus dem Haus zu bekommen. Da die Wohnung jedoch allen Informationen nach zu urteilen, die ihnen von den *Mossos* zur Verfügung gestellt worden waren, einem kinderlosen Ehepaar gehörte, war auch in dieser Hinsicht nichts an der Innenarchitektur zu kritisieren.

»Guardia Civil, mein Name ist Corrales«, sagte Corrales zu der Frau mit den kurzen strohblonden Haaren, die ihnen die Tür geöffnet hatte. »Ich arbeite bei den Ermittlungen mit Inspektor Sakamura zusammen, einem Spezialagenten von Interpol.«

Der Inspektor zauberte erneut die goldene Marke hervor, als beherrsche er alle Taschenspielertricks dieser Welt, und verbeugte sich tief.

»Sie kommen wegen Johann, nicht wahr?«, sagte die Witwe, die ihrem Aussehen nach zu urteilen Anfang vierzig war. »Ich habe mit den *Mossos parlat molt* …«, fügte sie mit starkem niederländischem Akzent und einigen katalanischen Worten hinzu.

»Darüber sind wir im Bilde«, antwortete Corrales, der wieder in seine FBI-Rolle geschlüpft war. »Wir führen aber unsere eigenen Ermittlungen durch. Hätten Sie die Freundlichkeit, sich ein paar Minuten Zeit für uns zu nehmen?«

Die Niederländerin, der die schmerzlichen Erfahrungen der letzten Tage im Gesicht und an der kraftlosen Körperhaltung anzusehen waren, ließ die beiden Männer herein und schloss hinter ihnen die Tür. Sie führte die beiden durch eine Doppeltür in einen großen hellen Wohnbereich, der in neutralen Farben gehalten war.

Inspektor Sakamura spürte förmlich, wie harmonisch diese Wohnräume gelungen waren. An der Schildkrötenseite stand vor einer langen Wand ein breites elfenbeinfarbenes Ledersofa. Wer dort saß, hatte freien Blick, auch auf den Eingangsbereich, ohne dass ihr Sofa direkt auf die Tür ausgerichtet gewesen wäre. Stereoanlage und Fernseher hatte man auf die Drachenseite gestellt, die den Fluss des Wassers symbolisiert. Insofern war auch dies gut aufeinander abgestimmt. Auf der Seite des Tigers befand sich eine Glastür, die hinaus auf die Terrasse führte, auf der, wie er freudig bemerkte, weder ein Bäumchen noch Antennen oder andere spitze Gegenstände zu sehen waren, die den Energiefluss hätten gefährden können. Die Phönixseite schließlich war sehr großzügig gehalten, sodass Yin und Yang prächtig und spannungsfrei miteinander harmonieren konnten. Auch die fünf Elemente (Wasser, Feuer, Holz, Erde und Metall) waren in allen Räumen ausreichend vertreten. Die einzige Dekoration bestand aus einem schlichten, eleganten Blumenstrauß, der auf einer Anrichte an der Drachenseite neben einem Stapel fein säuberlich geordneter Zeitungen stand. Diesem Ensemble widmete der Inspektor nun seine ganze Aufmerksamkeit.

»Aaaah, schön Ikebana, ja«, sagte er und trat einen Schritt zurück, um sich die Blumen noch genauer anzusehen. »Alleine machen?«

»Ja, *m'agrada molt*«, antwortete die Witwe auf Katalanisch und versuchte ein Lächeln, da der Inspektor einen so freundlichen Tonfall angeschlagen hatte. »Ich habe in den Niederlanden Floristin gelernt, in Amsterdam, *Japanise Stile*, ja ...«

»Aaaaha ... Viele Blumen Niederlanden hübsch. Erlauben kleine Veränderung?«

»*Sorry?*«

Der Inspektor ging erneut zur Anrichte. Die Bewegungen seiner Arme und Hände schienen dabei stark von der Form der Blumen inspiriert zu sein:

»*Ikebana-rikka*-Stil mit sieben Blumen, *Shoka shofutai* andere Stil mit drei Blumen. Vier Blumen entweder zu viel oder zu wenig ...«

Der Inspektor klopfte sich dabei so heftig mit der Faust gegen die Schläfe, als wolle er nicht nur andeuten, dass vier Blumen in einer Vase nicht besonders geschmackvoll seien, sondern als gefährdeten sie geradezu die Harmonie des gesamten Kosmos.

Die Frau beobachtete das Mienenspiel des Meisters mit großem Interesse.

»Ja, ja ...«, sagte sie diesmal nicht auf Katalanisch, sondern auf Niederländisch.

»*Shoka shofutai* immer drei Elemente«, erklärte der Inspektor weiter, »*Shin*, *Soe* und *Tai*: Eine Blume steht für Himmel Paradies, zweite für Erde Planet und dritte für Menschheit Person. Gestatten Sie bitte eine kleine Veränderung?«

»Ja, ja ...«, räumte ihm die Frau alle Freiheiten ein, während sie sich vollkommen auf die zarte Mimik dieses sehr besonderen Polizisten konzentrierte, dessen Alter schwer zu schätzen und dessen Augen fast nicht zu erkennen waren.

Der Inspektor nahm eine Blume heraus und arrangierte mit fachmännischer Hand die anderen drei in der Vase. Danach trat er ein paar Schritte zurück, um sich das Ergebnis anzusehen.

»Sehr gut, ja ... Besser ...«, sagte die Niederländerin, die ebenfalls ein paar Schritte zurückgetreten war und den Kopf nun so zur Seite neigte, als wäre sie eine Museumsbesucherin, die vor einem außergewöhnlichen Beispiel abstrakter Kunst stand.

»Sieben Blumen gut, vier Blumen verrückt, ein kleiner Trick: drei Blumen besser«, sagte der Inspektor kichernd. »Hi, hi.«

Nur wenige Sekunden nach diesem famosen Kunstgriff befand sich das *Qi* in diesem Raum in noch leichterem Fluss, wodurch sich die Stimmung allgemein aufhellte. Mit großer Befriedigung lächelte die Witwe aus den Niederlanden dann auch gleich zum ersten Mal seit fünf Tagen.

»Ehm, bitte uns empfangen andere Tag übermorgen?«, fragte der Inspektor, dem es unschicklich erschienen wäre, weitere Veränderungen an diesem nahezu perfekten Ort vorzunehmen.

»Oh, ja, ja ...«, sagte die Niederländerin.

»Gut, danke, auf Wiedersehen«, sagte der Inspektor und wartete zurückhaltend, bis die Gastgeberin ihnen zum Ausgang voranging.

Als sie kurz darauf im Aufzug standen und nach unten fuhren, musterte Corrales den Inspektor mit skeptischem Blick. Während des gesamten Gesprächs hatte er kein Wort gesagt.

»Na, Sie verstehen ja allerhand von Blumensträußen, Maestro ...«

»Aaaah, ja: Das Wissen über Blumen ist wichtig für Universum ...«

»Ist das nicht eher was für die vom anderen Ufer?«

»Eine kleine Frage: andere U Fa?«

»Na ja, die Typen halt, die in Frauensachen rumlaufen und so ...«

»Aaaah, nein: *Ikebana* ist die Kunst der Samuraikrieger. Im alten Japan kümmert wichtige Männer Blumen, nicht Frauen ...«

Sie standen bereits wieder auf der Uferpromenade, als Corrales dem Maestro in vertraulichem Ton ein paar gute Ratschläge mit auf den Weg gab.

»Seien Sie hier in Spanien lieber vorsichtig mit den Blumen, in Japan mag das ja genau das Richtige für echte Männer sein, hier bei uns ist das eher was für warme Brüder ... Damit wir uns nicht falsch verstehen, ich bin auch ein sensibler Mann, keine Frage ... Nur drückt sich meine Sensibilität darin aus, zu den Frauen bezaubernde Dinge zu sagen. Das ist hier bei uns in Spanien eine besonders hoch angesehene und richtig männliche Kunst. Dafür muss man mit Doppeldeutigkeiten und Metaphern spielen können, dem Handwerkszeug der großen Dichter ... Wie wär's beispielsweise mit diesen beiden Hübschen, die uns da entgegenkommen ...?«

Zwei junge Belgierinnen liefen mit nassen Haaren und feuch-

ten Bikinis auf sie zu. Als sie fast auf gleicher Höhe waren, machte Corrales einen kurzen Ausfallschritt, um ihnen und ihrer Schönheit zu huldigen:
»Wie köstlich sind die Meeresfrüchte, wenn sie frisch aus dem Wasser steigen«, sagte er fast flüsternd. »Wenn ihr mal mit mir einen Blick in das Zirkuszelt werfen wollt, bekommt ihr einen bezaubernden Zwerg zu sehen ...«
Die beiden Belgierinnen verstanden die subtile Lyrik der plumpen Anmache zwar nicht, fanden das Gespann Corrales und Inspektor Sakamura jedoch pittoresk genug, um sich umzudrehen und zu kichern.
»Merken Sie was, Maestro, kein Mädchen wird je der Poesie widerstehen können.«

Der *President* der autonomen Regierung Kataloniens griff zu einer Packung Aeroret, einem Medikament gegen Blähungen. Es war wohl besser, das Treffen mit dem *Conseller de Presidència* in den Orangenhof und damit an die frische Luft zu verlegen.
»Wie hat der Japaner Spanisch gelernt? Was hast du gesagt?«, fragte der katalanische *President* den *Conseller*, während er sich aufmerksam das Foto anschaute, das er in der Hand hielt.
»Mit der Gebrauchsanleitung eines Flachbildschirms von Sony. Sie lag auf Spanisch und auf Japanisch bei, und irgendwie hat er es hinbekommen, mit der einen Version die andere zu lesen.«
»Bist du sicher, dass dir da nicht jemand einen Bären aufgebunden hat?«
»Keine Ahnung, das erzählt er selbst, wenn man ihn danach fragt ... Der Typ, von dem ich das weiß, kennt ihn ziemlich

gut und traut ihm noch viel mehr zu. Der scheint eine Technik entwickelt zu haben, um dreidimensionale mentale Fotos zu schießen ...«

»Jetzt verrat mir doch noch schnell, was zum Teufel Zenmeister ganz genau bedeutet?«

»Soweit ich weiß, hat das was mit Meditation und so Sachen wie Konzentration zu tun ...«

»Aha ... Und du meinst, der hat sich zum buddhistischen Mönch ordinieren lassen, als er so um die zwanzig Jahre alt war ...?

»Mit dreiundzwanzig.«

»Sind die Buddhisten mit den Kapuzinermönchen in Montsecret vergleichbar oder sind das eher so Typen, die wie Hippies durch die Parks rennen und singen?«

»Die im 012 meinen, sie wären unseren christlichen Mönchen nicht unähnlich: Sie tragen eine Mönchstracht, rasieren sich die Haare ab und verpflichten sich zu Armut und zum Zölibat.«

»Hier auf dem Foto sieht man aber nichts von einer Tonsur ...«

»Unsere Mönche rennen ja auch nicht den ganzen Tag lang in ihren Soutanen herum.«

Der *President* ließ einen Pups, der wegen der Akustik im Innenhof laut und deutlich zu hören war.

»Entschuldige, das liegt an den Tabletten, die ich nehmen muss ... Äääähem: Wo waren wir stehen geblieben? ... Ah ja, die buddhistischen Mönche verpflichten sich also auch zum Zölibat, nicht wahr?«

»Sieht ganz so aus.«

»Weiß man, ob der Typ gelegentlich schwach wird? Geht da auch mal was ab?«

»Keine Ahnung. Eine Frau oder Freundin oder irgendwelche Affären hat jedenfalls niemand erwähnt ...«
»Ob er vom anderen Ufer ist ...?«
»Wäre denkbar ... Es gab allerdings keine Anspielungen. Eher klang es so, als würde Sex keine große Rolle in seinem Leben spielen. Das scheint an dem Zusammenhang zwischen Selbstdisziplin und Zen zu liegen ... Und der Typ fastet freiwillig ... So viel ich weiß, fastet er sogar jeden zweiten Tag ...«
Der *President* zog vor Verblüffung die Augenbrauen nach oben, und da ihm gleichzeitig einige Dämpfe um die Nase wehten, fächelte er sich mit dem Foto von Sakamura frische Luft zu.
»Also, der raucht nicht, säuft nicht, frisst nicht, bumst nicht ... Na, dann wollen wir doch mal sehen, ob wir ihn nicht trotzdem auf andere Gedanken bringen können ...«, sagte er schließlich, und dabei klang seine Stimme so, als habe er zwar noch keine Lösung parat, jedoch immerhin schon eine Idee.
»Wie meinst du das, auf andere Gedanken bringen?«, fragte der *Conseller*, der gedanklich häufig etwas langsamer war als der *President* und deshalb ja auch der dem *Presidenten* untergeordnete Minister war und nicht der *President*.
»Ich sage nur, ich kenne die Brüder ...«
»Die Brüder ...?«
Andreu versuchte erst gar nicht, sich genauer zu erklären: Er dachte scharf nach, bis er dem Minister eine ganze Reihe sehr klarer und konkreter Handlungsanweisungen mit auf den Weg geben konnte. Der *President* hatte mit seiner schwarzen Brille und dem schwarzen Spitzbart auf den ersten Blick überhaupt keine Ähnlichkeit mit dem Schauspieler James Cagney, trotzdem ahmte er ihn gern nach (seit er einen Film von Billy Wilder gesehen hatte, in dem Cagney die Rolle eines ameri-

kanischen Coca-Cola-Direktors im geteilten Berlin spielte), vor allem, wenn er seine Führungsqualitäten herausstellen wollte.

»Schreib mit«, sagte er zum *Conseller*.

»Erstens: Ich möchte eine Liste mit allen Informationen über die Freiwilligen, die am Katalanischen Experiment teilgenommen haben, also Adressen, Berufe, alles über ihre Familien und so weiter.« Dabei schnipste er mehrfach schwungvoll mit den Fingern, um zusätzlich zu betonen, was ihm besonders wichtig war.

»Zweitens: Ich möchte, dass wir uns schnellstmöglich zusammensetzen, du, ich, der Direktor der *Mossos* und der schräge Vogel, der mit der Umsetzung des Katalanischen Experiments betraut war. Wie hieß der noch mal?«

»Doktor Cafarell.«

»Genau. Und zwar treffen wir uns im Vortragssaal. Ich möchte, dass ihr mir bis dahin eine Präsentation über den Konfigurator vorbereitet. Ich will wissen, wie das Biest funktioniert, und mir einen Überblick über das Thema verschaffen.
Drittens: Du nimmst bitte sofort Kontakt mit der Agentin 69 auf.«

»Wozu denn das? Andreu, was willst du denn jetzt mit der Agentin 69?«

»Tu, was ich dir sage. Ich will sie so schnell wie möglich in meinem Büro sehen. Du kannst dafür auf alle Leute und Wagen zurückgreifen, die du brauchst. Ab jetzt befinden wir uns im Ausnahmezustand.«

*Prrrrrrrrrrpffft*, bebend hallte ein Furz durch den Orangenhof, der klang, als sei er womöglich nicht spurlos an der Unterhose vorübergegangen.

Die Unaussprechlichen haben in Wirklichkeit einen anderen Namen: *Iraultzaren Komando Euskaldun Abertzaleak*, von ihren Sympathisanten kurz IKEA genannt. Dem Innenminister war es in Zusammenarbeit mit den Medien gelungen, ihren Namen eine gewisse Zeit lang kaum zu erwähnen, um die Aufmerksamkeit nicht zu erhöhen, die sie und ihre Aktionen sowieso schon genossen. Dafür, dass die ersten aktiven IKEA-Zellen noch recht jung waren und sie ausschließlich regionale Interessen verfolgten, nämlich die Unabhängigkeit des Baskenlandes, kooperierten sie bereits mit ziemlich vielen Gruppierungen auf der ganzen Welt: von der skandinavischen Organisation zur Befreiung der Gartenzwerge angefangen bis hin zu Gruppierungen von Greenpeace, beispielsweise denen, die sich für den gesetzlichen Artenschutz der *Phthirus pubis*, der gewöhnlichen Filz- oder Schamlaus engagierten, die durch den rabiaten Gebrauch von Seifenprodukten unmittelbar vom Aussterben bedroht war.

Die Unaussprechlichen waren ungeheuer beliebt. Im Unterschied zu anderen radikalen Gruppierungen ärgerten sie die Regierung mit allen möglichen Mitteln, ohne jemals das Leben eines Politikers ernsthaft zu gefährden. Das hatte ihnen mittlerweile die Sympathien der Arbeiter und eines großen Teils der Mittelschicht im Baskenland eingebracht, aber auch die anderer Regionen der iberischen Halbinsel. Und wegen einer ihrer letzten Aktionen waren sie Kult: Mit Kaugummis hatten sie im Wirtschafts- und Finanzministerium alle Toilettenschlösser verklebt, sodass eine GEO-Spezialeinheit anrücken musste, um zu verhindern, dass bei den Steuerfahndern mit ihren zum Platzen gefüllten Blasen die blanke Panik ausbrach.

Eine der umtriebigsten Zellen traf sich im Hinterzimmer

eines Lokals, das einem ihrer Sympathisanten gehörte. Die jüngsten Erfolge hatten sie zusätzlich motiviert. Jetzt planten sie eine der radikalsten und ambitioniertesten Aktionen, die alles, was sie bisher unternommen hatten, in den Schatten stellen sollte: eine Tat, die sie hoffentlich auf einen Schlag ins Rampenlicht der internationalen Presse bringen würde.

»Habt ihr keinen Arsch in der Hose, oder was?«, fragte die Vermummte Nr. 1 (natürlich auf Baskisch).

»Spinnst du, das hat doch mit Mumm rein gar nichts zu tun ...«, verteidigte sich der Vermummte Nr. 2, der einige vorsichtige Fragen zum möglichen Fluchtplan aufgeworfen hatte.

»Also, was laberst du dann da für einen Stuss ...?«

»Was die Aktion in Katalonien betrifft, da sehe ich keine Probleme, aber mit der Sache in Madrid setzen wir es unnötig aufs Spiel ...«

»Eh, ich hab da auch so meine Bedenken«, versuchte der Vermummte Nr. 3 zu vermitteln, der sich, da er aus derselben Stadt stammte wie der Vermummte Nr. 2, immer auf dessen Seite schlug.

»Mann, eh, ihr seid vielleicht ein paar Weicheier, echt mal«, meinte die Vermummte Nr. 1, die ein Faible für Flüche hatte, die in irgendeiner Form etwas mit Testosteron zu tun hatten – auch wenn sie das einzige weibliche Mitglied des Kommandos war.

»Eeeehm, wie lang sollen wir den Mann eigentlich verschwinden lassen?«, fragte etwas schüchtern der Vermummte Nr. 4.

»Kommt ganz darauf an«, antwortete der Vermummte Nr. 6, das Hirn der Zelle, »vermutlich eine Stunde oder auch zwei ... Das lässt sich im Vorhinein nicht so genau sagen.«

»Das ist doch der springende Punkt«, hakte der Vermummte

Nr. 2 noch einmal nach, »ihr habt ja gar keine Ahnung, was die Arschlöcher in zwei Stunden alles auf die Beine stellen können, um unsere Flucht zu verhindern. Und dann – patsch – sitzen wir voll in der Falle.«
Der Vermummte Nr. 5 mischte sich ein: »Ich glaube gar nicht, dass es da auf jede Minute ankommen wird: Wir machen einfach ganz cool unsere Arbeit und gehen danach in aller Ruhe irgendwo ein Gläschen Wein trinken, oder meint ihr nicht? Wenn die Geschichte wie geplant läuft, haben die alle Hände voll zu tun, sich die Presse vom Hals zu halten ...«
»Exakt,« sagte die Vermummte Nr. 1, »und was wäre denn schon groß dabei, wenn die uns erwischen sollten ... Ihr seid Schisser, weiter nichts.«
Der Vermummte Nr. 6 versuchte die Gemüter wieder zu beruhigen:
»Okay, ich denk mal in Ruhe darüber nach. Wir sehen uns Freitag, bis dahin hab ich einen Plan für die Aktion.«
Damit war das Treffen beendet.

Interpol kam zwar für die Spesen auf, Corrales jedoch wollte nicht unverschämt sein und führte den Inspektor daher zum Essen ins *El Llamàntol d'Or* aus, wo es an Donnerstagen den Hummerreis als kostenlose Zugabe zum günstigen Fünfundvierzig-Euro-Menü gab, auch wenn die gedämpften Herzmuscheln, die kleinen panierten Tintenfische und der edle galicische Albariño nicht im Preis enthalten waren, die Corrales als Amuse-Gueule bestellt hatte, um die Zeit zu überbrücken, in der ihr Reis langsam vor sich hinkochte (chupchup). Meister Sakamura dagegen hatte mehr Mühe, in der

in fünf Sprachen verfassten Speisekarte eine Zen-Leckerei zu entdecken.
»Spanisches Obst Kugel nicht zu rot, danke«, sagte er mit seinem bezauberndsten Lächeln zu dem jungen Kellner, der sie bediente.
»Wie bitte ...?«, entfuhr es dem Burschen, und seine gepiercte Augenbraue hob sich, wodurch wiederum die schmale, von Pickeln übersäte Stirn noch deutlicher zur Geltung kam.
Corrales dämmerte so langsam, dass im fernen Land der aufgehenden Sonne alles andersherum laufen musste, wenn die Samuraikrieger dort Blumensträuße banden und die Japaner mehr arbeiteten, sobald gestreikt wurde. »Das Obst kommt zum Schluss, Maestro«, klärte er daher seinen Tischnachbarn lautstark auf, um auch noch die letzten semantischen Zweifel zu zerstreuen. »Hier in Spanien geht's mit Vorspeisen los, von allem wird ein bisschen genascht, danach kommt das große Gericht mit Fleisch oder Fisch, und wenn es dann so weit ist, können wir ja immer noch das Obst als Nachspeise bestellen ...«
»Aaaaha ...«, sagte der Inspektor, als sei ihm erneut etwas klar geworden, dabei lächelte er den Kellner überaus freundlich an, der mit einem Stift und einem Block in der Hand gespannt an ihrem Tisch wartete.
»Sie müssen ihm jetzt sagen, was sie als Vorspeise bestellen möchten ...«, sagte Corrales noch etwas lauter und schleckte sich dabei die Finger ab, damit es keine Missverständnisse mehr gab.
»Aaaah, ja: spanisches Obst. Kugel nicht zu sehr rot. Danke.«
Corrales beschloss, seine Zeit nicht weiter zu vertrödeln und regelte die Geschichte lieber allein und in normaler Lautstärke mit dem Kellner.

»Vergiss es, bring ihm bitte den Reis in einer Paellapfanne für zwei Personen, und sei so gut, öffne mir doch bitte für den Maestro vorneweg schon mal vier Austern, ja, die Japsen stehen bekanntermaßen auf rohen Fisch.«

Als das Jüngelchen sich zurückgezogen hatte, erhob Inspektor Sakamura sich für einen Augenblick und verbeugte sich vor einem Pärchen (offenbar britischen Touristen), das wegen der Lautstärke, die Corrales angeschlagen hatte, etwas beunruhigt wirkte und seitdem kein Auge mehr von seinen neuen Tischnachbarn ließ, in der Hoffnung, sichere Anzeichen dafür zu entdecken, dass von den beiden keine unmittelbare Gefahr ausging. Und da er nun schon einmal damit begonnen hatte, verbeugte der Inspektor sich auch gleich noch vor einem weiteren Paar (zwei Rentnern aus Norwegen), dessen Beunruhigung ebenfalls unverkennbar war. Nachdem er die Leute respektvoll begrüßt hatte, setzte er sich wieder.

»Und«, fragte Corrales mit leicht spöttischem Unterton, »haben Sie schon erste Schlüsse aus den Ermittlungen ziehen können, die wir bei dem Engländer und der Niederländerin angestellt haben?«

»Aaaah, ja: viele erste Schlüsse. Sache kommt schnell voran.«

»Was Sie nicht sagen: Das ist ja der Hammer ... Macht wirklich Spaß, mit Interpol zusammenzuarbeiten ... Und was haben wir denn alles schon herausgefunden, was die *Mossos* noch nicht wussten ...? Ich meine ja nur so, damit mir auch nicht die winzigste Kleinigkeit entgeht ...«

»Aaaah: Vieles gleich bei den drei Leichen, ja.«

»Vieles gleich? Das klingt ja gerade so, als glichen die sich wie ein Ei dem andern ...«

»Aaaah, nein, nicht gleiche Eier: Parallelen. Erstens: drei Tote, alle drei Ausländer.«

»Okay, ja, das hat mich auch schon die ganze Zeit gewundert. Aber das stand ja auch schon in den Akten ... Und sonst ...?«
»Zweite Gemeinsamkeit: drei Tote, alle drei Lächeln in glückliche Gesichter.«
»Das allerdings ist merkwürdig, steht aber auch alles in den Akten. Und sonst ...?«
»Dritte Gemeinsamkeit: drei Tote, alle drei lesen gleiche Zeitung.«
»Zeitung?«, fragte Corrales. Er schien plötzlich in Sorge, er könne doch weniger scharfsinnig gewesen sein als erhofft.
»Aaaah: Spanisch schwierig«, sagte Inspektor Sakamura und zückte blitzartig einen winzigen Bleistift und ein kleines Heftchen, die er vermutlich in demselben mysteriösen Täschchen aufbewahrte, aus dem er auch die goldene Interpolmarke immer wieder hervorzauberte. »Jetzt mir helfen.«
Augenblicklich schloss der Maestro seine ohnehin kaum sichtbaren Äuglein und lenkte seine Aufmerksamkeit zu einer seiner mental gespeicherten Fotografien. Darauf war ein Typ zu erkennen, der eine gewisse Ähnlichkeit mit einer Seekuh hatte. Neben seiner Liege stand ein kleiner Beistelltisch, auf dem sich ein Glas befand mit einer roten Flüssigkeit, aus der ein Selleriestängel ragte. Daneben wiederum lag eine zusammengefaltete Zeitung.
Der Inspektor betätigte seinen mentalen Zoom und vergrößerte das Bild des Beistelltischchens, drehte es dann um 117 Grad, bis er die Zeitung in der Horizontalen hatte, betätigte nochmals den Zoom, vergrößerte die Schlagzeile und schrieb dann mit noch immer geschlossenen Augen in sein Heftchen:

**EL PUM DIARI**

Diari independent, català, comarcal i democràtic

Dann öffnete er die Augen wieder und zeigte Corrales, was er geschrieben hatte.
»*El Pum* ... Kaum zu fassen ...«, sagte Corrales, dem gar nichts mehr klar war.
»Spanische Zeitung große Auflage?«
»Pfff, das ist ein kleines katalanisches Blättchen.«
»Aaaaha ...«, sagte der Inspektor, »katalanische Zeitung, deshalb unverständlich ...«
»Maestro, aber woher wollen Sie wissen, dass die Engländerin und der Holländer auch *El Pum* gelesen haben?«, fragte Corrales spitzfindig, wenn nun auch ohne jeden Anflug von Spott ...
»Aaaah: Erste Wohnung Engländer, Seite Tiger liegt eine Zeitung. In großem Chaos. Zweite Wohnung Niederländerin, Zeitung liegt Drachenseite. Feng-Shui in diesem Haus sehr schön.«
Corrales verstand nicht so genau, was Inspektor Sakamura ihm damit sagen wollte, da er aber noch immer ziemlich beeindruckt war von der mnemotechnischen Show des großen Meisters, wagte er es nicht länger, dessen Äußerungen grundsätzlich infrage zu stellen:
»Ist echt komisch, dass die drei Ausländer ausgerechnet *El Pum* gelesen haben ... Was meinen Sie, was das zu bedeuten hat?«
»Aaaah ... Großes *Koan*. Lösung bitte jetzt helfen. Vierte Gemeinsamkeit steht nicht in der Akte der *Mossos* ... Sehr interessant. Gut zuhören jetzt«, er senkte bedeutungsvoll seine Stimme, »drei Tote haben gleiche Zeitung gelesen, drei Tote Stift unterstreichen«, da er sich bewusst war, wie schwer es sein musste, seinen Überlegungen zu folgen, unterstrich Inspektor Sakamura mit seinem winzigen Bleistift eines der Worte, die er in sein Heftchen geschrieben hatte.

»Ist nicht wahr, oder? Alle drei haben gewissermaßen dasselbe Wort in der Zeitung unterstrichen ...?«, fragte Corrales erstaunt.

»Nicht alle drei dieses dasselbe Wort, nee, nee«, antwortete der Inspektor, »nicht dasselbe Zeitung, andere Tag, einmal Mittwoch, dann Donnerstag, Sonntag ... Bitte helfen jetzt«, wiederholte er seine Aufforderung an Corrales, und erneut schloss er die Augen, um seinen mentalen Fotospeicher vor dem inneren Auge durchzusehen. Auf einem Foto war das Chaos im Wohnzimmer des Engländers festgehalten. Zuerst sah er das Tischchen in der Mitte, dann die Zeitung und dann sah er den Untertitel vor sich mit folgender Unterstreichung:

*Segons informes dels Mossos, no es pot descartar que es tracti d'un cas d'emmetzinament* per part d'alguna persona del seu entorn.*

Der Inspektor schrieb das Wort »*emmetzinament*« in sein Heftchen und drehte es dann zu Corrales:

»Was heißt katalanisches Wort?«

»*Emecinamént?*«, brachte dieser mit einiger Schwierigkeit hervor, gab sich dann aber gewohnt souverän und hatte sofort eine Erklärung parat: »Das ist ein seltenes altkatalanisches Wort und heißt sozusagen Tabletten verschreiben. In Madrid würden wir dazu ›Medikamentation‹ sagen.«

»Aaaaha ...«, sagte der Inspektor, um sogleich wieder die Augen zu schließen und sich auf die Suche nach den nächsten unterstrichenen Wörtern auf anderen Zeitungsseiten zu begeben, von denen er eine Auswahl in seinem mentalen Fotospeicher festgehalten hatte.

* emmetzinament – Vergiftung. Nach jetzigem Ermittlungsstand kann die Polizei nicht ausschließen, dass die Person womöglich von Bekannten aus ihrem Umfeld vergiftet worden ist.

*Es preveu que les vendes de vivendes de nova construcció baixin enguany* fins un 45 per cent.*
»*Enguán*«, wiederholte Corrales, »ist auch Altkatalanisch und bedeutet sozusagen, dass etwas dabei herumkommt, wenn du Geld anlegst, zum Beispiel an der Börse. ›Gewinn‹ heißt das gewissermaßen auf Spanisch.«
Das nächste Wort, das der Inspektor aus seiner Erinnerung hervorzauberte und in sein Heftlein schrieb, war *dencís***.
»*Desensís*«, sagte Corrales, »ist eine ziemlich hohe Zahl ... Zweihundertsechs oder so, jedenfalls irgendwas in dieser Größenordnung ...«
Das nächste Wort war *andròmina****.
»*Andromina*«, sagte Corrales, »dürfte eine dieser neumodischen Designerdrogen sein ... Mann, da fällt mir etwas auf, Maestro, das kann doch kein Zufall sein: ›Gewinn‹, ›Drogen‹, ›Zweihundertundeinpaarzerquetschte‹, wer weiß, dabei handelt es sich todsicher um mehrere Millionen Euro ... Wissen Sie was, ich werde den dringenden Verdacht nicht los, dass wir's hier mit dem internationalen Drogenhandel zu tun haben ...«
»Aaaah, ja ... Eine kleine Frage: Dro Qi?«

Der *President* Kataloniens spielte mit einer Tablettenpackung, während er im Büro telefonierte. Am anderen Ende der Leitung war der zuständige Mann der katalanischen Polizei.

* enguany – dieses Jahr. Vermutlich werden die Verkäufe von Neubauten in diesem Jahr um fünfundvierzig Prozent zurückgehen.
** dencís – Enttäuschung
*** andròmina – Haushaltsgerät

»Also du meinst, bei der Leiche wurden erhöhte Strahlenwerte gemessen?«, fragte der katalanische *President* beunruhigt.

»Ja, die lagen sogar um die zwanzig Prozent über dem normalen Wert, aber die von der Gerichtsmedizin meinten, das sei nicht lebensbedrohlich. Allein wenn die Strahlenbelastung über einen längeren Zeitraum kontinuierlich so hoch bliebe, seien langfristige Erkrankungen nicht auszuschließen, aber von jetzt auf gleich sterbe davon niemand ...«

»Ganz egal, ich möchte, dass nichts davon in die Öffentlichkeit kommt, hörst du, sobald ein Wort davon in irgendeiner Schlagzeile auftaucht, kriegen die alle ihre Paranoia ... Warte mal, über was hattest du vorhin geredet, Mist, jetzt komme ich nicht mehr drauf, wie hieß das noch mal ...?«

»Über Endorphine ... Unser Körper produziert Endorphine, die bei uns Glücksgefühle auslösen. Unter bestimmten Umständen, beispielsweise wenn wir etwas Leckeres essen oder etwas Schönes tun, etwa wenn wir Sex haben, setzt unser Körper Endorphine frei ... Die Werte im Blut der Engländerin waren offen gestanden wahnsinnig hoch. Der Gerichtsmediziner sprach sogar davon, dass die Glückshormone bei der Engländerin möglicherweise den Herzstillstand ausgelöst haben könnten. So hohe Werte dürfte man theoretisch eigentlich nur im Blut haben, wenn man fünfzig Gramm Marihuana in einem einzigen Joint raucht. Im Labor haben sie mir gesagt, dass Endorphine chemisch betrachtet tatsächlich einiges mit der Wirkung von Cannabis gemein haben ...«

»Drogen hatte die Engländerin aber keine genommen, oder doch?«

»Nein, im Magen wurden nur Rückstände von Wein und Spaghetti carbonara gefunden ... Doch ihr eigener Organismus muss wie verrückt Endorphine ausgeschüttet haben, die schwebte im siebten Himmel, als sie das Zeitliche gesegnet hat.«

»Und hat irgendjemand von den Weißkitteln eine Erklärung für diese wahnsinnige Produktion von diesen ... Endorphinen ...?«

»Nein, da tappen wir noch im Dunkeln. Bei einem Sonnenbad am Strand werden zwar im Körper Endorphine ausgeschüttet, aber hier reden wir ja von einer etwas anderen Dosis. Übrigens ist das womöglich auch einer der Gründe, warum so viele Leute stundenlang am Strand liegen und sich die Sonne auf den Pelz brennen lassen.«

»Weißt du was? Du hast doch eben Herzstillstand gesagt, ich finde das gut. Das klingt nach einem natürlichen Tod, findest du nicht? Herzstillstand, das kann jedem Menschen mal passieren ... Wenn Fußballer plötzlich auf dem Spielfeld zusammenklappen, dann spricht man doch auch von einem Herzstillstand, nicht wahr?«

»Mmh ... Das kann ich dir so aus dem Stand auch nicht genau sagen. Schlagzeilen mit ›Plötzlicher Herzstillstand‹ oder ›Unbekannte Todesursache‹ klingen meines Erachtens auch nicht gerade spitzenmäßig. Schon gar nicht, wenn es davon drei innerhalb weniger Tage gibt.«

»Auf jeden Fall besser als ›Außergewöhnlich hohe Strahlenbelastung‹ ... Am besten geben wir ›Herzstillstand‹ raus an die Presse: Falls sie überhaupt danach fragen, verstanden, ungefragt werden wir ihnen das auf keinen Fall unterjubeln, kapiert?«

»Ich werde mal schauen, was sich machen lässt. Du kennst die Journalisten ja ...«

»Du, und ruf mich bitte sofort an, wenn du etwas von der

Autopsie des Niederländers oder des Deutschen gehört hast, ja?«

Als der *President* aufgelegt hatte, lehnte er sich in seinem Sessel zurück, um seine Gedanken ein wenig zu ordnen, aber noch im selben Augenblick blinkte die Sprechanlage auf seinem Schreibtisch.

»Eine Agentin 69 ist hier«, sagte die Stimme seiner Sekretärin übellaunig, »soll ich sie gleich zu Ihnen hereinschicken oder wollen wir noch warten, bis dem Praktikanten und den zwei Sicherheitsleuten die Augen aus dem Kopf gefallen sind?«

»Einen Augenblick noch, ich komme gleich raus«, sagte der *President*, der sofort aufstand, sich eine Ausgabe von *Avui* schnappte und damit eilig um seinen Sessel herumwedelte, um für bessere Luft zu sorgen. Dann steckte er die Packung Aeroret in die Schreibtischschublade, holte stattdessen ein Fläschchen Donna Karan hervor, besprühte sich hier und da und schnupperte schließlich noch einmal durch die Luft, bevor er sich auf den Weg zur Tür machte, um seine Besucherin zu empfangen.

»Allerliebste Freundin ...«, sagte er, sobald er im Vorzimmer die außergewöhnliche Figur der Agentin 69 vor sich hatte, die ihm ihrerseits bereits die Hand entgegenstreckte, sodass er sie mit einem Handkuss begrüßen konnte.

Mit wachsamen Blicken beobachteten der Praktikant und die zwei kräftigen Leibwächter alles, was sich da vor ihren Augen abspielte, ohne sich entscheiden zu können, welchem der Körperteile, die wie ein Geschenk in ein eng anliegendes, karminrotes John-Galliano-Kleidchen verpackt waren, sie zuerst ihre Beachtung schenken sollten. Der eine Leibwächter, der rechts stand, hatte offenbar eine Vorliebe für das Hinterteil entwickelt, während sein Kollege sich kaum von der üppigen, prallen Oberweite, einer zweifachen Verhöhnung aller Gesetze der Schwerkraft, losreißen konnte und der Praktikant derart benommen zu sein schien, dass er für längere Zeit vergaß, seinen Mund wieder zu schließen.

»Mhmmm, hier drin ist es ja ganz schön heiß«, sagte die Agentin 69 und fuhr sich mit einer Hand durch ihre lange Mähne, »habt ihr denn keine Klimaanlage mehr im Palast der Regionalregierung?«

»Doch, aber die steht auf sechsundzwanzig Grad, du weißt doch, die vom Umweltministerium behaupten, wir würden andernfalls unseren Planeten in die Luft jagen ...« Er wandte sich, ohne sie anzusehen, kurz an seine Sekretärin: »Margarida, stell die Klimaanlage ein bisschen kühler, sei so lieb.«

»Das wird auch nichts mehr nützen«, antwortete die schnippisch und zeigte mit dem Daumen auf den Praktikanten, »der bräuchte schon eine richtige Abkühlung, um wieder zu sich zu kommen.«

Der *President* führte seine Besucherin in der Zwischenzeit mit einladender Geste in sein Büro.

»Ich war sooo lange nicht mehr hier. Und es hat sich sooo rein gar nichts verändert ... Du hättest wenigstens die Vorhänge wechseln können oder zumindest die Fahne ... Das ist doch noch dieselbe, die auch schon bei Montilla herumhing, oder nicht?«

»Deinen Humor hast du jedenfalls noch nicht verloren, wie schön ... Für deinen nächsten Besuch werde ich das Haus komplett neu dekorieren lassen, das verspreche ich dir. Jetzt habe ich aber erst mal andere Sorgen.«

»Was kann ich denn für dich tun?«, fragte die Agentin 69, setzte sich in den Sessel, der vor dem Schreibtisch stand, und schlug ihre Beine im Stile einer Sharon Stone übereinander.

»Du könntest uns vermutlich wirklich behilflich sein … Schau … Wir haben dich doch einmal darum gebeten, einen Mann aus Deutschland bei Laune zu halten, erinnerst du dich?«
»Mhmmmm, für einen Politiker war der sooo nett … Sind die Fotos in der Dokumentation gut angekommen?«
»Bestens, wie immer … In unserer jetzigen Situation wäre uns sehr daran gelegen, einen ebenso netten Herrn ein wenig auf andere Gedanken zu bringen, nur dass es sich diesmal um einen Japaner handelt.«
»Oh, ich liiiebe die Japaner, die sind sooo höflich … Was hattest du gleich noch mal gesagt, welches kleine Geschenk wolltest du mir dafür machen, wo du doch weißt, wie gern ich mir eine Kleinigkeit kaufe …«
»Meinst du, für fünfzigtausend Euro könntest du dir genug Kleinigkeiten kaufen?«
Die Agentin 69 kräuselte ihre karminroten, fleischigen und glänzenden Lippen leicht:
»Oh, Andreu, Schätzchen, du scheinst ja gar nicht zu ahnen, was eine kleine hübsche Tasche mittlerweile so kosten kann.«
»Fünfundsiebzigtausend?«
»Mhmmm, irgendwie sind mir runde Beträge lieber …«
»Hunderttausend?«
»Für drei Tage wäre das in Ordnung …«
»Drei Tage? Mehr nicht? Für hunderttausend?«
»Oh, Schätzchen, das ist ein Freundschaftspreis. Für die Arbeit brauchst du ja wohl eine Spezialistin …«, und noch während die Agentin 69 dies sagte, holte sie aus ihrem leuchtend roten Hermès-Krokodilledertäschchen ein Zigarettenetui von Bulgari hervor, öffnete es und nahm sich eine lange Zigarette heraus. Das Rauchen war selbstverständlich im gesamten Ge-

bäude streng untersagt, der *President* aber beeilte sich bereits, die Streichhölzer aus einer seiner Schubladen herauszufischen, um seiner Besucherin Feuer anzubieten.

»Einverstanden«, sagte er, »falls sich das Problem innerhalb der nächsten drei Tage nicht lösen lassen sollte, müssen wir halt schauen, wem wir was vom Etat abzwacken können.«

»Mhmmm, ich ruf dich dann an. Und wie, sagtest du, heißt der japanische Gentleman gleich wieder?«, fragte die Agentin 69 durch die blaue Dunstwolke, die sie in die Luft geblasen hatte.

Der *President* reichte ihr ein Foto, das an diesem Vormittag aufgenommen worden war, an dem Inspektor Sakamura über die *Calle Mayor* von Calabella schlenderte, an seiner Seite Corrales, der sich auf die Fotografin zuzubewegen schien und ihr offenbar etwas zu sagen hatte.

»Er heißt Sakamura, ist ein Inspektor von Interpol und soll in Calabella in einer Sache ermitteln. Wir würden uns sehr freuen, wenn ihm möglichst wenig Zeit bliebe, seine Nase in die Angelegenheiten des Städtchens zu stecken, du verstehst, was ich meine. Und so ganz nebenbei wären wir auch noch daran interessiert zu erfahren, wie weit seine Ermittlungen gediehen sind ... Begleitet wird er von dem Typen hier von der Guardia Civil. Der Mann heißt Corrales ...«

»Oh, und soll ich Corrales auch ein wenig auf andere Gedanken bringen?«

»Nein, der ist nicht wichtig, der führt den Inspektor nur durch den Ort, uns interessiert ausschließlich der Japaner ... Falls es andererseits einfacher sein sollte, über den Typen an den Japaner heranzukommen, so steht dir das natürlich frei, ist ja klar. Der Fall dürfte nämlich nicht so ganz einfach werden ... Der Mann ist schließlich nicht nur im Auftrag von Interpol unterwegs, sondern auch noch buddhistischer Mönch ...«

»Oh wirklich, ich liiiebe buddhistische Mönche, die sind sooo süß ...«
»Süß ja, aber offenbar leben sie im Zölibat ...«
Die Agentin 69 ließ weiter Rauchkringel aufsteigen, warf den Kopf zurück und flüsterte mit halb geöffneten Augen:
»Und sie sind sooo leidenschaftlich, wenn sie es brechen ...«
»Wunderbar, wunderbar ...«, murmelte der *President* beeindruckt, »mach dich aber bitte sofort an die Arbeit. Meinst du, du bekommst das hin?«
»Natürlich«, sagte die Agentin 69 und nahm das Foto an sich. »Sag, mein Lieber, könntest du mir den Scheck sofort ausstellen?«
»Andorra, Zürich, Cayman Islands ...?«
»Oh, Andorra liegt doch sooo schön in der Nähe ...«, sagte die Agentin 69 und drückte ihre lange Zigarette auf einem Tellerchen mit dem Votivbild der Jungfrau von Montsecret aus, das dafür nicht gedacht war, aber ebenfalls sooo schön in ihrer Nähe stand.
Der *President* holte alles aus der Schublade, was er brauchte, um den Scheck auszustellen.
»Auf deinen Namen?«, fragte der *President* in der stillen Hoffnung, er könnte dieses kleine Geheimnis endlich einmal lüften.
»Ach weißt du, leider benutze ich nie denselben Namen für längere Zeit ... Würde es dir etwas ausmachen, mir einen Barscheck auf meine Bank auszustellen?«
»Ganz wie du möchtest, dann also einen Barscheck auf das Datum des ...«, er zählte mit den Fingern drei Tage ab, »fünfundzwanzigster Juli. Sei aber vorsichtig, der lässt sich nicht ohne Weiteres sperren. Das ist so, als hättest du bares Geld aus Andorra bei dir ...«

»Mhmmm, dann werde ich ihn wohl in meinem unerreichbarsten Winkel verstecken müssen.«

»Oha, und wo befindet sich der, wenn man mal fragen darf ...?«, sagte der *President* und gestattete sich diesmal einen verschmitzten Unterton in der Stimme, während er ihr den Scheck über den Tisch hinüberreichte.

»Oh, natürlich im Handschuhfach meiner hübschen Porscheline.«

»Ich wusste gar nicht, dass ein Porsche weiblich sein kann ...«

»Mhmmm, meine ist eine feine Dame.«

Um elf Uhr vormittags, zu der üblichen Zeit für ein *Hamaiketako*, hielten sich sechs Mitglieder der besonders aktiven Zelle der Unaussprechlichen in Can Fanga auf, genauer gesagt auf dem Universitätsplatz, und noch genauer gesagt genau in der Mitte des Universitätsplatzes.

»Das hier soll das große Barcelona sein? Also Bilbao ist da wohl die größere Nummer ...«, sagte die Vermummte Nr. 1, die ebenso wie ihre fünf Kumpels die schwarze Kapuze, die sie sonst trugen, gegen eine unauffällige Schirmmütze eingetauscht hatte sowie gegen eine Sonnenbrille und einen künstlichen Bart. Die ganze Truppe sah dadurch ein bisschen so aus wie die Rocker von ZZ Top.

»Können wir nicht endlich mal was essen?«, fragte der Vermummte Nr. 5.

Die Anfrage ging ohne Diskussion durch, allerdings bemerkten sie, als sie sich einmal um dreihundertsechzig Grad im Kreis gedreht hatten, dass dies gar nicht so einfach werden würde.

»Scheiße noch mal, diese Katalanen kennen keine Cafés, hier gibt's ja nur Banken.«

»Da hinten ist eins«, sagte der Vermummte Nr. 4, und zeigte in die Ferne.

Sie gingen in diese Richtung und überquerten einer nach dem anderen die *Gran Vía*.

»*Universitat de Can Fanga*«, las der Vermummte Nr. 3 laut vor. »Wer, bitte schön, ist denn Can Fanga?«

»So heißt Barcelona in Wirklichkeit auf Katalanisch«, antwortete der Vermummte Nr. 5, der damit beauftragt worden war, sich bei Google schlau zu machen. »So wie die spanischen Invasoren zu eurer Stadt immer Tan Tarantán sagen statt Pronosti ...«

»Eh, größer als die Uni von Deusto ist die auf keinen Fall ...«, befand die Vermummte Nr. 1.

Sie betraten ein Eckcafé in der *Calle Aribau*, nahmen gleich einen Großteil der Theke in Beschlag und mussten zu ihrer Überraschung feststellen, dass weder zusammengeknüllte Servietten noch benutzte Zahnstocher und schon gar keine ausgelutschten Garnelenköpfe unter ihnen am Boden herumlagen.

»Eh, bring uns mal 'n paar Gläser *Txakoli* und was zum Knabbern«, rief die Vermummte Nr. 1 auf Spanisch zum Kellner.

»*Chaco* was? Wie bitte?«, fragte der Kellner, der aus Kolumbien kam.

»*Txakoli*, verdammt, einen leichten Weißwein ...«

»Die kennen hier keinen *Txakoli*«, erklärte der Vermummte Nr. 5 auf Baskisch, während er auf dem Laptop seine Notizen überflog. »Der Weißwein heißt hier *Penedès*, nach der Gegend, aus der er kommt ...«

»Ach du Scheiße, was sind das denn hier für arme Irre?«, schimpfte die Vermummte Nr. 1.

»Andere Länder, andere Sitten, gab der Vermummte Nr. 2 zu bedenken.

»Klar, eh, wer in Katalonien ist, muss auch katalanischen Wein trinken, ist doch normal«, pflichtete ihm der Vermummte Nr. 3 bei, der, wie gesagt, aus derselben Stadt stammte.

»Dann hätten wir eben gern ein paar Gläser von diesem *Pichadés*«, bestellte die Vermummte Nr. 1 wieder auf Spanisch, »und, eh, hör mal, bring uns noch ein paar *Pintxos* dazu ...«

Es vergingen weitere Minuten voller baskisch-kolumbianischer Missverständnisse über das katalanische Essen, bevor zu guter Letzt sechs Teller vor den Unaussprechlichen standen mit *Botifarra amb Mongetes* und mehreren Tomatenbrotscheiben *Pa amb Tomàquet*, die eine dominikanische Köchin wild improvisiert hatte, um ihnen die gegoogelten Suchergebnisse aufzutischen.

»Häh, das sollen die berühmten *Butifarras con Monchetas* sein?«, fragte die Vermummte Nr. 1. »Das ist doch bloß 'ne fette Wurst mit Bohnen, und dazu noch so trocken, dass einem die Zunge am Gaumen kleben bleibt. Wenn du in Bilbao jemandem so einen Fraß vorsetzen würdest, bekämst du die ganze Ladung gleich in die Fresse ...«

Es war gegen Mittag, als sie den Laden schließlich wieder verließen und sich auf die Suche nach einem Lieferwagen machten, der grundsätzlich drei Bedingungen erfüllen sollte: Er musste Platz für sechs Personen bieten, eine geräumige Ladefläche besitzen und auf einem unbewachten Parkplatz stehen. Und da es in dieser staubigen Ecke der Halbinsel so verdammt schwül war, käme eine Klimaanlage auch noch ganz gut, fanden sie, sodass sie fast zwei Stunden brauchten, bis der geeignete Wagen gefunden war und sie sich durch den modernistischen Stadtteil Eixample gekämpft hatten, in dem eine Straße aussah wie die andere. Schließlich verließen sie Barcelona auf der *Avenida Meridiana* Richtung Norden.

Corrales erlaubte sich bei der Übersetzung der katalanischen Begriffe aus der Zeitung so viele poetische Freiheiten, dass Inspektor Sakamura wohl nie einen Zusammenhang (falls es ihn gegeben hätte) zwischen den Wörtern hätte entdecken können, die von den drei verstorbenen Ausländern unterstrichen worden waren. Da es aber gar keinen Zusammenhang gab, konnte der Inspektor einen korrekten logischen Schluss aus jenen falschen Prämissen ziehen: ein Zufall, der ihm womöglich wie der Inbegriff des Zen vorgekommen wäre, hätte er sich dessen bewusst sein können.

Die richtige Schlussfolgerung lautete nämlich in den Worten von Inspektor Sakamura wie folgt:

»Drei Tote lernt katalanisches Spanisch gleicher Lehrer in gleicher Schule.«

»Was?«, fragte Corrales, dem das Gläschen Napoleón und die dicke Cohiba, zu der ihn Interpol so liebenswürdig eingeladen hatte, langsam zu Kopf stiegen.

»Tote lernen die Sprache mit der Zeitung, deshalb unterstreichen schwierige Worte ... Jetzt waschen Schale«, sagte der Meister und machte sich mit seinem Besteck und dem Teller auf den Weg zu den Toiletten. Auf dem Teller lagen noch die Schalen der nicht zu roten spanischen Obstkugel, die sich nach reiflicher Überlegung und unter lebhafter Mitwirkung verschiedenster Mitarbeiter des Restaurants als Orange entpuppt hatte.

»Wo wollen Sie denn hin, Maestro? Sie sind hier doch nicht der Tellerwäscher, das machen die doch vom Restaurant«, rief ihm Corrales vergeblich nach.

Das Besteck und der Teller waren blitzsauber, als der Inspektor von der Toilette zurückkam und sie wieder auf dem Tisch abstellte.

»Besuch deutsche Yacht jetzt«, sagte er.

»Jetzt? Meinen Sie nicht, da wäre morgen früh der bessere Zeitpunkt, wenn es noch schön kühl ist?«, fragte Corrales, der sich mit der Cohiba eingenebelt hatte.

»Aaaah, nicht morgen, jetzt gleich«, beharrte der Inspektor, der sich erst gar nicht mehr an den Tisch setzte.

»Hör mir einer auf, Maestro, jetzt ist doch Zeit für eine Siesta, und da sollen wir raus bis zum Hafen latschen, wo einem die Sonne bloß wie verrückt auf den Schädel brennt?«

»Aaaah, ja, jetzt gleich, sonst gefährlich, nicht noch mehr Ausländer tot ...«

»Sie haben ja gut reden, wo Sie sich bloß so ein Kugelfrüchtchen einverleibt und nichts weiter zu verdauen haben. Und am Ende wird sich dann sowieso herausstellen, dass alles nur an den Scheißquallen lag ...«

## Drei

Die Emanzipationsministerin befand sich auf einer Reise durch den Nahen Osten, um den Ajatollahs mal gehörig den Kopf zu waschen, weil sie ihren Frauen nicht die Freiheit zugestehen wollten, Sexualobjekte im christlichen Stil aus sich zu machen. Aus diesem Grund musste der spanische Ministerpräsident in einem Zisterzienserkloster der Provinz Saragossa das Weinmuseum *Campo de Borja* selbst eröffnen.

Nach dem Festakt ließ er sich leicht beschwipst zum *Mesón de la Dolores* kutschieren, das in der freundlichen Gegend von Calatayud gelegen war. In dem bis auf den letzten Platz gefüllten Speisesaal tummelten sich die höchsten Würdenträger der Sozialistischen Partei Aragoniens, die es kaum erwarten konnten, sich mit ihrem nationalen Oberhaupt im Scheinwerferlicht ablichten zu lassen, um aus dem großen Ereignis ein unvergessliches zu machen. Über achtzig Gäste ließen sich rund um die gigantische Tafel nieder, die extra für die Zusammenkunft hergerichtet worden war. Eine Unmenge an Kellnern in aragonesischer Tracht servierten riesige Portionen *Migas tropezadas*, Brotkrumen, die in Öl, Schmalz, Knoblauch und spanischem Pfeffer gebraten worden waren, und mehr Cholesterin enthielten (und zwar das von der üblen Sorte), als eigentlich ratsam gewesen wäre. Der Ministerpräsident hatte die Einladung nicht ausschlagen können, auch wenn er nach einer Enzymdiagnostik wegen seines Transaminasenanstiegs gerade auf Diät war. Daher stocherte er recht verhalten in dem Essen herum, während Aragoniens Präsident (den seine Freunde Nicolás nannten) ihm bis ins kleinste Detail das neue Projekt darlegte, mit dem das touristische Potenzial der wüstenartigen Landschaft in den Monegros voll ausgeschöpft werden sollte. Während er mit lauter Stimme den fröhlichen Gesang aus Navarra, einen *Jota de Picadillo*, übertönte, der aus den Lautsprechern schallte, haute der aragonesische Präsident gehörig bei den Migas rein. Der Plan bestand darin, zwischen Bujaraloz und Fraga einen schiffbaren Fluss anzulegen und sich von Santiago Calatrava die organisch-futuristischen Brücken dazu bauen zu lassen, Rafael Moneo sollte in schlichten, klaren Formen einen einzigartigen Themenpark zu den verschiedenen Epochen Goyas (vor und nach seiner Taubheit) konzipieren, Frank O. Gehry mehrere dekonstruktivistische Indoor-Pétanque-Felder entwerfen und Norman Foster einen internationalen Flughafen bauen, der die Anreise aus Asien und den USA für die Touristen deutlich erleichtern würde. Ausgeschildert wäre alles selbstverständlich zweisprachig: auf Spanisch und Altaragonesisch, um den reichen Nachbarn in Katalonien in nichts nachzustehen.

Als der aragonesische Präsident gerade auf die staatliche Finanzierung zu sprechen kommen wollte, die für ein Projekt solchen Ausmaßes gewiss vonnöten sei, klingelte glücklicherweise das Handy des spanischen Ministerpräsidenten:

*Saliste a la arena del night club ...*

Er entschuldigte sich beim aragonesischen Präsidenten, erhob sich und verzog sich in eine ruhige Ecke des Speisesaals, um in Ruhe ans Telefon zu gehen.

Auf dem Display stand »Alberto«.

»Berto, was gibt's Neues von den Katalanen?«, fragte der spanische Ministerpräsident reflexartig.

»Eigentlich nichts ...«, antwortete der Innenminister, »auch wenn die Geschichte letztlich etwas mit ihnen zu tun haben könnte. Aber es gibt Neuigkeiten von den Unaussprechlichen ...«

Der Regierungschef erschrak sichtlich.
»Tu mir einen Gefallen und passt mir bloß gut auf die Ministerien auf, nicht dass wir wieder irgendwo so ein Desaster erleben wie das damals mit den Kaugummis ...«
»Keine Sorge, die aktive Zelle ist diesmal in Barcelona unterwegs. Auch wenn du immer das Gegenteil behauptest, haben wir sie seit Wochen bestens unter Kontrolle ... Zu sechst sind sie auf Achse, fünf Männer und eine als Mann verkleidete Frau. Wir wussten von ihnen, dass sie sich in letzter Zeit häufig in einer ihrer Kneipen getroffen haben. Heute jedoch haben sie im Morgengrauen mit falschen Bärten und in Verkleidung in Bilbao einen öffentlichen Bus genommen, der ohne Zwischenstopp bis nach Barcelona gefahren ist, wo sie einen größeren Lieferwagen geknackt haben. Gerade fahren sie auf der A7 in Richtung Gerona ... Ab da konnten wir sie nur noch von den Verkehrskameras beobachten lassen, und das letzte Bild, das wir haben, wurde an einer Mautstelle aufgenommen, auf dem Weg zur Costa Brava ...«
»Und wo sind sie jetzt ...?«
»Das kann ich dir nicht *genau* sagen, irgendwo da oben, in Ampurien ...«
»Was heißt denn hier ›irgendwo da oben‹? Habt ihr sie nicht mehr auf dem Schirm?«
»Als wenn das so einfach wäre, Paquito, in Barcelona haben wir noch unsere Leute vor Ort, aber da oben haben wir doch niemanden mehr ...«
»Und habt ihr keine Unterstützung vom Ministerium erhalten? Wir haben dafür doch extra eine ganze Einheit abgestellt ...«
»Wenn wir jede Bewegung aller Mitglieder der Unaussprechlichen überwachen lassen wollten, dann bräuchten wir dafür

mindestens acht komplette Einheiten ... Wer weiß, vielleicht machen die ja auch bloß Ferien an der Costa Brava.«

»Oh ja, sechs Mitglieder ein und desselben Kommandos fahren mit falschen Bärten in einem geklauten Lieferwagen in die Ferien ...!«

»Wäre schon komisch, da hast du recht, aber was meinst du, warum ich dich anrufe ...«

Der Ministerpräsident schippste nervös den Popel durch die Luft, den er mit den Fingerspitzen beim Telefonieren zu einem Kügelchen gerollt hatte. Irgendetwas heckten die Katalanen aus, die Basken hatten Lunte gerochen, und zu allem Überfluss machte nun auch noch ein Kommando der Unaussprechlichen erstmals die Provinz Gerona unsicher.

»Wenn wir jetzt in Madrid jemanden losschicken, verlieren wir kostbare Zeit ...«, sagte er schließlich.

»Tja, von uns aus könnten wir höchstens die Guardia Civil einschalten, die in den Häfen den Zoll überwacht: Das sind die Einzigen, die uns seit der letzten Neuordnung der Zuständigkeiten noch geblieben sind ... Vor ein paar Tagen erst haben wir einen von der Guardia Civil dazu abgestellt, einen Japaner von Interpol zu unterstützen ...«

»Ein Japaner von Interpol?«

»Ja, aus Frankreich. Ein gewisser Kommissar Frère-Jacques rief aus Lyon beim Ministerium an und wurde zu meinem Sekretär durchgestellt. Offenbar sind in der letzten Woche in irgendeinem Nest an der Küste drei Ausländer ums Leben gekommen, und einer davon war ein Niederländer, der für Interpol als Übersetzer gearbeitet hat. Das Gerücht geht um, die drei hätten sich totgelacht. Außer dem Übersetzer wurden noch ein Großaktionär der Volkswagen-Gruppe und eine Engländerin tot aufgefunden, die Haschisch vertickte und uns schon länger einschlägig bekannt war ...«

Dem Ministerpräsidenten wurde für einen Augenblick ganz schwummerig.

»Berto, mach mich nicht schwach ... Jetzt lass uns erst mal in Ruhe rekapitulieren, was wir bisher wissen ...«

Corrales und Inspektor Sakamura wurden am Anlegesteg von der Crew der Yacht in Empfang genommen, genauer gesagt von einem Typen, der von Kopf bis Fuß so strahlend weiß angezogen war, dass es einen in den Augen blendete: von der Mütze über das Smokinghemd, die kurzen Hosen, Strümpfe bis hin zu den Schnürschuhen. Corrales sagte sein Sprüchlein auf. Daraufhin nahm der Mann einen kleinen Apparat in die Hand, der an seinem Gürtel baumelte, und setzte sich mit irgendjemandem in Verbindung. Er sprach eine Sprache, die Corrales nicht verstand. Dann mussten sie alle einige Zeit in der prallen Sonne warten, bis die Antwort kam und der Mann die Gäste auffordern durfte, ihm zu folgen.

An Deck begrüßte sie diesmal die Witwe des Spitzenverdieners von Volkswagen. Sie trug über dem knappen Bikini einen luftigen *Pareo* und sah aus, als wäre sie noch keine dreißig Jahre alt. Das dahingeschiedene Meeressäugetier dürfte mindestens doppelt so alt gewesen sein.

»Guten Tag«, sagte Corrales, der heftig schwitzte und nicht in der Stimmung war, in die FBI-Rolle zu schlüpfen, »Inspektor Sakamura war nicht davon abzubringen, Ihnen unbedingt um diese Uhrzeit einen Besuch abzustatten ...«

»*Entschuldigung*«, antwortete die Bikiniwitwe in ihrer leichten Badebekleidung (auf Deutsch), »*Ich spreche kein Spanisch.*«

»Vergessen sie es, Maestro, »die redet nur ausländisch. Und zwar richtig ausländisch, da versteht man ja kein Wort. Am besten halten wir jetzt eine Siesta und kommen morgen mit einem Dolmetscher wieder ...«

Inspektor Sakamura jedoch, der in seinem Leben nicht nur die Gebrauchsanleitung eines Flachbildschirms, sondern beispielsweise auch die einer Bohrmaschine der Firma Bosch gelesen hatte, verbeugte sich formvollendet, entließ Corrales großzügig aus allen Pflichten und machte sich frischen Mutes selbst ans Werk:

»Eine kleine Frage: Ehemann studieren katalanisch Sprache auf Lehrer Schule?«, fragte er in ungeschliffenem Deutsch, um seinem Verdacht weiter nachzugehen.

Die Witwe verstand, worauf er mit seiner Frage hinauswollte: »*Ja, ja*«, antwortete sie.

»Aaaaha ...«, rief der Inspektor, und für einen Augenblick waren seine Äuglein vergleichsweise gut zu erkennen. »*Welcher Schule?*«

Die Witwe konnte ihm das nicht sagen. Sie bat die beiden jedoch, einen Augenblick zu warten, und verschwand im Bauch der Yacht. Kurz darauf tauchte sie mit einer Visitenkarte in der Hand wieder auf, die sie Inspektor Sakamura reichte.

*Acadèmia d'Idiomes Costa Brava* stand auf dem Kärtchen. *Anglès, alemany, italià, francès. Català intensiu per a estrangers.*

Darunter standen, etwas kleiner gedruckt, die Telefonnummer und die Adresse:

*Carrer de la Gallineta, n° 28*
*18079 Calabella (Girona)*

Der katalanische *President* schaute sich beim Essen im Fernsehen die Nachrichten des offiziellen katalanischen Senders an, der einen nicht zu unterschätzenden Einfluss auf die Politik hatte. Ein Sprecher dort würde beispielsweise nie das Wort »*Chotis*« über die Lippen bekommen, für den bekannten Volkstanz in Madrid, sondern immer von dem »traditionellen Tanz der Verwaltungshauptstadt des spanischen Staates« reden. Allein schon aus Prinzip.

In den Sportnachrichten wurde aus der Zentrale des Funkhauses live zu der Pressekonferenz des *Futbol Club Can Fanga* geschaltet, wo alle gespannt darauf warteten, dass der spektakulärste Transfer des Sommers, Ricardinho Betancourt, den Journalisten Rede und Antwort stehen würde, um zu versichern, wie glücklich er jetzt sei, endlich hier sein zu dürfen, ohne natürlich auch nur mit einem Wort zu erwähnen, dass er nun das Dreifache von dem verdienen würde, was ihm sein vorheriger Club gezahlt hatte.

Ein aufgeweckter Journalist von *La Vanguardia* stellte die erste Frage:

»Was war das für ein Gefühl, als Sie sich zum ersten Mal das Trikot der *Blaugrana* mit ihrem Namen auf dem Rücken übergestreift haben? Haben Sie da bereits gespürt, dass Sie zu den *Canfangarí* gehören?«

Auf den ersten Blick sah das nach einer harmlosen Frage aus. Die Verwendung des Ausdrucks »Canfangarí« allerdings (statt »Canfangarés«, der korrekten Landesbezeichnung für die Bewohner von Can Fanga) machte die Frage heikel, da sich nun zeigen würde, wie vertraut der brasilianische *Crack* bereits mit den Eigenarten der Katalanen war – worauf vor allem die *Canfangarins*, die Mitglieder des Vereins, sehr großen Wert legten.

»Ich bin *muito* überglücklich, jetzt für Can Fanga spielen zu dürfen, und kann Ihnen allen *muito* versprechen, dass ich *muito* hart arbeiten werde, um *muito* viele Tore zu schießen. Ich bin mir *muito* sicher, dass wir mit den Fans *muito* häufig einen Anlass haben werden, Samba zu tanzen, und in diesem Jahr *muito* Grund zum Feiern bekommen werden«, antwortete Ricardinho und nahm mit seinem leicht hispanisierten Brasilianisch problemlos die erste Hürde.

Währenddessen fertigten die Karikaturisten der großen Zeitungen erste Skizzen von seinen Segelohren an, die breit unter der eindeutig afrikanisch inspirierten Frisur des Spielers hervorlugten, und die Fernsehkomiker hielten nach typischen Ticks Ausschau, die er beim Reden und in seinen Bewegungen machte, um sie dann in ihren teilweise sehr witzigen Imitationen ausschlachten zu können.

Ohne jegliche Zurückhaltung preschte nun ein anderer Journalist vor, um mit ironischem Unterton zu fragen, ob Ricardinho daran glaube, in der kommenden Saison einen der Titel gewinnen zu können, oder ob es der Mannschaft von Real Madrid – den Seitenhieb konnte er sich nicht verkneifen – auch dieses Jahr wieder vergönnt sei, die ganz großen Trophäen nach Hause zu holen.

»Ich bin mir *muito* sicher, dass wir dieses Jahr *muito* viele Titel holen werden. Ich weiß zwar, dass Real Madrid eine *muito* starke Mannschaft hat, aber ich werde alles für die Mannschaft geben und voll konzentriert in jedes Spiel gehen. Wir haben uns *muito* viel vorgenommen. Wir wollen mit dieser neu formierten Mannschaft *muito* Geschichte schreiben«, so lautete die Antwortet des Stars, die alle Komiker aufhorchen ließ, weil er das Wörtchen »muito« so häufig und so gern gebrauchte.

Etwas dunkle Farbe ins Gesicht, eine Perücke mit afrikanischen Zöpfchen, und dann mussten sie in jedem Satz nur noch dreimal »muito« sagen, und fertig war die perfekte Imitation des neuen Mittelstürmers.

Der Rest der Pressekonferenz plätscherte mit eher langweiligen Fragen und Antworten dahin, bis ein Journalist der katalanischen Zeitung *Avui* sich erhob, sich räusperte, an das Mikrofon klopfte, bis er sich der vollen Aufmerksamkeit im Saal sicher sein konnte, um dann mit fester, klarer Stimme auf Katalanisch zu fragen:

»Señor Ricardinho, dürfte ich Sie fragen, ob Ihnen bereits klar geworden ist, dass der *Futbol Club Can Fanga* mehr ist als ein Fußballverein, denn für uns, für uns Katalanen, ist er eines unserer Symbole im Kampf um die volle Anerkennung unserer nationalen Identität ...?«

Schlagartig wurde es still im Pressezentrum. Der Berater des Spielers, ein ehemaliger Boxmanager, der einen Batzen Geld damit verdiente, Brasilianer an spanische Fußballclubs zu vermitteln, wollte die auf Katalanisch gestellte Frage gerade in sein leicht brasilianisiertes Spanisch übersetzen, als Ricardinho Betancourt ihm zuvorkam und mit starkem katalanischem Akzent antwortete, einem Akzent, der nur in der Provinz Gerona, genauer gesagt in der Gegend zwischen La Bisbal und Cassà de la Selva gesprochen wurde:

»*Bé: no cal dir-ho, oi? Altrament no gosaria d'ésser portador dels colors canfangarins a la samarreta ... Tanmateix, a fi i efecte de deixar ben palesa la meva fervent adscripció a la justa causa catalanista, us voldria manifestar que faré tant com pugui per tal de donar a conèixer la cultura i els fets diferencials d'questa terra que avui m'acull amb tanta generositat. Així doncs: visca el Can Fanga i visca Catalunya!*«*

* »Das können Sie mich nicht allen Ernstes fragen, nicht wahr? Andernfalls könnte ich es doch gar nicht wagen, mir das Trikot mit den

Dabei reckte er eine Faust in die Höhe (hoch über die rabenschwarzen Zöpfchen).
Die Reaktion auf dieses so außergewöhnliche Plädoyer setzte nicht sofort ein. Das Raunen machte sich erst nach und nach im Pressezentrum breit.
Die internationale und nationale Presse hatte zu großen Teilen nicht einmal verstanden, was Ricardinho da gerade gesagt hatte. Sie ahnte nicht einmal, in welcher Sprache er geantwortet hatte. Portugiesisch war es allerdings nicht gewesen, das war allen klar.
Die Vertreter der katalanischen Presse dagegen schauten sich verblüfft an, sie hatten den Star zwar Wort für Wort verstanden, trotzdem stand in ihre Gesichter nur ein ungläubiges Staunen geschrieben.
Nur der Journalist von *Avui*, der die Frage gestellt hatte, und Josep María Finestrals i Capcusí, der bekannte Finanzexperte und Präsident des Clubs, der mit auf dem Podium saß (und zwar in der Mitte), grinsten über beide Ohren und genossen die allgemeine Verblüffung.
Einige Kilometer weiter saß der katalanische *President* vor seinem Fernseher und bekleckerte sich vor Schreck mit der Suppe, die er gerade essen wollte. Gleich darauf fiel ihm noch der Löffel aus der Hand, der in den Suppenteller plumpste, und fast im selben Augenblick musste er auch noch geräuschvoll furzen: *prrrrrrrpffft*.

Farben der *Canfangarins* überzustreifen ... Eins kann ich Ihnen aber bei dieser Gelegenheit trotzdem mit aller Sicherheit sagen: Ich werde mich voll und ganz für die gerechte katalanische Sache einsetzen und werde alles in meiner Macht Stehende dafür tun, die Kultur und die vielfältigen Vorzüge dieses Landes, das mich jetzt so herzlich aufgenommen hat, überall bekannt zu machen. Also: Es lebe Can Fanga, es lebe Katalonien!«

Ein Schweizer aus Genf war die vierte Leiche, die mit diesem unerklärlichen Lachen im Gesicht aufgefunden wurde. Noch am selben Nachmittag war er hinter dem Steuer seines Volkswagens mit Schweizer Kennzeichen in Calabella zusammengebrochen und vor einer Ampel mitten auf der Straße stehen geblieben. Der Käfer hatte seelenruhig vor sich hingeknattert, während der Fahrer kein Lebenszeichen mehr von sich gab. Das Verkehrschaos, das durch den Rückstau an der Ampel ausgelöst wurde, legte das gesamte Geschäftsviertel am Strand für mehr als zwei Stunden lahm: Einige Streifenwagen waren bereits vor Ort, als die anderen Verkehrsteilnehmer überhaupt erst bemerkten, dass sich der Schweizer gar nicht mehr regte, egal wie sehr sie ihn auch in allen Sprachen der Schweizer Konföderation beschimpften. Dann kam auch noch ein Krankenwagen mit viel Tatütata angebraust und kurze Zeit später ein Inspektor der *Mossos*, dann die Fotografen und in einem Bus die Spurensicherung der Kriminalpolizei und schließlich auf seinem Motorroller der diensthabende Richter, der den Tod feststellte.

Inspektor Sakamura und Corrales erfuhren nicht sofort von dem Vorfall, da sie sich zum selben Zeitpunkt im Gewirr der steilen Gässchen der Altstadt verlaufen hatten. Die beiden waren auf der Suche nach der Adresse der Sprachenschule, die der Deutsche und vermutlich auch die Engländerin und wahrscheinlich auch der Niederländer besucht hatten.

Die Hausnummern in der *Calle de la Gallineta* begannen kurioserweise mit der 7, setzten sich dann bis zur 21 fort, sprangen von der 21 zur 12 und gingen danach mit den geraden Zahlen weiter bis zur 26, während auf der gegenüberliegenden Straßenseite die 2 den Anfang machte und die Hausnummern dann bis 10 durchliefen, bevor die geraden ebenso wie die ungeraden Hausnummern urplötzlich vor dem Gatter eines alten Friedhofs endeten, das wiederum mit einem Vorhängeschloss und einer Kette zugesperrt worden war.

»Maestro, wenn die 28 jetzt nicht augenblicklich auftaucht, landen die Tintenfischlein hier in hohem Bogen auf dem Friedhof - ob ich will oder nicht«, warnte Corrales, während er sich den Schweiß abwischte, der ihm bereits in die Augen lief.

Erst nach langem Hin und Her gelangten sie zu der Erkenntnis, dass die Calle de la Gallineta sich auf der anderen Seite der Kirche, die zu dem Friedhof gehörte, fortsetzte, und dass dieser Teil der Straße sich ganz in der Nähe der Calle Mayor befand. Dort lag zwischen den Nummern 26 und 15 das Gebäude mit der Hausnummer 28, was schon so manchen Postboten zur Verzweiflung getrieben hatte. Allerdings waren die Rollläden der Sprachschule geschlossen, an den Türrahmen war mit Tesafilm ein Zettelchen geklebt worden: Öffnungszeiten im Sommer von 9 bis 13 Uhr.

»Sie in Japan da oben brauchen wohl keine Siesta, da wird einen die Sonne ja auch nur leicht streifen, aber bei uns, Sie sehen ja selbst, Maestro, hier in Spanien, mitten auf der Weltkarte, bewegt sich in der Mittagszeit nicht einmal mehr der Zeiger an der Kirchturmuhr. Und schon gar nicht hier oben in der Altstadt, hier oben herrscht sozusagen tropisches Mittelmeerklima, pfff, ist das verflucht schwül hier oben.«

»Aaaah, ja, viele spanische Siesta ...«, sagte der Inspektor enttäuscht angesichts der Öffnungszeiten der Sprachschule. »Suchen Telefon Engländerin Holländer«, fügte er noch hinzu, drehte sich auf dem Absatz um und ging schnurstracks zurück in Richtung Hotel, wo sich die Unterlagen befanden, die ihm die *Mossos* zur Verfügung gestellt hatten.

»Maestro, verdammt, ist Ihnen denn gar nicht heiß? Bei mir hätte sich so ein kugeliges Früchtchen schon längst wieder in Luft aufgelöst ...«

Der Inspektor aber hatte trotz seiner kurzen Beinchen bereits einige Meter Vorsprung, und so blieb Corrales gar nichts anderes übrig, als eilig hinter ihm herzustiefeln. Kurz vor ihrem Hotel bemerkten sie das ungeheure Verkehrschaos, das der Schweizer durch sein Ableben im Volkswagen verursacht hatte, doch davon ahnten die beiden natürlich nichts. Corrales hatte vor ihnen am Straßenrand längst eine ganz andere Entdeckung gemacht, die ihn jeden Gedanken an den Straßenverkehr vergessen ließ:

»Schau mal einer an, was für ein Prachtexemplar direkt vor unserem Hotel steht«, sagte er zum Inspektor. Mit jedem Schritt wurde ihm klarer, dass er in diesem Fall hier von seinen Komplimenten nur die blumigsten würde auswählen können, um die Schönheit eines so außergewöhnlichen Geschöpfs gebührend zu würdigen.

Als sie nur noch wenige Schritte von der Dame entfernt waren, blieb Corrales die Spucke weg: Die unerhört attraktive Ausgeburt aller aphroditischen Tugenden steuerte direkt auf ihn zu.

»Mhmmm, junger Mann, wären Sie so lieb, mir einen Gefallen zu tun?«, fragte sie mit einer so schnurrenden, sinnlichen Stimme, wie Corrales sie nicht mehr gehört hatte, seit diese blonde, vollbusige Schauspielerin dem dickköpfigen Typen mit Krawatte ein Geburtstagsständchen dargebracht hatte.

»Für Sie würde ich sogar die Hausaufgaben machen, Verehrteste«, antwortete er in den lieblichsten Tönen und ergriff ihre ausgestreckte Hand, um sie zu küssen. »Darf ich mich

vorstellen, Corrales von der Guardia Civil. Was kann ich für Sie tun …?«
»Oh, wie nett … Ich bin Jazmín«. Gehaucht von solch roten, kollagenstrotzenden Lippen klang das wie *Yashmín*. »Ich habe leider ein kleines Problem mit meinem Auto …«
»Ihr Retter ist da, Señorita, da haben Sie genau die Richtigen vor sich. Darf ich Ihnen vorstellen, Inspektor Sakamura von Interpol.«
»Es ist mir ein Vergnügen«, sagte Jazmín, ohne die Augen von Corrales zu lassen.
Der Inspektor verbeugte sich respektvoll, und Corrales nahm sehr zufrieden zur Kenntnis, dass er diesmal die Hauptrolle spielte:
»Haben Sie eine Panne? Mit dem größten Vergnügen werden wir versuchen, diese so schnell wie möglich für Sie zu beheben …«
»Oh, nein, nicht einmal das … Wir Frauen sind manchmal so ungeschickt beim Einparken … und bedauerlicherweise bin ich ohne jede männliche Begleitung unterwegs … Ich fürchte, ich bin viiiiel zu dicht an diese … schrecklichen Säulen herangefahren, und jetzt weiß ich überhaupt nicht, wie ich da wieder herauskommen soll … Oh, hätten Sie gedacht, dass ich sooo ungeschickt sein kann …?«
»Schönheit ist zum Bewundern da, Señorita, und nicht zum Einparken von Autos … Wenn Sie mir verraten, wo Ihr Wagen steht, dann werde ich Ihnen das Fahrzeug liebend gern aus der Lücke fahren, und falls Sie später wieder jemanden brauchen sollten, der es für Sie einparkt, dann stehe ich Ihnen natürlich jederzeit mit dem größten Vergnügen zur Verfügung …«
In Anbetracht des Gesprächsverlaufs hielt Jazmín den Augen-

blick für gekommen, sich mit der Zunge über die Lippen zu fahren:
»Mhmmm, meinen Sie das ernst? Oh, Sie sind ja sooo liebenswürdig ... Es steht gleich hier auf dem Hotelparkplatz ...«
»Nach Ihnen«, sagte Corrales, wodurch er sich die Gelegenheit verschaffte, einen Blick auf das sehenswerte Hinterteil der Agentin 69 zu werfen, das immerhin so sehenswert war, dass selbst Inspektor Sakamura seine Augen nicht ganz davor verschließen konnte.
»Aaaah, hi, hi, viel spanische Frauen«, sagte der mit aller Diskretion zu Corrales und verschränkte dabei die Hände hinter dem Rücken.

Der katalanische *President* sollte auch später keine Gelegenheit mehr bekommen, seine Suppe aufzuessen, denn kaum war die Liveübertragung der Pressekonferenz des *Futbol Club Can Fanga* beendet, sprang er schon auf, suchte das Handy und tippte die Nummer des *Conseller de Presidència* ein:
»Hast du das gesehen?«, fragte er ohne Umschweife.
»Meinst du das mit Ricardinho?«, fragte der Minister, der selbstverständlich auch das Programm des offiziellen katalanischen Fernsehens verfolgte.
»Bitte sag mir, dass dies nichts mit dem Katalanischen Experiment zu tun hat: Ricardinho ist doch sicher nur der Enkel eines Bauern aus der Gegend von Vic, der wiederum damals nach Brasilien ausgewandert ist und dem Kleinen von Kindesbeinen an beigebracht hat, mit dem Opa katalanisch zu sprechen ...«
»Ich wollte dich gerade anrufen. Ich habe nämlich die Liste

mit den Namen aller Freiwilligen bekommen, die sich am Experiment beteiligt haben ...«

»Und? Ich will jetzt nur eins von dir hören, und zwar, dass Ricardinho nicht draufsteht, ist das so?«

»Na ja, nicht direkt, Ricardinho ist ja wahrscheinlich auch so eine Art Künstlername ... Dafür steht hier was von einem Ricardo Betancourt, Fußballprofi ...«

»Das darf doch nicht wahr sein ...! Wer von euch kam bloß auf die Schnapsidee ...?«

»Na, ja ... Wir wollten ja schließlich einen Querschnitt durch alle sozialen Schichten, und Finestralls bestand darauf ...«

Der katalanische *President* brüllte in den Hörer:

»Und für wen hält sich der bescheuerte Präsident von *Can Fanga*, dass er meint, entscheiden zu können, wer an einem so gearteten Experiment teilnehmen darf: Der einzige Präsident, der da was zu melden hat, bin immer noch ich!«

»Das war doch *die* Chance, in die Öffentlichkeit zu kommen: ein Weltstar, der katalanisch spricht ...«

»Chance? Und wenn der uns jetzt vor lauter Glückseligkeit abkratzt wie die drei anderen, was machen wir dann ...?

»Vier ...«

»Wieso vier?«

Der Minister versuchte, seinem *President* die neueste Nachricht so schonend wie möglich beizubringen:

»Der Direktor der *Mossos* hat gerade angerufen ... ein Schweizer ist an einer Ampel in Calabella tot aufgefunden worden. Henri Distel, Uhrmacher: Der Name steht auch auf unserer Liste ...«

»Um Himmels willen!«, rief der katalanische *President*, »das heißt, da waren's nur noch sechs ...«

»Falls die Unterlagen stimmen ... Ich lese dir die Namen von denen vor, die bis jetzt noch am Leben sind ... Abdalà Hussain, Marokkaner, Fischer aus Calabella; Alejandro Sanz ... ui ... ah, nee ... Glück gehabt, wir dürfen jetzt nur die Nerven nicht verlieren, nicht der Sänger, sondern ein Argentinier, arbeitet im Cybercafé, dann Isabela Morales, Peruanerin, Putzfrau in diversen Privathaushalten, Fabritzia Fiorella, Italienerin, kellnert in einer Pizzeria, Alain Montnoire, Franzose, Maler, leider steht hier nicht, ob mit schmalem Pinsel oder breiter Borste, und als Letzter steht hier eben jener Ricardo Betancourt, Fußballer.«

»Na, da kann man ja nur hoffen, dass die sechs ihr letztes Gebet schon gesprochen haben ... Das würde ich uns im Übrigen auch empfehlen ... Bitte macht jeden Einzelnen von ihnen ausfindig und beobachtet sie unauffällig, aber bitte diesmal wirklich so, dass sie nichts davon mitkriegen, verstanden? Und jetzt können wir nur noch beten, dass die Agentin 69 gute Arbeit leistet, sonst kannst du schon mal deine Siebensachen packen und dich zur Opposition auf die Bank hocken.«

»Mhmmm, sooo nett war das«, sagte Jazmín, die im Begriff war, in ihr weißes Porsche-Cabriolet einzusteigen, das ihr Corrales soeben aus der Parklücke gefahren hatte, nicht ohne mit dem Hinterreifen an die Säule zu schrammen.

»Noch habe ich kein richtiges Gefühl für die Maße hinten, aber Sie werden schon sehen, das wird sich ganz schnell ändern ...«

Corrales hielt ihr die Fahrertür auf und wartete, bis Jazmín es sich auf dem Sitz gemütlich gemacht hatte, auch wenn dies mit einem so kurzen und sooo eng anliegenden magnolienfarbenen Dolce-&-Gabbana-Kleid gar nicht so einfach war. Nachdem ihm sein günstiger Standort genug Einblicke verschafft hatte, schloss er mit Feingefühl die Tür, um aus der vorteilhaften Vogelperspektive einen letzten Blick in Jazmíns großzügiges Dekolleté zu werfen und ihr dabei seine Visitenkarte zu überreichen, die er vor über zwanzig Jahren in einer altmodischen Typografie hatte drucken lassen:

*Rafael Corrales*
*Zollfahnder*

»Verlieren Sie meine Nummer nicht«, sagte er.

»Mmmm, darf ich Sie wirklich wieder anrufen, falls ich jemanden zum Einparken brauche?«, fragte Jazmín, die sich streckte, um die Karte im Handschuhfach zu verstauen und gleichzeitig ihren Hintern noch einmal vorzuführen.

»Señorita, mein Apparat kann es schon gar nicht mehr erwarten, Ihren Anruf entgegenzunehmen.«

»Oh, Sie sind ja sooo liebenswürdig ... Dann also bis später«, sagte die Agentin 69 und schaute einen Augenblick lang mit einem schwindelerregenden Augenaufschlag den Inspektor an.

Als die dreihundert weißen Pferde wieherten und der Porsche die Anhöhe zur Straße hinauffuhr, schauten ihr sowohl Corrales als auch Inspektor Sakamura ein paar Sekunden lang versonnen nach und sahen das Nummernschild aus Andorra.

»Boa, ich kann Ihnen sagen, ich habe alles gesehen, bis zur Seidenspitze des Slips ...«

»Eine kleine Frage: Qips?«

»Na, so was wie unsere Unterhosen, allerdings um Muschis einzupacken ...«

»Aaaaha ... Eine kleine Frage: Mu Qi?

»Ach, du Scheiße, Maestro, man könnte ja glatt meinen, Sie hätten Ihr Spanisch mit der Gebrauchsanleitung eines Fernsehers gelernt ... Die Möse, das Venusmuschelchen.« Er hielt sich den Zeigefinger und den Mittelfinger vor den Mund und ließ die Zungenspitze zwischen ihnen hin und her wackeln.

»Aaaaha, ja, viel spanische Mu Qi ...«, sagte der Inspektor, und seine gelbliche Hautfarbe lief rot an, sodass sein rundes Gesicht die Farbe eines alten Goudas annahm.

»Aber diese Dame ist nicht irgendeine Muschi: Das ist ein Rasseweib, die hat Klasse, anders als die Schlampen, die oben ohne am Strand herumstolzieren. Um mit einer solchen Frau ins Bett gehen zu dürfen, muss ein Mann die Hosen runterlassen ...«

Während ihrer anregenden Unterhaltung schlenderten sie die Straße entlang und näherten sich ihrem Hotel. Bevor sie die Eingangshalle betraten, um den Aufzug zu nehmen, fiel ihnen auf, dass die Allee in der Richtung zum Strand gesperrt war und die Straßenkreuzung von den *Mossos* abgeriegelt wurde.

»Was ist denn da schon wieder los, warum sperren die denn die Straße ab?«, fragte Corrales den Hotelangestellten an der Rezeption.

Auf diese Weise erfuhren er und Inspektor Sakamura, dass ein Hotelgast in seinem Auto tot aufgefunden worden war. Der Herr sei, so der Hotelangestellte am Empfang, ein sehr ordentlicher, kultivierter Schweizer gewesen, der jeden Sommer fünfzehn Tage in Calabella verbracht habe und der vor seiner Abreise nach Genf jedes Mal ein sehr großzügiges

Trinkgeld für die Angestellten habe springen lassen und immer dasselbe Zimmer für das kommende Jahr reserviert habe. Ein wahrer Jammer.

»Das ist ja dieses Jahr was mit den Quallen«, sagte Corrales, »hatte der auch so ein komisches Grinsen im Gesicht?«

Inspektor Sakamura aber ließ dem Hotelangestellten keine Zeit für eine Antwort:

»Können sehen Zimmer, ja?«, fragte er, während er gleichzeitig wie mit Zauberhand die goldene Interpolmarke zückte.

Der Junge druckste ein wenig herum und ließ den Blick von der Interpolmarke zu Corrales schweifen, der zwar nicht so bedeutend zu sein schien wie der Inspektor, von dem der ganze Ort aber wusste, dass er bei der Guardia Civil arbeitete.

»Keine Panik, Kumpel, der Maestro darf mit der Erlaubnis des Innenministeriums hier untersuchen, was auch immer er will.«

Nachdem sie ein paar Minuten auf den Chef des Sicherheitsdienstes gewartet hatten, der sie in das Zimmer begleitete, konnte der Inspektor sich eigenhändig davon überzeugen, dass auch der verstorbene Schweizer tatsächlich die Zeitung *El Pum Diari* gelesen und einige Wörter unterstrichen hatte. Auf den ersten Blick sprangen ihm *malifeta** und *plujims*** ins Auge.

Das war aber noch nicht alles: Auf dem Schreibtisch lag, neben der Speisekarte einer Pizzeria mit Lieferservice und dem Prospekt einer Sauna aus Can Fanga sowie verschiedenen Prospekten für kleinere Kreuzfahrten, auch die Visitenkarte der *Acadèmia Costa Brava*, die ihnen bereits die Witwe des Meeressäugetiers mitgegeben hatte.

* malifeta – Amtsmissbrauch

** plujims – Nieselregen

Corrales schaute sich währenddessen erst im Bad die Schönheitspflegemittel und dann den überaus aufgeräumten Kleiderschrank an, bevor er eine Zeitschrift durchblätterte, auf deren Titelblatt ein junger, sommerlich gebräunter Mann mit gestählter Bauchmuskulatur abgebildet war.

Das soll die berühmte Costa Brava sein? Das ist ja eine flaue Brühe, verglichen mit Zarauz ...«, sagte die Vermummte Nr. 1, als der Kleintransporter, den sie in Barcelona gestohlen hatten, in die Uferpromenade von Calabella einbog.

Sie hatten keine Schwierigkeiten, das zentral gelegene Hotel Marina Brava zu finden, auch wenn sie wegen einer Polizeiabsperrung an einer Straßenkreuzung eine Weile aufgehalten wurden, bis ein Richter auf seiner Vespino angesaust kam, der dafür sorgte, dass die Leiche des Schweizer Uhrmachers ebenso abtransportiert wurde wie sein Volkswagen Käfer, der von einem Abschleppwagen auf den dafür vorgesehenen städtischen Parkplatz gebracht wurde.

Drei Doppelzimmer hatten sie reserviert und einen Parkplatz für den Lieferwagen. Im Hotel spritzten sich die sechs nur schnell das Gesicht unter den falschen Bärten mit etwas Wasser ab, dann brachen sie zu ihrer ersten Erkundungstour auf.

Ihre Informanten hatten ihnen präzise Angaben mitgegeben: den Straßennamen und auch die Hausnummer.

Mithilfe des Stadtplans, den ihnen der Hotelangestellte an der Rezeption zur Verfügung gestellt hatte, fanden sie die Straße ohne Probleme; dagegen bereitete ihnen die Hausnummer der *Acadèmia Costa Brava* größere Schwierigkeiten. Erst als sie auf Anweisung des Hirns ihrer Zelle einmal um den alten Friedhof herumgelaufen waren, standen sie vor dem entsprechenden Haus. Dort testeten sie sogleich den heruntergelassenen Rollladen auf seine Robustheit, vermaßen die Breite des Gässchens und erkundeten die Schilder in den umliegenden Straßen. Der Vermummte Nr. 4, der Schüchternste des Kommandos, der auch die beste Handschrift hatte, vermerkte all ihre Erkenntnisse sorgfältig in einem Notizbuch der Marke Moleskine.

Eine halbe Stunde später mischten sie sich auf der *Calle Mayor* unter die Touristen, die gerade die Siesta beendet hatten, und setzten sich in der Nähe des Rathauses draußen in ein Café. Während der Vermummte Nr. 6 sich dort in sein Notizbuch und in den Stadtplan vertiefte, um über verschiedene denkbare Fluchtwege und ihre möglichen Gefahren nachzudenken, nahmen seine fünf Mitstreiter eine erste Kleinigkeit zu sich: große Garnelen aus Calabella, die einmal kurz durch die Pfanne gezogen worden waren.

»Mmmh, nicht schlecht ...«, sagte die Vermummte Nr. 1, lutschte einen Garnelenkopf und versuchte dabei, sich ihren angeklebten Bart nicht zu bekleckern.

Ihre Zufriedenheit schlug erst um, als der Kellner ihnen die Rechnung brachte.

Der *President* der Regierung Kataloniens wurde noch am selben Abend telefonisch über die Berichte von der Autopsie des Niederländers und des Deutschen unterrichtet. Die Ergebnisse fielen aus wie erwartet: leicht erhöhte Strahlenwerte, aber schier unglaubliche Endorphinwerte im Blut. Und von der Engländerin wussten sie noch nichts Neues zu berichten.

Als er aufgelegt hatte, trommelte der *President* einige Minuten mit den Fingern auf der Aeroret-Packung herum, die in seinem Büro auf dem Schreibtisch lag, und dachte in aller Ruhe nach. Ihm wollte aber partout nichts Besseres einfallen, als Finestrals anzurufen, den Präsidenten des *Futbol Club Can Fanga*.

»Josep Maria, ich bin's, Andreu ...«

»Mensch, wie geht's, mein Lieber«, antwortete der Präsident des Fußballclubs, der sich gern auf Augenhöhe mit dem *President* Kataloniens sah.

»Wo bist du? Können wir ungestört reden?«

»Ja, ich liege bei uns zu Hause in Sant Cugat am Pool herum ...«

»Mir wäre es eigentlich lieber, die Sache nicht am Telefon zu besprechen ...«

»Was Unangenehmes ...?«

»Kann sein, ich fürchte, da könnte eine größere Sache auf uns zukommen. Die medizinischen Untersuchungen sind bei Ricardinho schon gelaufen, oder nicht?«

»Du bist ja lustig, du glaubst doch wohl selbst nicht, dass wir fünfzig Millionen Euro für einen Stürmer hinblättern, ohne ihn vorher von unseren Spezialisten durchchecken zu lassen ...«

»Und so eine Untersuchung ist komplett mit Blutabnahme und allem, hm ...?«

»Und allem? Wenn mich nicht alles täuscht, werden die sogar rektal untersucht ...«

»Und war alles in Ordnung ...?«

»Warum fragst du denn so komisch?«

»Die Untersuchungen, die fanden statt ... äh, bevor ihr ihn wegen des Experiments nach Calabella gebracht habt, oder?«

»Ich glaub schon ... Ja, klar: Als wir nach Calabella gefahren sind, hatten wir ihn bereits unter Vertrag ...«

»Scheiße!«, entfuhr es dem Präsidenten Kataloniens.

»Wieso ...?«, der *President* des Fußballclubs rechnete mit dem Schlimmsten.

»Wenn das mal nicht in die Hose geht. Ich mus dir das mal unter vier Augen erzählen, am besten treffen wir uns so schnell wie möglich. Sag mal, habt ihr einen Arzt bei euch in *Can Fanga*, dem man blind vertrauen kann?«

»Was denkst du dir eigentlich, Andreu: Meinst du, wir gehen mit unseren Stars zum Amtsarzt?«

»Dann ruf ihn schon mal an, den werden wir sicher noch gut gebrauchen können.«

Die Agentin 69 fuhr in ihrem Porsche zur *Platja d'Anell*, wo einige internationale Hersteller die geheimen Waffen einer Frau verkauften. Ihr offensives Arsenal konnte sie dort um einen Präzisionslippenstift erweitern, mehrere Langstreckenkosmetika und einen Nahkampfanzug von Victoria's Secret, der sich durch verschärfte Transparenz auszeichnete. Die hübschen Hochglanztüten warf sie danach lässig auf die Rückbank, um sich auf der Rückfahrt nach Calabella sogleich damit zu amüsieren, einen gelben Z4 zu demütigen, dessen gut sechzigjähriger Fahrer seine Haare mit *Just For Men* gefärbt und eigentlich vorgehabt hatte, die Dame im Porsche mit seinem sportlichen Fahrstil zu beeindrucken.

Auf der Höhe des Hotels Marina Brava schaltete sie den Motor mitten auf der Fahrbahn ab und dafür die Blinklichter an, was hinter ihr unweigerlich zu einem Stau führte. Innerhalb weniger Sekunden erschallte ein bemerkenswertes Hupkonzert, was sie aber nicht weiter zu stören schien. Sie holte nur die Visitenkarte aus dem Handschuhfach und rief Corrales an:

»Mmmm, Rafael? ... Oh, ich sitze schrecklich in der Patsche. [...] Ja, ich bin an der Einfahrt zum Hotelparkplatz vorbeigefahren, und als ich den Rückwärtsgang einlegen wollte, ist mir der Motor ausgegangen. Ich fürchte, jetzt springt er nicht mehr an, und hinter mir staut sich der ganze Verkehr. [...] Ja, hier, direkt vor dem Hotel. [...] Oh, bitte, das würde ich Ihnen ja niiie vergessen. [...] Bitte beeilen Sie sich, die viele Huperei macht mich ganz verrückt ...«

Corrales und Inspektor Sakamura hatten die Besichtigung des Hotelzimmers soeben abgeschlossen. Beide sausten in Windeseile hinunter auf die Straße, um der hilflosen jungen Dame aus ihrer Verlegenheit zu helfen, die währenddessen bei ausgeschaltetem Motor unaufhörlich auf das Gaspedal trat, um sicherzustellen, dass ihr Sportwagen nur so im Treibstoff badete.

Corrales verschaffte sich sofort ein Bild von der Lage und sorgte wie zu seinen besten Zeiten als Verkehrspolizist der Guardia Civil erst einmal dafür, dass sich die Autoschlange hinter dem Wagen lichtete. Währenddessen öffnete Inspektor Sakamura die Fahrertür, um der vollends hilfsbedürftigen Jazmín herauszuhelfen. Wie bei einem edlen höfischen Tanz führte er sie mit einer Hand am Unterarm auf den Bürgersteig, um sie in Sicherheit zu bringen. Auch der Hotelangestellte konnte der Versuchung nicht widerstehen, um diesen außergewöhnlichen Gast herumzuflattern, und so erschien er mit einer Flasche Heilwasser, sterilem Heftpflaster und allen möglichen anderen nützlichen Dingen auf

der Straße, um der Dame über den ersten Schreck hinwegzuhelfen.
Von der Fahrbahn aus erteilte Corrales lautstarke Anweisungen an die Autofahrer. Zwischendurch versicherte er sich mit einem Dreh des Autoschlüssels kurz, dass die Batterieanzeige und der Anlasser funktionierten und der Wagen lediglich nicht ansprang. Es gab keinen Zweifel, der Motor war abgesoffen. Also gesellte er sich zu den anderen auf den Bürgersteig, um fachmännisch eine beruhigende Diagnose abzugeben:
»Das liegt an den Zündkerzen, die das Benzin manchmal unter Hochdruck in den Verteiler der Einspritzdüsen spritzen, und dann stehen die Zündung und auch der Anlasser unter Aquaplaning. Aber machen Sie sich keine Sorgen, den Wagen bringe ich Ihnen in fünf Minuten wieder zum Laufen.«
»Oh, und ich habe mir schon solche Sorgen gemacht.«
Corrales stellte sich erneut einige Minuten lang auf die Fahrbahn, um die Autofahrer und Fußgänger mit zackigen Handbewegungen zu lotsen, dann drehte er den Schlüssel herum, und schon schnurrte der starke Motor wieder wie ein zahmes Kätzchen.
»Sehen Sie? Das ist alles eine Frage der Erfahrung, man darf nur nicht zu doll aufs Gaspedal treten, wenn man den Schlüssel herumdreht ... Jetzt parken wir den Wagen noch schnell dort, wo Sie es gern hätten, und damit hat sich die Sache dann erledigt.« Dabei wendete er das Fahrzeug und hielt ihr die Beifahrertür auf.
»Maestro«, sagte er zum Inspektor, der ihm mit hinter dem Rücken verschränkten Armen zugesehen hatte, »würde es Ihnen etwas ausmachen, hinten zu sitzen, da passen Sie als Japaner von uns dreien am besten rein.«

So ließen die drei den Hotelangestellten von der Rezeption – mit seiner Flasche Heilwasser und seinen Heftpflastern – auf dem Bürgersteig stehen und fädelten sich in den Verkehr in Richtung Strand ein, um einmal um den Block zu fahren und den Wagen auf dem Hotelparkplatz abzustellen.

»Mmmm, Sie waren sooo liebenswürdig ... Wie kann ich das je wieder gutmachen?«

»Och ... falls Sie darauf bestehen, wird mir da sicher etwas einfallen«, sagte Corrales.

»Ich bestehe darauf ... Oh, ich weiß schon: Bitte erlauben Sie mir, dass ich Sie heute Abend zum Essen einlade.«

»Auf keinen Fall«, verneinte Corrales unnachgiebig, »das Essen heute Abend geht auf die Rechnung von Interpol. Das hätte ja gerade noch gefehlt ...«

»Mmmm, Sie sind ein Schatz ... Ich bräuchte allerdings schnell noch zwanzig Minuten für meine Meditation zur Abenddämmerung.«

Inspektor Sakamura streckte mit einem Mal hellwach seinen Kopf aus dem beengten Raum hinter den Sitzen hervor und gab ein Lebenszeichen von sich:

»Aaaaha ... Praktizieren viel *Za*-Zen?«

»Oh, ja, Sie müssen das unbedingt auch mal ausprobieren: Der Buddhismus hat mir sooo viel Gelassenheit gegeben, nachdem nun schon mein dritter Ehemann gestorben ist ...«, sagte Jazmín, während Corrales vollauf damit beschäftigt war, den Flitzer in einem blitzsauberen »L« auf dem Platz vor dem Hotel einzuparken.

Es wurde bereits dunkel, als der katalanische *President* auf die Idee kam, die auflagenstärksten Zeitungen durchzusehen, um sicherzugehen, dass zumindest bis jetzt noch alles im Lot war.

In *La Vanguardia* stand nichts. *El Periódico* ... auch nichts. *El País*, *ABC*, *Público*, *El Mundo*, überall nichts ... In dem Boulevardblättchen *El Globo* dagegen sprang ihm eine Überschrift ins Auge, die ihn bereits auf den ersten Blick schaudern ließ:

*Drei Ausländer kommen in Katalonien auf mysteriöse Weise ums Leben.*

»Scheiße!«, entfuhr es dem katalanischen *President*, der in seinem Büro mit der Aeroret-Packung auf die Schreibtischplatte klopfte.

Was darunter stand, klang allerdings nicht viel weniger beunruhigend:

*Zufall oder Zusammenhang? Wie Augenzeugen berichten, wurden mindestens zwei der drei Leichen in der kleinen Küstengemeinde Calabella aufgefunden. Die Toten hatten ein Lachen auf den Gesichtern, das geradezu unheimlich ausgesehen haben muss.*

»Unheimlicher Schwachsinn, du Missgeburt«, rief der katalanische *President*, der schon jetzt die Nase voll hatte, bevor er den Artikel überhaupt gelesen hatte:

*Die katalanische Polizei, die für ihre rabiaten Methoden bekannt ist, verheimlicht der Presse die Ergebnisse der Autopsie ...*

*... wichtiger Volkswagen-Aktionär ...*

*... In Anbetracht der dunklen Machenschaften der autonomen Regierung Kataloniens und der fortgesetzten Tatenlosigkeit des Innenministeriums hat Interpol mehrere Spezialagenten auf den Fall angesetzt, um dafür zu sorgen, dass die Todesfälle aufgeklärt werden ...«*

Als der katalanische *President* den Artikel vollständig durchgelesen hatte, war die Aeroret-Schachtel platt wie ein Bierdeckel. Von Strahlung war zwar mit keinem Wort die Rede gewesen, aber trotzdem, diese verdammten Journalisten waren offenbar nicht in der Lage, auch nur einen einzigen vernünftigen Satz zu schreiben.

Sobald erst einmal bekannt werden würde, dass es eine vierte Leiche gab, dürfte der Ton sich zweifellos noch verschärfen, und dann würden auch die anderen Zeitungen und Fernsehsender die Sau durchs Dorf treiben und wild herumspekulieren.

Da das Budget einer aktiven revolutionären Zelle in der Regel nicht auf Meeresfrüchte ausgelegt ist, musste das IKEA-Kommando die Garnelenschlemmerei abbrechen. Das Hirn der Truppe schlug vor, in einem billigeren Restaurant zu Abend zu essen. Aus Respekt vor der hiesigen Tradition und Kultur kam ein Dönerkebab ebenso wenig in Frage wie eine Pizzeria, ein mexikanisches oder ein chinesisches Lokal. Schließlich aßen sie ein fettiges Wurstgericht, *Salchicha gorda con Alubias*, in einer Cafeteria, in der Touristen preiswerte Tellergerichte mit üppigen Beilagen (weiße Bohnen und aufgetaute Pommes frites) serviert wurden, und besprachen in aller Ruhe noch einmal den genauen Ablauf ihres sorgfältig geplanten nächtlichen Vorhabens.

Obwohl es noch nicht sehr spät geworden war, gingen sie danach in ihr Hotel zurück, um sich ein paar Stunden aufs Ohr zu legen, bevor sie in Aktion treten wollten.

Aus operativen Gründen (wie auch persönlichen Vorlieben) teilten sich die Vermummten Nr. 5 und Nr. 6 ein Doppelzimmer (beide hatten nicht nur Engels, sondern auch den baskischen Schriftsteller, Theoretiker und Unabhängigkeitskämpfer Sabino de Arana gelesen) sowie Nr. 2 und Nr. 3 (die beiden Freunde aus Pronosti-Tan Tarantán-San Sebastián) sowie schließlich die Vermummte Nr. 1 und der Vermummte Nr. 4 (die ja noch übrig blieben). Zehn Uhr. Draußen war es dunkel und in den Zimmern mucksmäuschenstill. Da sie müde von der Reise und den Erlebnissen des Tages waren, schliefen fast alle schon. Nur in einem Zimmer wurde es gegen halb elf plötzlich noch einmal laut: die schallende Ohrfeige war nicht zu überhören (*Paff!*).

»Wenn du noch einmal in mein Bett kommst, hack ich deinen Schwanz in Scheiben, du Wichser«, brüllte die Vermummte Nr. 1, als ob die Ohrfeige zur Abschreckung nicht schon ausgereicht hätte.

Das *El Llamàntol d'Or*, in dem Corrales mit Inspektor Sakamura Mittag gegessen hatte, schien ihm für den Anlass nicht edel genug, da sollte es schon das *La Llagosta de Platí Iridiat* sein, das eleganteste und teuerste Spezialitätenrestaurant für Meeresfrüchte in Calabella.

An einem der besten Tische, der ihnen dank der beiläufigen Erwähnung einer Institution namens Interpol zugewiesen worden war, saß Corrales vor einem Topf mit Glasaal, die Agentin 69 vor einem Tellerchen mit Belugakaviar und der Inspektor Sakamura vor einer Schale mit gekochtem Reis.

»Mmmm, Sie müssen ja ein sooo spannendes Leben führen ...«, hauchte Jazmín und ließ sich ein Löffelchen mit den dunklen Eierchen auf der Zunge zergehen. »Ich bin mir sicher, dass ich von Ihnen sooo viele Dinge lernen könnte ...«

»Aaaah, nein: kein sehr guter Lehrer«, antwortete Inspektor Sakamura, während er wieder einmal rot wurde wie ein alter Gouda.

»Oh, Sie sollten nicht so bescheiden sein ... Sie haben bestimmt schon ihr *Satori* erreicht, so nennt man doch das Erwachen Buddhas unter dem Baum Bodhi, seine Erleuchtung, nicht wahr?«

»Aaaah, nein, hi, hi, nie sagen *Satori*, sonst kein *Satori*. Besser Schale waschen und Fußboden putzen ...«

»Mmmmm, das ist aber ein riesengroßes *Koan* ... Das müssen Sie gelernt haben, als Sie im Tempel von Kyoto gelebt haben ...«

»Aaaah, nein: in Kyoto junger Mönch, dann große Reise barfuß mit Schale, Yokohama, Sendai.«

»Oh, Japan muss ja ein unglaublich aufregendes Land sein ...«

»Ich für meinen Teil komme aus Carabanchel«, mischte sich Corrales ungeduldig ein, der schon eine ganze Weile zu seinem Verdruss gemerkt hatte, dass er in der Unterhaltung außen vor blieb.

»Mmmm ... Ach, gibt es bei Ihnen in Carabanchel auch irgendeinen *Dojo* Zen?«, fragte die Agentin 69 auf besonders bezaubernd spöttische Weise, denn nun brauchte sie Corrales nicht mehr.

»Ähh ... genau diese Rasse vielleicht nicht, aber ein Nachbar von uns hatte mal einen Red Bull, vor dem hatten alle in der Gegend gehörigen Respekt ...«

»Oh, wie schade aber auch«, sagte Jazmín und lächelte kurz, bevor sie sich wieder ihrem eigentlichen Opfer zuwandte. »Würden Sie mir etwas verraten, Meister, glauben Sie, dass sich aus einem schlechten Karma noch etwas machen lässt? Manchmal fürchte ich, dass ich bisher ein viel zu zügelloses Leben geführt habe ...«

»Aaaah, ja: Viel Eis schmelzen, viel Wasser kommen. Karma schlecht, Erwachen groß. Schale waschen, Fußboden putzen und *Satori* vergessen.«
»Ich würde mich sooo freuen, wenn Sie mir diesbezüglich ein paar Lektionen erteilen könnten ...«
»Aaaah, nein. *Satori* nicht lernen. Katze nicht lernen, Katze ist Buddha. Ratte nicht lernen, Ratte ist Buddha. Mensch ist Buddha, dann Mensch lernen, danach Mensch vergessen. Großes *Koan*«, schloss der große Meister mit einer anmutigen Handbewegung.
»Bei uns in Carabanchel hatten die Ratten nichts zu lachen ...«, meldete sich Corrales zu Wort, der alle *Koans* schon vor langer Zeit auf seine Weise gelöst hatte.
»Aaaah, ja, Corrales *Satori*«, sagte der große Meister und zeigte auf seinen Cicerone. »Corrales großer Buddha, hi, hi.«
»Na ja, ob nun gleich ein großer Buddha ...«, versuchte die erwähnte Person die Dinge wieder zurechtzurücken, indem er sich mit der flachen Hand auf den Bauch klopfte, um zu zeigen, wie hart der klingen konnte.
»Oh, ich lerne ja sooo viel heute Nacht ... Wie könnte man Ihnen zuhören, ohne gleichzeitig eine reichere Frau zu werden?«, versuchte Jazmín die Unterhaltung mit dem Meister weiterzuführen.
»Lernen ist gut, aber nie versuchen lernen. Nie Ziel. Praktizieren *Za*-Zen, jeden Tag, waschen Schale, jeden Tag, putzen Fußboden, jeden Tag. Besser nie suchen, dann finden.«
Corrales mischte sich erneut ein:
»Wenn man seine Schlüssel verliert, ist das ja auch mehr oder weniger so: Wenn man sie sucht, findet man sie nicht, aber sobald man sich den Schlüssel nachmachen lässt, taucht er in irgendeiner Ecke wieder auf. Oder etwa nicht, Maestro?«

»Aaaah, ja, *Satori* ist ein verliert Schlüssel ...«
»Da haben Sie es, Señorita, dafür muss man gar nicht groß studieren ... Ich bin zu dem geworden, der ich bin, ohne je ein einziges Buch anzurühren.«
»Aaaah, ja, Corrales hat große viele Weisheit Katze, hi, hi ...«
Plötzlich erklang mitten in den sanften Smooth Jazz hinein ein andalusischer Fandango mit Kastagnettenbegleitung. Der Klingelton war durchdringend:
*Por un beso que le di en el puerto / a una dama que no conocía. / Por un beso que le di en el puerto / han querido matar mi alegría ...*
»Oh ... Das ist meine Angetraute«, sagte Corrales und holte sein Handy aus der Gürteltasche. »Als ich ihr sagte, dass ich heute Abend zu einer Sitzung mit Interpol müsste, hat sie's nicht glauben wollen, und jetzt ruft sie an, um zu schauen, ob ich wirklich noch nüchtern bin ...«
In ihrer langen Karriere hatte die Agentin 69 es bereits mit Weisen, Philosophen und Mönchen aller Art zu tun gehabt, aber nie zuvor hatte ein Polizist der Guardia Civil aus Carabanchel ihr ins Handwerk gepfuscht. Ihr weiblicher, vielseitiger Verstand sagte ihr, dass sie einen günstigen Augenblick würde abwarten müssen: Früher oder später würde sie mit dem Inspektor allein sein – und sei es auch nur in der Eingangshalle des Hotels. Auf dem Weg aus dem Erdgeschoss bis hoch in die Zimmer würden sich dann sicher viele Möglichkeiten bieten.
»... keinen Tropfen, ich schwör's dir ...«, log Corrales und gab sich am Handy, als sei er gerade sehr beschäftigt. »Waaas? ... Hör doch auf, lass doch jetzt bitte den Schwachsinn, Schnecke, wo zum Teufel soll ich denn jetzt ein Abführmittel herbekommen, wo ich doch mitten in einer Sitzung bin ...«

Pünktlich um ein Uhr in der Nacht standen die sechs Vermummten des IKEA-Kommandos auf, duschten sich und trafen sich unten an der Hotelrezeption. Sie hatten sich von ihren Bärten befreit, unter denen die Haut zu jucken begonnen hatte, und sich ihre sehr viel angenehmeren Arbeitskapuzen übergeworfen.
Ihr Treffen dauerte nur ein paar Sekunden, dann teilten sie sich erneut paarweise auf.
Zur Umsetzung ihres Plans brauchten sie neben dem Kleintransporter noch zwei echte Flitzer (die den repressiven Sicherheitskräften der Invasoren weniger verdächtig erscheinen mussten). Darum kümmerten sich einerseits die Vermummten Nr. 2 und Nr. 3, die sich für einen vornehmen marineblauen Jaguar auf dem öffentlichen Strandparkplatz entschieden, und andererseits der Vermummte Nr. 4 mit der Vermummten Nr. 1, der ein weißes Porsche-Cabrio besonders gut gefiel, das direkt vor der Tür auf dem Hotelparkplatz stand.
Der Vermummte Nr. 4, dessen rechte Wange noch immer etwas gerötet war, knackte in der nächtlichen Stille das Türschloss und setzte die Alarmanlage außer Betrieb. Währenddessen durchstöberte die Vermummte Nr. 1 das Handschuhfach, um zu schauen, ob es nicht ein paar Dinge gäbe, die sie für die revolutionäre Sache an sich nehmen konnte. Unglaublich, wie viele interessante Sachen diese miesen Kapitalisten in den Handschuhfächern ihrer Autos verstauten ...
Zuerst schaute sie die Wagenpapiere an. Sie waren auf den Namen einer Gesellschaft mit Sitz in Andorra ausgestellt: *La Belle Jazmín Societat Limitada.* Dann entdeckte sie einen Reisepass, ebenfalls aus Andorra, der einer Enrica Bellmunt i Somatent gehörte, die am siebzehnten Mai 1967 in Andorra

la Vella geboren war. Und zu guter Letzt fand sie etwas, das sich für die gute Sache noch als sehr viel hilfreicher erweisen konnte: einen Barscheck über sage und schreibe hunderttausend Euro, der bei der *Petita Banca Andorrana* einzulösen war, die ihren Sitz selbstredend in Andorra hatte.
»Ich fass es nicht, Wahnsinn! Wir haben im Lotto gewonnen«, raunte die Vermummte Nr. 1 ihrem Mitstreiter zu, der noch immer mit dem Kabelgewirr unter dem Lenkrad beschäftigt war.
Dabei hatte sie die teuren Kosmetika und den Body von Victoria's Secret (der ihr zufälligerweise genau passen sollte) noch nicht entdeckt, die in den hübschen Hochglanztüten auf der Rückbank lagen.

Fünf Minuten nachdem die Unaussprechlichen das Hotel verlassen hatten, traf dort eine ebenso bemerkenswerte, wenn auch kleinere Gruppe ein.
»Und? Trinken wir noch irgendwo einen Absacker?«, fragte Corrales mit sonorer Stimme, die er den anderthalb Litern Albariño, drei doppelten Whiskys und einer Cohiba verdankte, auf deren Stummel er noch immer herumkaute.
»Oh, ich bin leider schon sooo müde«, entschuldigte sich Jazmín.
»Ein kleines Gläschen Cuba Libre macht doch nicht müde, meine Liebe ... Los, Maestro, die nächste Runde geht auf mich.« Er zückte das Portemonnaie und beugte sich leicht schwankend vor, um der Einladung mit zwei Zehn-Euro-Scheinen Nachdruck zu verleihen.
»Aaaah, nein: viele Arbeit morgen.«

»Ich kann nicht nach Hause, bevor die Angetraute eingeschlafen ist ... Die führt sich immer auf, wenn ich mal eine Nachtschicht einlegen muss ... Wir könnten ins *Mojito* gehen oder auch ins *5ta Aveni* ...«

Corrales verschluckte die letzten Silben, weil ihm ein gewisses Etablissement vor Augen trat, in dem eine weibliche Begleitung weder vorteilhaft noch notwendig gewesen wäre. Und plötzlich hatte er es scheinbar sehr eilig, ins Bett zu kommen: »Ich habe es mir überlegt, Sie haben wie immer recht, Maestro: Morgen müssen wir ja früh wieder raus.«

Er wünschte allen eine gute Nacht, winkte zum Abschied und bog auf der Straße in die Richtung ein, die seinem Heimweg entgegengesetzt lag.

»Endlich allein«, dachte Jazmín.

Am Aufzug angekommen, griff sie ohne weitere Umschweife auf einen Handgriff zurück, der blitzartig und unwiderruflich die Lage veränderte und den sie in früheren Jahren in recht bescheidenen Scharmützeln erlernt und später dann auf höchster Ebene perfektioniert hatte.

Sie schmiegte sich an Inspektor Sakamura und legte Hand an seinen Hosenschlitz.

»Aaaaha, verstehe ...«, rief der Maestro mit seinem jüngst bei Corrales erweiterten Wortschatz: »Mu Qi möchte vögeln Sakamura ...«

Die Ereignisse überschlugen sich. Die Stille und der Frieden einer warmen Julinacht in Calabella wurden mit einem Mal durch einen lauten Aufprall nach dem anderen gestört.

Zuerst raste ein Porsche-Cabriolet gegen einen Blumenständer und stand daraufhin quer auf der Zufahrt der *Calle Mayor*, die zu dieser Zeit wie ausgestorben war.

Das war der erste große Knall: *boooum*.

Fast zeitgleich prallte ein dunkelblauer Jaguar in einer Parallelstraße Richtung Hafen gegen zwei große Müllcontainer, *boooum*, und formte aus den verstreuten Abfällen gewissermaßen eine Barrikade.

Das sah nach zwei Unfällen aus, die gleichzeitig dafür sorgten, dass die Altstadt von Calabella mit einem Mal vom Ringverkehr abgeschnitten war.

Mehrere Leute aus der Nachbarschaft schauten vom Lärm aufgeschreckt aus den Fenstern. Sie sahen den Schlamassel und riefen sofort die Polizei an. Ein drittes und letztes Mal knallte es noch, *boooum*, als ein Kleintransporter mit dem Vermummten Nr. 5 hinter dem Steuer gegen den Rollladen des Hauses mit der Nr. 28 in der *Calle de la Gallineta* krachte, über dem ein Schild angebracht war, auf dem *Acadèmia d'Idiomes Costa Brava* stand.

Immer mehr Nachbarn und Augenzeugen wählten die Nummer der Polizei, bei der scheinbar widersprüchliche Angaben über den genauen Unfallort eingingen (obwohl es sich um drei Vorkommnisse handelte). Also fuhren zwei Streifenwagen los, die schließlich jeweils an einer Unfallstelle eintrafen: Ein Wagen kam zu dem Porsche und der andere zum Jaguar. Bei beiden Fahrzeugen fehlte seltsamerweise jegliche Spur des Fahrers. Da die Streifenwagen wegen der beiden Unfälle erst einmal nicht mehr in die Gässchen der Altstadt hineinfahren durften, konnten die Vermummten in aller Ruhe und ungestört von der Polizei – und auch von den *Mossos*, die kurz darauf an den ersten beiden Unfallorten eintrafen – ihre Aktion in der *Calle de la Gallineta* vollenden.

Alles in allem brauchten sie nicht einmal fünf Minuten, und der Vermummte Nr. 4 hielt jeden Augenblick davon in einem Video fest.

Kaum war der Rollladen geknackt, drangen sie mit einer Taschenlampe in das Haus ein, um sich auf die Suche nach dem Konfigurator zu machen. An der Rezeption stand er nicht, auch nicht im Büro und auch nicht in den drei Seminarräumen, also konnte er sich nur in dem Raum befinden, der als einziger abgeschlossen war. Ruck, zuck war die Tür aufgebrochen. Sie steckten das Gerät, das aussah wie ein Laserdrucker, in eine ganz gewöhnliche Mülltüte und trugen es zu zweit hinaus, um es hinten im Lieferwagen zu verstauen. Zu guter Letzt sprühten sie mit einem schwarzen Farbspray das Symbol des IKEA-Kommandos an den Rollladen (ein Nachttopf – drei Strichlein deuteten die Duftnote an) und begannen den Rückzug.

Der Clou des Plans bestand darin, dass sie für die zwei Autosperren jeweils Orte ausgewählt hatten, die es keinem Polizeiwagen mehr erlaubten, in die *Calle de la Gallineta* zu gelangen, ohne gegen die Einbahnstraßenregelung zu verstoßen, während sie mit ihrem Kleintransporter bequem aus der Altstadt wieder hinausfahren konnten. Jetzt mussten sie sich nur noch an die Strecke halten, die der Vermummte Nr. 6 auf der Karte eingezeichnet hatte, und schon konnten die sechs Vermummten mit ihrer Beute pünktlich um sieben Minuten nach zwei Uhr aus der Stadt hinaus in Richtung Süden verschwinden.

Google Maps hatte ihnen eine Fahrzeit von sieben Stunden bis nach Madrid errechnet (bei einer Geschwindigkeit von 110 km/h), deshalb wechselten sich die sechs Unaussprechlichen alle siebzig Minuten beim Fahren ab.

»Oh nein, Scheiße, wir haben unsere Thunfischbüchsen im Jaguar liegen lassen«, rief der Vermummte Nr. 2.
Diese Unachtsamkeit fiel aber kaum ins Gewicht, so sehr freuten sie sich schon wenig später auf der Fahrt nach Madrid über den Scheck im Wert von hunderttausend Euro, den die Vermummte Nr. 1 aus einer Tasche hervorzauberte und der danach von Hand zu Hand ging.

## Vier

In die Stille der frühen Morgenstunden hinein ertönte in einem wohlhabenden Stadtteil der Oberstadt Barcelonas ein durchdringender Klingelton:

*La gallina ha dit que no. / Visca la revolució ...*

»Was ist jetzt schon wieder passiert?«, fragte der katalanische *President* ohne abzuwarten und voller Panik ins Telefon. Für gewöhnlich schlief er morgens um halb sieben noch.

»Andreu, ich bin's«, antwortete der *Conseller de Presidència*.

»Was ist denn nun schon wieder los ...?«

»Es ist etwas Schreckliches passiert ... Ein Kommando dieser Unaussprechlichen hat unseren Konfigurator geklaut ...«

Der *President* setzte sich auf und suchte den Lichtschalter. Dann erst konnte er weitere Fragen stellen: »Wie kann denn so was passieren, war der nicht gesichert ...?«

»Der Direktor der *Mossos* hat mich gerade angerufen ... Heute Nacht sind sie in Calabella in die Sprachschule ... mit einem Lieferwagen gegen die Eingangstür ... wo wir ihn stehen hatten, und sie haben ihn mitgenommen ...«

»Das kann doch nicht wahr sein! Das ist sicher nur ein Albtraum, weil mir die Miesmuscheln von gestern Abend nicht gut bekommen sind ...«

»Du wirst sehen, die Nachrichten werden es gleich bringen. In den Zeitungen dürfte heute noch nichts stehen, die haben ja ihren Redaktionsschluss, aber im Fernsehen wird es zu sehen sein, das hat mir gerade der Pressechef der *Mossos* bestätigt.«

Solche Neuigkeiten machten den katalanischen *President ipso facto* wach, trotzdem fiel es ihm schwer, die Nerven zu behalten und die Gedanken zu ordnen.

»Und woher sollen diese Leute vom Fernsehen von der Existenz eines Konfigurators wissen, frage ich dich? Folglich können sie auch gar nicht wissen, dass er geklaut wurde, nicht wahr? Sag sofort, dass sie zumindest das nicht wissen ...«

Der *Conseller* brauchte ebenfalls eine Weile, bis er wieder einigermaßen klar denken konnte.

»Nein, natürlich nicht ... Das wissen nur wir zwei und der Direktor der *Mossos* ... Die Journalisten wissen nur, dass die Unaussprechlichen in eine Sprachschule in Calabella eingebrochen sind ... Puh: Noch mal Schwein gehabt. Ja, du hast recht ... Und ich hätte mir fast schon in die Hosen gemacht.«

»Scheiß dir ruhig in die Hosen, du Idiot. Ich weiß nämlich, wer es noch weiß: Die Unaussprechlichen, die haben jetzt das entscheidende Beweisstück gegen uns in der Hand und damit auch uns.«

»Warum sollten die es denn plötzlich auf uns abgesehen haben? Ausgerechnet die Basken?«

»Bei den Basken weiß man nie ... Du weißt ja, wie angefressen die waren, als wir im Guide Michelin ein paar Sterne mehr bekommen haben als sie. Denen ist alles zuzutrauen. Pass mal auf, am Ende fahren die noch nach Madrid und laden den Konfigurator direkt vorm Ministerium ab. Bloß, um uns ganz gehörig auf den Sack zu gehen.«

Um zwanzig vor sieben klingelte noch ein weiteres Telefon – und zwar in Madrid:

*Bailando / me paso el día bailando / y los vecinos mientras tanto / no paran de molesta-a-ar ...*

Das war der Klingelton für die nicht ganz so wichtigen Anrufe. Der spanische Ministerpräsident, Paquito, hatte eine üble Nacht hinter sich, die *Migas*, die er in Calatayud essen musste, waren ihm überhaupt nicht gut bekommen. Erst kurze Zeit zuvor war er eingeschlafen. Nun wurde er nicht einmal richtig wach, als der Klingelton die volle Lautstärke erreicht hatte:

*... muevo la tibia y el peroné / muevo la cabeza / muevo el esternón / muevo la cadera siempre que tengo ocasión ...*

Die First Lady stieß ihm mehrfach ihren Ellbogen in die Seite, bevor er mit der Hand immerhin so herumfuchteltete, dass es zumindest aussah wie ein Versuch, die Musik wieder abzustellen.

Zwei Minuten später war »*Qué hay de nué, qué hay de nué, qué hay de nuevo, amigos*« zu hören, ein Zeichen dafür, dass eine SMS eingegangen war.

Dann konnte er endlich weiterschlafen.

Gegen zwanzig nach sechs rief die barmherzige Seele Mamagayo, wie die altgediente Mitarbeiterin des *5ta Avenida* von allen genannt wurde, dem guten Corrales ein Taxi. Eine halbe Stunde lang hatte er mit dem Kopf auf der gepolsterten Theke ein kleines Nickerchen gehalten, trotzdem befand er sich keineswegs in der Verfassung, einmal quer durchs Zentrum von Calabella nach Hause zu marschieren.

Wie der Zufall es so wollte, bekam unser Mitarbeiter der Guardia Civil dadurch in dem Taxi morgens um halb sieben die Nachrichten im Radio zu hören.

Sie hörten einen Sender, der in ganz Spanien ausgestrahlt wurde.

»Radio Nacional de Pana. Die Nachrichten vom Morgen: TINTIRINTIN-TIN-TIN. Der Generalsekretär der spanischsten Partei aller Parteien, Pepe Luis Fernández Plancha, bezeichnete die von unserem Minister Pachorra del Cuajo angekündigten Maßnahmen als lächerlich und unzureichend ... TIN-TIN-TIN. Eine revolutionäre Zelle der Unaussprechlichen brach in den frühen Morgenstunden in der Ortschaft Calabella in eine Sprachakademie ein ...«
Corrales tauchte aus einem zähen, grauen Nebel auf und spitzte die Ohren:
»Kannst du das Radio ein bisschen lauter stellen, Genaro, sei so gut«, bat er den Taxifahrer, der Corrales schon seit über dreißig Jahren kannte und der ihn nicht zum ersten Mal aus dem *5ta Avenida* nach Hause chauffieren durfte.
»TINTIRINTIN-TIN-TIN. Sport: Der Tennisspieler Benito Bola de Set gewinnt zum sechzehnten Male in Folge die Open von Calahorra ... TIN-TIN-TIN. Der Pressesprecher des *Futbol Club Can Fanga* teilte mit, dass der neu verpflichtete Spieler Ricardinho aufgrund einer Verletzung einen Teil der Vorbereitung auf die nächste Saison verpassen wird ...«
»Bin ich noch besoffen oder haben die im Radio gerade wirklich Calabella gesagt?«, fragte Corrales.
»Sag mal, hast du was an den Ohren oder bist du der Einzige, der den Krach heute Nacht nicht gehört hat?«, fragte Genaro, der aus Pocillos de Albarracín stammte, in dieser Provinz, die es eben auch noch gab.
»Gestern Abend hab ich eine Portion Glasaal verdrückt, die war wahrscheinlich nicht mehr ganz in Ordnung, und seitdem geht's mir so was von dreckig ...«
Genaro, der die nächtlichen Explosionen nicht nur selbst gehört, sondern auch noch in den frühen Morgenstunden mit

den *Mossos* und den Polizisten geplaudert hatte (die sich in der Nähe des Großmarkts in derselben Bar herumtrieben wie die Taxifahrer), schilderte Corrales die Begebenheiten in allen Einzelheiten. Ein IKEA-Kommando spielte in dem Bericht die Hauptrolle.

Und Corrales kam vor allem zu zwei Erkenntnissen. Erstens: Was für ein ausgesprochen bemerkenswerter Zufall es doch war, dass die Unaussprechlichen gerade in genau die Sprachenschule eingebrochen waren, in der sein Maestro (mit ihm) am heutigen Tag Ermittlungen anstellen wollte wegen einer rätselhaften Serie von Todesfällen. Und zweitens: Was für ein nicht minder bemerkenswerter Zufall, dass sie unter anderem ein in Andorra zugelassenes weißes Porsche-Cabrio für den Einbruch benutzt hatten, ein Umstand, der wiederum zweifellos einer gewissen, sehr gut aussehenden Dame zutiefst missfallen durfte.

Gewiss, mit sechzehn Jahren hatte Meister Sakamura ein Keuschheitsgelübde abgelegt, und er hatte sich mit seinen 68 Jahren (von denen ihm höchstens 57 anzusehen waren) im Grunde auch strikt daran gehalten. Aber da Exzesse im Zen bekanntermaßen kaum eine Rolle spielen (das liegt vermutlich am Einfluss des Tao), wird auch das Einhalten von Regeln nicht exzessiv gefordert. Das erklärt, warum Sakamura es zwischen seinem dreiundzwanzigsten und vierundzwanzigsten Lebensjahr mit der Enthaltsamkeit nicht so genau genommen hatte.

Damals war er ein junger buddhistischer Mönch und in allen Formen des tradierten Wissens auf außergewöhnliche Weise bewandert. So kam es, dass er in eine Geisha-Schule nach Sapporo entsandt wurde, um die besten Schülerinnen dort in der erhabenen Kunst des Bogenschießens und in anderen erhabenen Zenkünsten zu unterweisen.

Wie das Schicksal es so wollte, waren die Mädchen scharf darauf, sich dafür erkenntlich zu zeigen, dass er ihnen so viele interessante Dinge beibrachte. Daher wollten sie seine spirituelle Bildung mit den Raffinessen verfeinern, in denen sie bereits sehr erfahren waren und die ihr angesehener Stand mit sich brachte. Der junge Mönch brachte den Geishas in fünfzehn Monaten also bei, was sie wissen mussten, um sich in Meditation, Kontemplation und der Kunst des Bogenschießens weiterzuentwickeln, und die Geishas wiederum führten den jungen, gut aussehenden Mann mit großem Vergnügen in alles ein, was ganz allgemein als ein besonders süßes Vergnügen gilt.

Diese weit zurückliegende Episode hilft, besser zu verstehen, warum die Agentin 69 an jenem Julimorgen um halb sieben völlig erschöpft quer im Bett lag, tief schlief, schnarchte und ihr sogar ein dünner Speichelfaden aus dem Mund rann, während Inspektor Sakamura bereits auf den Balkon seines Zimmers im Hotel Marina Brava getreten war, um seine Kampfkunstübungen zu vollführen, nachdem er sich schon angezogen und in aller Ruhe meditiert hatte.

»Útuuuuu, Assaaaaaa, Ishoooooo ...!«

»Hol dich doch der Kuckuck, das darf ja wohl nicht wahr sein ...!«, brüllte eine Zigeunerin, die auf dem Markt Knoblauch verkaufte und der das Geschrei durch Mark und Bein ging, als sie mit dem Knoblauchzopf über der Schulter auf dem Weg zu ihrem Stand war.

In Jazmíns süßen Träumen verzauberte sich dieses wilde Ge-

schrei dagegen zu einem Pfingsterlebnis erlesenster und reinster Stimmen:
»Úpaaaaaa, Úpaaaaaa, Úpaaaaaa …!«
Als sie erwachte, war sie bester Stimmung: Ein Sommermorgen war sanft angebrochen … Es duftete bereits nach der salzigen Luft des Meeres, nach perlmutternem Strandgut auf heißem Sand und einem kühlen Klecks Sonnencreme.
»Nisiiii, Nisiiiiiyaaa …! Óuuu, Yóuuu, Utaishoooo?!«
Während Jazmín gähnte, sich räkelte und sich wie ein X auf dem ganzen Bett ausstreckte, kam Inspektor Sakamura vom Balkon zurück, um sein Wischtuch zu holen und den Fußboden des Hotelzimmers zu putzen.
»Ah, hi, hi, Verzeihung vielmals«, rief er und schaute zur Seite, um die nackte Nymphe in ihrem Schamgefühl nicht zu verletzen, während sein Gesicht erneut die Farbe eines alten Goudas annahm.
Die nackte Nymphe wiederum legte die Schamhaftigkeit einer anständigen Katholikin an den Tag. Auch wenn sie sich einmal hingegeben hatte, verkrümelte sie sich nun in eine Ecke des Betts und wickelte sich, als gelte es noch alle Geheimnisse ihrer Jungfräulichkeit zu wahren, wie eine *Crêpe Suzette* in das Laken ein.
Mit einem Mal klopfte es an der Tür, *tock, tock*, und noch im selben Augenblick schauten die Nymphe und der Inspektor sich an, dann schauten beide zur Tür.
»Hallo, sagen, was wollt?«, sagte der Inspektor und ging zur Tür, während die Nymphe mit kleinen Schritten und in ihr Laken gehüllt ins Bad huschte.
»Maestro, ich bin's«, drang plötzlich die heisere Stimme von Corrales durch die Tür.
Der Inspektor öffnete die Tür.

Das Hemd hing halb aus der Hose.
Stoppelbart.
Tiefe Augenringe.
Whiskygeruch.
Saurer Atem.
Schlaf in den Augen.
Genau so und in exakt dieser Reihenfolge nahm Sakamura an diesem Morgen Corrales wahr, der seinerseits den Inspektor in knappen, aber deutlichen Worten über die Vorfälle der letzten Nacht ins Bild setzte:
»... und dabei haben die doch glatt den Porsche platt gemacht, den hat sich der Abschleppdienst schon geholt ...«
»Porsche? Welcher Porsche?«, fragte die Nymphe, die schlagartig aus dem siebten Himmel herabgestiegen war und den Kopf aus der Badezimmertür herausstreckte, die nur angelehnt gewesen war.
Corrales verstand im ersten Moment nur Bahnhof, aber da das Gesicht des Inspektors sich mehr oder weniger in einen alten Gouda verwandelt hatte, konnte Corrales sich blitzartig alles zusammenreimen.
»Einen wunderschönen guten Morgen, gnädige Frau ...«, sagte er und grinste Jazmín etwas schlüpfrig an.
»Mmm, guten Morgen«, antwortete die Agentin 69, die wieder zu ihrem normalen Tonfall zurückgefunden hatte. »Oh, Verzeihung, ich habe unfreiwillig mitgehört ... Sie sagten etwas von einem Porsche ...«
»Ein weißes Porsche-Cabriolet mit einem Kennzeichen aus Andorra. Davon dürfte es wohl keine zwei in Calabella geben ...«, erklärte Corrales.
»Oh, wie unerfreulich«, sagte Jazmín und verschwand wieder hinter der Tür.

Sobald die beiden Herren allein waren, klopfte Corrales dem Inspektor auf die Schulter und grinste noch immer etwas schlüpfrig:

»Maestro, meine Fresse, das nenne ich einen Erfolg auf ganzer Linie ... Japan lebe hoch, beim heiligen Blasius ...!«

Die Gesichtsfarbe des Inspektors wechselte von Gouda zu Cheddar:

»Aaaah, nein, nicht viel blasi uh ...«, wiegelte der Japaner zurückhaltend ab.

»Ich habe ja gestern Abend schon gesagt, dass das Mädel auf Sie steht ... Junge, Junge, ich glaub's ja nicht.«

»Aaaah, nein, Schale spülen und Fußboden wischen ...«

»Ja, ja ... Das würde ich an Ihrer Stelle auch machen, wenn ich meinen Wischmopp da drinnen so schön feucht halten könnte ...«

»Äheeem, ja ... Heute viele Arbeit, ja: viele Untersuchung Akademie ... Warten um acht Rezeption«, sagte der Inspektor und gab Corrales mit einer harmonischen, runden Handbewegung zu verstehen, dass er jetzt besser um einhundertachtzig Grad kehrtmachen und verdammt noch mal endlich verschwinden sollte.

»Okay, Maestro, es ist zwar immer sehr angenehm in Ihrer Gesellschaft, aber jetzt muss ich leider erst mal schnell nach Hause, meine Angetraute dürfte bald die Augen aufschlagen, und wenn ich bis dahin nicht auf dem Sofa liege, hält die mich die nächsten drei Monate bei Wasser und Brot ...«

Um die morgendliche Körperpflege abzuschließen, sprühte sich der spanische Ministerpräsident Paquito ein physiologisches Serum in die Nase, das er umgehend mit voller Wucht über dem Keramikwaschbecken wieder herausschnäuzte. Nicht ohne Interesse betrachtete er das Sammelsurium aus zartem Rotz und verstreuten verkrusteten Popeln, die hier und da im Waschbecken hängen geblieben waren.

Nachdem er angezogen war, las er die SMS, die er erhalten hatte.

Sie war von Berto, dem Innenminister:

UNSPRCHLN BRCHN IN SPRAKD CSTA BRVA EIN. FAHN AUBAHN A2 RCHG MADRID.

»Was soll das denn nun schon wieder heißen?«, fluchte er lautstark.

Dann ging er in die Küche. Die First Lady hatte ihm bereits in einer großen Bambi-Tasse (die irgendeiner seiner Vorgänger im Geschirrständer in der Moncloa vergessen haben musste) seinen medizinischen Getreidemix zum Frühstück zubereitet.

Der Ministerpräsident schaltete das Radio ein und hörte die Nachrichten, während er den Heiltrunk in seinem Bauch wirken ließ:

»Radio Nacional de Pana. Die Nachrichten vom Morgen: TINTIRINTIN-TIN-TIN. Der Generalsekretär von Ihrer Exzellenz der Spanischen Partei, Pepe Luis Fernández Plancha, bezeichnete die von unserem Minister Pachorra del Cuajo angekündigten Maßnahmen als lächerlich und unzureichend ... TIN-TIN-TIN. Eine revolutionäre Zelle der Unaussprechlichen brach in den ersten Morgenstunden in der Ortschaft Calabella in eine Sprachakademie ein ... TINTIRINTIN-TIN-TIN. Sport: Der Tennisspieler Benito Bola de Set gewinnt zum sechzehnten Male in Folge die Open von Calahorra ... TIN-TIN-TIN. Der Pressesprecher des *Futbol Club Can Fanga* teilte mit, dass der neu verpflichtete Spieler Ricardinho aufgrund einer Verletzung einen Teil der Vorbereitung auf die nächste Saison verpassen wird ...«

»Das kann ja wohl nicht wahr sein, dass ich solche Dinge erst aus den Nachrichten erfahre ...«, sagte der spanische Ministerpräsident mehr zu sich selbst als zur First Lady, die ihm sein Gelée royale zubereitete.

Mit zwei Rädern auf dem Bürgersteig hielt der Kleintransporter der Unaussprechlichen morgens gegen neun Uhr vor einer Eingangstür in der *Calle Nardos Caballero* im Zentrum von Madrid.

Die Vermummten Nr. 2 und Nr. 3 luden blitzschnell den Konfigurator aus und trugen ihn in das Gebäude hinein. Der Vermummte Nr. 4 hielt ihnen die Tür auf. Die Vermummte Nr. 1 ging hinter ihnen her, während Nr. 5 und Nr. 6 den Kleintransporter wegfuhren und sich auf die Suche nach einem geeigneten Abstellort machten, an dem ihn die Repressionskräfte der spanischen Invasoren erst möglichst spät finden sollten.

Eine kleine Wohnung diente der Zelle als logistischer Stützpunkt. Sie wurde von den Unaussprechlichen wochenweise angemietet und überraschte durch eine minimalistische Ausstattung: Neben einem zusammenfaltbarem Schrank aus dünnem Leinentuch gab es fünf Fahrräder von Decathlon und ein Tandem der Marke Orbea. Nachdem der Konfigurator in einem kleinen, speziell für ihn vorbereiteten Zimmer untergebracht worden war, holte der Vermummte Nr. 4 wortlos vier Hemden (hellblau) aus dem Schrank, vier Paar dunkle

Schuhe (mit und ohne Schnürsenkel und mit feiner Sohle) und zu guter Letzt vier maßgeschneiderte Anzüge in verschiedenen Größen und Farben, zu denen jeweils eine hübsche, dezente Krawatte gehörte. Jeder Bügel war mit einem nummerierten Zettelchen sorgfältig gekennzeichnet.

Im Schrank lagen nun nur noch die Garderoben für Nr. 5 und Nr. 6 bereit, die jeden Augenblick zurückerwartet wurden. Währenddessen zogen die vier sich schon um. Der Vermummte Nr. 4 war perplex, als er einen Blick auf die Vermummte Nr. 1 erhaschen konnte, die im BH vor ihm stand. Ihre Augen machten einen noch sensibleren Eindruck auf ihn als sonst.

Als sich alle vollständig angezogen hatten, banden sie sich gegenseitig die Krawattenknoten und alberten mit den bunten Sonnenbrillen vor dem Spiegel herum. Ganz zum Schluss setzten sie sich quietschbunte Fahrradhelme auf den Kopf, die ihnen überraschenderweise eine geradezu frappierende Anonymität verliehen.

Die Agentin 69 war sehr besorgt um das Schicksal ihres Porsches und um den Inhalt ihres Handschuhfachs, sodass sie ihren Spezialauftrag etwas vernachlässigte. Immerhin wusste sie ja auch, dass der Inspektor und Corrales sich jetzt um den Einbruch dieser Nacht kümmern würden, der folglich nichts mit der Geschichte zu tun haben konnte, die Andreu, den katalanischen *President*, interessierte.

Corrales erschien auf die Minute um Punkt acht Uhr im Hotel. Er hatte sich frisch gewaschen und rasiert. Allerdings zierte eine gerötete Beule seine Stirn (er habe sich aus Versehen an einer Pfanne gestoßen, erklärte er). Unverzüglich machten die beiden sich auf den Weg zur *Acadèmia Costa Brava*, wo die Polizei noch immer mit einem recht stattlichen Aufgebot vertreten war.

»*Shst*, na du Süße«, zischelte Corrales eine Polizistin mit Pferdeschwanz an, die den Eingang zur Akademie kontrollierte. »Ich bin Corrales von den Landstreitkräften der Guardia Civil, und der hier ist Inspektor Sakamura von Interpol, und ich schwöre dir, der ist nicht halb so harmlos, wie er aussieht.« Der Inspektor zeigte seine Marke und verbeugte sich. »Du wirst staunen, meine Hübsche, wir haben unseren Auftrag direkt vom Innenministerium, verstehst du ... Der Inspektor würde gern mal den Chef des Ladens hier sprechen oder gegebenenfalls eine andere zuständige Person. Ich dagegen würde währenddessen gern noch ein bisschen mit dir plaudern, wenn du nichts dagegen hast ...«

Ein Kollege (zwei Meter Kiellänge, zwei Meter Schiffsbreite, Leergewicht von 0,12 Bruttoregistertonnen) tauchte neben ihr auf und schien sich sehr dafür zu interessieren, was dieses eigenwillige Duo der Dame wohl zu sagen hatte. Inspektor Sakamura lächelte freundlich und hielt dem Meister Propper die Interpolmarke unter die Nase. Corrales streckte sich ein wenig, um seine 1,75 auf Absätzen besser zur Geltung zu bringen:

»Nichts weiter, wir haben Ihrer Kollegin nur gerade gesagt, dass sie es mit Inspektor Sakamura von Interpol zu tun hat, das ist der Herr hier mit der offiziellen Plakette von Interpol, der sehr gern mal mit der zuständigen Person reden würde, wenn es keine Umstände macht ...«

Meister Propper schaute sich Corrales und dessen Beule an, und ein eher misstrauischer Ausdruck schien gar nicht mehr

aus seinem Gesicht weichen zu wollen, was dagegen der Inspektor vorzuweisen hatte, wirkte in der Tat hochoffiziell, sodass er ganz korrekt, wenn auch verhalten antwortete:
»Die Angestellten sind gerade auf dem Kommissariat, um auszusagen. Hier arbeiten derzeit nur die Kollegen von der Spurensicherung.«
»Ach so: Na, nichts für ungut ... Na, denn, Maestro, hier sind erst mal alle Vögelchen ausgeflogen ...«
»Eine kleine Frage: Räume sehen«, sagte der Inspektor und glitt mit einer eleganten *Aikiro*-Drehung an Meister Propper und seiner Kollegin vom Sicherheitsdienst vorbei, bevor die beiden sich auch nur überlegen konnten, ob sie ihn durchlassen wollten oder nicht.
»Wo wollen Sie denn hin, Maestro?«, fragte Corrales und versuchte ebenfalls durch die Lücke zu schlüpfen, die ihm Meister Propper allerdings versperrte.
»Sie warten bitte hier: Für den Zutritt muss man sich entsprechend ausweisen können.«
Corrales musste also draußen bleiben, während der Inspektor sich allein auf den Weg machte.
Das Feng-Shui dieses Ortes war nicht gerade atemberaubend, aber auch nicht so verheerend, dass irgendjemand emotional geschädigt wieder herausgehen musste, bloß weil er hier einen Sprachkurs belegt hatte. Die Empfangstheke machte einen unberührten, ordentlichen Eindruck. Hier hatten die Diebe wohl nichts durchwühlt, was wiederum dafür sprach, dass sie ganz genau wussten, wonach sie gesucht hatten. An der Schildkrötenseite war eine Tür aufgebrochen worden. Ein Indiz dafür, dass hier etwas Wertvolles zu holen gewesen war. Der Inspektor ging sofort in das Zimmer hinein. Darin standen ein schwarzer Ledersessel, der für eine Sprachenschule

eigentlich viel zu gemütlich und kostspielig war (jedenfalls ungeeignet für ein Studium), sowie eine unlackierte Tischplatte auf zwei Holzböcken, die gar nicht zu dem Sessel passte. Den Abdrücken nach zu urteilen, hatte ein circa dreißig Kilogramm schwerer Gegenstand auf dem Tisch gestanden. Zwischen den Abdrücken war ein scharf umrissenes Rechteck von achtzig mal fünfzig Zentimetern zu erkennen, das sich wohl aus der Staubschicht gebildet hatte, die sich unter dem Gerät etwa zwei Wochen lang angesammelt haben musste.

Als er wieder vor der Empfangstheke stand, schaute der Inspektor sich lauter Aushänge an, die mit Reißzwecken wild übereinander an eine Pinnwand gehängt worden waren.

Einen Computerausdruck fand er besonders interessant:

CURS ESCPECIAL INTENSIU CATALÀ

Auf dem Aushang des Katalanisch-Intensivkurses standen Daten und Uhrzeiten, die den Inspektor ohne die Namensliste nicht weiter interessiert hätten. Vier der Namen sprangen ihm aber sofort ins Auge: Elizabeth Gordan (Freitag, den zwölften Juli), Marco Krasten (Montag, den fünfzehnten Juli), Günter Dorserlwaten (Dienstag, den sechzehnten Juli) und Henri Distel (Mittwoch, den siebzehnten Juli).

Genau die vier Personen, die in Calabella zuletzt ums Leben gekommen waren! Und der zeitliche Abstand in dem sie gestorben waren, entsprach haargenau der Zeitspanne zwischen den Kursen.

Sakumara interessierte sich jedoch mindestens ebenso sehr für die anderen Teilnehmer des Kurses: Alejandro Sanz, Isabela Morales, Fabritzia Fiorella, Alain Montnoire und Ricardo Betancourt ... Die Namen und das ihnen zugeordnete Datum waren wichtig. Sakamura prägte sich den gesamten Kursplan kurzerhand als mentale Fotografie ein und verließ höchst zufrieden die Akademie. Sein Verdacht hatte sich bestätigt.

Der spanische Ministerpräsident Paquito war in seinem gepanzerten Audi auf dem Weg zum Abgeordnetenhaus und versuchte, wie immer, die pittoresk verklausulierten Moralpredigten des José Domingo de la Cascada zu dechiffrieren, die dieser über seinen Sender im Äther verbreitete:

»... uns Spanier haben sie heute Morgen zwei besonders hässliche Kröten zum Frühstück schlucken lassen. Die erste Kröte: Fernández Plancha ist der größte Aushilfsnasenbär aller Zeiten, wie der sich plötzlich als der große Zampano der Opposition aufspielt, obwohl er seit Jahren sein Geld als Sesselpupser verdient ... Die zweite Kröte: Unser unseliger Innenminister, dieser gewiefte Bananenbieger, der uns doch vor Kurzem noch versprochen hatte, innerhalb von sechs Monaten mit den baskischen Unaussprechlichen aufzuräumen, wird jetzt seinen katalanischen Kollegen erklären dürfen, was ein Kommando dieser Chaoten gestern in aller Frühe in einem Touristenort an der Costa Brava zu suchen hatte, in dem ja, mal so nebenbei bemerkt, in der letzten Woche vier Ausländer unter mysteriösen Umständen ums Leben gekommen sind, wie *El Globo* berichtete. Unsere internationalen Beziehungen sind ja wahrlich noch nicht kompliziert genug ...«

Der Audi war wieder im Stau auf der *Gran Vía* zwischen Fahrzeugen eingekeilt. Als das Handy klingelte, konnte der Ministerpräsident auf dem Display sehen, dass Berto anrief. Daher ging er hektisch ans Telefon.

»Du wurdest gerade als gewiefter Bananenbieger bezeichnet, nur damit du's weißt ...«

»Von wem? Von diesem Idioten aus dem Radio? ... Der kann mich mal kreuzweise ... Hast du meine Nachricht nicht bekommen?«

»Doch, bekommen habe ich sie schon, aber ich hab kein Wort verstanden.«

»Du wolltest doch, dass wir die Unaussprechlichen keine Sekunde aus den Augen lassen ...«

»Genau, und gerade habe ich im Radio gehört, wie toll ihr sie im Griff habt ... Ich gehe mal davon aus, dass du keinen blassen Schimmer hast, wo sie sich gerade aufhalten. So etwas wisst ihr ja immer erst, wenn es in den Sportblättchen auf der Titelseite steht, oder etwa nicht?«

»Hör auf mit dem Scheiß, Paquito, wir sind unermüdlich im Einsatz ... Von fünf Uhr früh haben wir eine Aufnahme, da bezahlten sie gerade in Bujaraloz auf der Autobahn in Richtung Madrid ihre Autobahngebühr, dann sind sie allerdings an der nächsten Zahlstelle auf der A68 Richtung Logroño nicht mehr aufgetaucht, daher gehen wir davon aus ...«

Spätestens zu diesem Zeitpunkt hörte der spanische Ministerpräsident ihm schon nicht mehr richtig zu, denn vor seinen abgedunkelten Scheiben gingen seltsame Dinge vor sich. Sechs Radfahrer in Anzug und Krawatte hatten soeben ihre Drahtesel neben dem Fahrzeug abgestellt. Jetzt schienen sie eine Art Banner aus ihren Rucksäcken zu holen ...

Jede Bewegung war sorgsam aufeinander abgestimmt wie bei dem Boxenteam eines Formel-1-Rennstalls. Paarweise entfalteten die Vermummten Nr. 2 und 3 sowie Nr. 1 und 4 feste, wasserdichte Planen (wie man sie in jedem Autozubehörladen kaufen kann), während die Vermummten Nummer 5 und 6, von denen einer mit einem Fahrrad und der andere mit einem Tandem unterwegs war, eine noch größere Plane auswickelten, die für extragroße Limousinen zugeschnitten war.

Nicht einmal zehn Sekunden brauchten die sechs Unaussprechlichen, um zur völligen Überraschung der jeweiligen Insassen gleich drei Wagen in Planen einzuschnüren. Und zwar: die zwei Fahrzeuge, in denen die Leibwächter des Ministerpräsidenten saßen, sowie den gepanzerten Wagen, den sie eigentlich hätten bewachen sollen. Von diesem Moment an konnten weder die Leibwächter aus ihren Autos steigen, noch konnte es der Ministerpräsident, da sich die Wagentüren unter den straff gespannten, reißfesten Planen nicht mehr öffnen ließen. Außerdem war es so dunkel in den Fahrzeugen, dass sie keine Ahnung mehr hatten, was da draußen vor sich ging. Deswegen benutzten sie auch ihre Schusswaffen nicht.

Der Vermummte Nr. 5 zückte daraufhin ein scharfes Werkzeug und zog mit chirurgischer Präzision den Umriss der hinteren rechten Wagentür nach. Dadurch ließ diese sich wieder öffnen, und herausgewackelt kam der spanische Ministerpräsident, der zwar ziemlich verstört, aber doch der festen Überzeugung war, dass ihn seine eigenen Leibwächter aus einer brenzligen Situation befreien wollten.

»Mund auf, Herr Ministerpräsident: Aaaaaaa«, sagte die Vermummte Nr. 1 laut zu ihm.

Der Ministerpräsident folgte der Aufforderung widerstandslos (verwirrt wie er war), als müsste er einem Hausarzt seine Mandeln zeigen, und die Vermummte Nr. 1 nutzte flugs sein

freundliches Entgegenkommen, um ihm einen Golfball zwischen die Zähne zu schieben.
Fast gleichzeitig klebte ihm der Vermummte Nr. 2 einen dicken Streifen Klebeband von einem Ohr zum anderen über den Mund, was der Vermummte Nr. 3 mit einem Schlüpfer, den er ihm wie ein Halstuch überzog, gleich wieder kaschierte. Der Vermummte Nr. 4 setzte ihm eine große, bunte Sonnenbrille auf die Nase und Nr. 5 einen aerodynamischen, quietschebunten Fahrradhelm auf den Kopf, wodurch der Ministerpräsident Spaniens sich augenblicklich in einen Radfahrer verwandelte, der von keinem der anderen sechs zu unterscheiden war, die um ihn herumwirbelten.
Der Rest war ein Kinderspiel: Nummer 1 und 2 hoben sein Bein über das Hinterrad des Tandems, Nr. 5 legte ihm Handschellen an, mit denen er ihm die Hände ans Lenkrad band, und Nummer 1 und 2 stellten zu guter Letzt seine Füße auf die Pedale, die sie dort mit Klebeband befestigten, während Nr. 3 mit dem Farbspray einen Pisspott mit Duftnote auf die Plane des Audis sprühte, bevor Nr. 6 sich schließlich als Fahrer des Ministerpräsidententandems hinter Nr. 4 einfädelte und in die Pedale trat, während Nr. 4 die Lücken im dichten Stau auf der *Gran Vía* für sie suchte.
Auf diese Weise wurde der Ministerpräsident Spaniens schlicht und ergreifend auf einem Fahrrad entführt.

# Zweiter Teil

## Eins

Kaum jemand wusste, dass Ihre Majestät, die Königin Doña Eusebia, in Wirklichkeit María Dolores hieß und ihre wenigen Freunde sie Loles nannten.
Einige Stunden vor der Krönung hatten ihre Berater hinter verschlossenen Türen entschieden, dass María Dolores I. nicht majestätisch genug klang – und Loles I. schon gar nicht. Daher wurde beschlossen, sie solle sich Eusebia I. nennen, weil man aus welchen Gründen auch immer der Ansicht war, dass dies erheblich würdevoller klänge. Schuld daran, dass eine solche Notlösung in letzter Sekunde überhaupt notwendig wurde, war allein die Sorglosigkeit ihres Vaters, Don Fernando de Ogilvy y Cinco Sicilias, ein unehelicher Nachfahre von Rigoberto dem Cholerischen, der wiederum zu seiner Zeit von einer Hirschkuh gestürzt und ums Leben gekommen war und eine Reihe unehelicher Kinder hinterlassen hatte, jedoch keinen einzigen rechtmäßigen Erben. Da es sehr unwahrscheinlich war, dass Don Fernando die alten Familienrechte wiedererlangte, die seine Vorfahren im neunten Jahrhundert leichtfertig verspielt hatten, hatte er auch keine Sekunde damit verschwendet, zu bedenken, ob der Name seiner einzigen Tochter sich im Falle einer Thronbesteigung schickte oder auch nicht – stattdessen hatte er vielmehr großen Wert darauf gelegt, dass sie lernte, ihren starken Akzent aus Jerez de la Frontera zu überspielen, für den Fall, dass es ihr einmal gelingen sollte, beim Fernsehen zu landen.
Dann aber schlug Felipe de Borbón das Thronerbe aus. Er schlug sich lieber mit seiner Frau Doña Letizia und einer ukrainischen Zither durchs Leben und tingelte als Liedermacher durch die Lande. Die Familie Ogilvy y Cinco Sicilias

sah ihre Chance gekommen und ließ eine DNA-Probe des cholerischen Vorfahren erstellen (wie auch der Hirschkuh, deren Geweih im Familienbesitz verblieben war). Mit den Ergebnissen strebten sie, wild entschlossen, vor Gericht einen Prozess an, der ihnen die entsprechende Ernennungsurkunde sichern sollte. Den zahlreichen untereinander Zerstrittenen Republikanern war es in der Zwischenzeit nicht einmal gelungen, sich über die Gestaltung der künftigen Fahne zu einigen. Der berühmte Designer Javier Mariscal hatte zwar einige Entwürfe vorgelegt, einhellige Zustimmung jedoch hatte bisher noch keiner davon gefunden, womöglich weil er die Lämmer und Baobabs allzu großzügig auf dem legendären Gelb der spanischen Fahne verstreut hatte.

Wie auch immer, dank unserer selbstlosen Loles (gekrönt als Eusebia I.) hielt sich jedenfalls die Monarchie in Spanien. Nach wenigen Monaten der Regentschaft hatte die Loles allerdings ihre königliche Schnauze voll von den widerwärtigen, undankbaren Vasallen.

An diesem Julimorgen saß Ihre Majestät mit ihren Beratern und Anwälten zusammen. Einige Republikaner hatten wieder einmal dreist und unverfroren versucht, ihren guten Namen in Verruf zu bringen. Eine Zeitschrift, die für ihren vulgären Humor berüchtigt war, hatte auf ihrer Titelseite eine Karikatur der Würdenträgerin abgedruckt, die sie bei dem ausgesprochen intimen Akt zeigte, sich einen Tampon einzuführen (und dabei ihre opulente Fleischlichkeit sozusagen auf die Spitze getrieben). »Hups: Ich habe ihn verschluckt«, stand unter der Karikatur. Ein klarer Fall von bösartiger Verleumdung, immerhin war Königin Loles schon vor einiger Zeit in die Wechseljahre gekommen. Ohnehin: eine ungeheuerliche, hundsgemeine Respektlosigkeit.

»Ich kann diese verfickten Republikaner nicht mehr sehen: Haut ihnen allen die Rüüüüübe ab!« schrie sie völlig außer sich im Beisein ihrer versammelten Winkeladvokaten.
Einer ihrer Berater nahm schüchtern Anlauf und versuchte, sie zu beruhigen:
»Majestät, ich neige dazu, die Möglichkeit in Betracht zu ziehen, den Fall den Gerichten vorzulegen ...«
»Denen gehört gehörig in den Arsch getreten, aber richtig ... Das ist eine Bande von Neidern ... Habe ich es nötig, mich mit den Widerlingen abzugeben? Häää? Diesen kokainsüchtigen Ratten. Seit wann lasse ich mich mit solchen Typen ein?«
Der Kammerherr, der sich unter solchen Umständen für gewöhnlich lieber in den Fluren verkrümelte, sah sich diesmal gezwungen, die zweifellos bedeutende Beratung zu stören, sich zur Königin zu begeben und ihr eine wichtige Nachricht ins Ohr zu flüstern:
»Majestät, der Innenminister bittet dringlich um eine Audienz, und zwar unverzüglich.«
»Was will denn dieser gewiefte Bananenbieger schon wieder?«, schnauzte die Königin los, der es sichtlich Freude bereitete, ihre Kraftausdrücke jeden Morgen bei Don José Domingo de la Cascada auf den neuesten Stand zu bringen.
»Ich erspare ihnen die Einzelheiten, Ihre Majestät, aber der Minister sagte höchstselbst, es handele sich um eine äußerst wichtige Angelegenheit, die unsere nationale Sicherheit betreffe ...«
»Ach, schon wieder ...? Können diese verfluchten Sozialisten ihre hirnamputierten Wähler nicht mal alleine regieren, ohne Woche für Woche das Königshaus mit in die Geschichte hineinzuziehen ...?«, tönte Eusebia I. und hievte ihren erhabenen Hintern aus dem königlichen Sessel, der wiederum, um ein

erhebliches Gewicht erleichtert, ächzte und krachte. »Ihr bleibt hier hocken und rührt euch nicht vom Fleck, bis ich wieder da bin!«, warnte sie ihre Winkeladvokaten und hob drohend ihren imposanten Zeigefinger mit den scharfen Fingernägeln.

Hinter dem Kammerherrn, der ihr die Türen öffnete, ging sie bis zum Treppenabsatz neben dem Vorzimmer des königlichen Saals. Dort wartete Berto auf sie, der ziemlich gehemmt wirkte, wie immer, wenn er sich genötigt sah, wegen irgendeines nationalen Notstands den königlichen Palast aufzusuchen.

»Na, dann schieß mal los ... Was führt dich zu mir ...?«, fragte die Königin barsch und baute sich majestätisch auf der Freitreppe drei Meter über ihm auf.

»Majestät, es tut mir sehr leid, Sie behelligen zu müssen, aber diesmal ist die Lage sehr ernst ... Ich fürchte, unser Ministerpräsident wurde entführt.«

»Na, und jetzt bist du gekommen, um zu schauen, ob ich ihn in einem unserer finsteren Burgverliese versteckt halte, oder was?«

Diese Antwort brachte den Innenminister noch zusätzlich aus der Fassung:

»Nein, schauen Sie, es ist nur so ... dass ... sich nun ein unerwartetes Machtvakuum gebildet hat und ...«

»Und was ...?«

»Na ja ... jemand muss schließlich unser Land regieren, bis wir unseren Ministerpräsidenten wieder zurückhaben ... und da ... na ja ... Ihre Majestät noch immer das Staatsoberhaupt ist, na, da habe ich gedacht ...«

»Nun mal sachte: Wenn ich mich recht erinnere, befinden wir uns in einer parlamentarischen Monarchie, und in der werde ich ziemlich beschissen bezahlt ... Und die Republikaner lachen sich auch noch über mich schlapp. Aber deswegen bin ich noch lange nicht bereit, mir für euch Politiker den Arsch aufzureißen ... Dann wollen wir doch mal sehen: Bist du nicht der Vizeministerpräsident in der Regierung?«

»Selbstverständlich, ich bin sogar der erste Vizeministerpräsident ...«

»Und du übernimmst die Geschäfte doch auch, wenn dein Kumpel mal ein paar Tage freinimmt und auf Staatsbesuch geht ... oder nicht?«

»Ja, klar, aber in diesem Fall jetzt ...«

»Fall, Fall, was denn für ein Fall? Der Ministerpräsident ist abwesend, egal ob er nun entführt worden ist oder ihn eine Tsetsefliege gestochen hat oder warum auch immer ... In diesem Fall rückt der erste Vizeministerpräsident an die Spitze, dafür haben wir ihn ja ... Und was wäre, wenn sie dich nun auch noch entführen würden? Hm? Na, dann würde der zweite Vizeministerpräsident aufrücken, denn dafür haben wir ja zwei von euch ... Fällt so langsam der Groschen, mein Herzchen?«, sagte die Königin und machte eine schwungvolle Bewegung mit Zeigefinger und Daumen.

»Gut, ja, so könnte zumindest eine provisorische Lösung aussehen ... Aber ... ich weiß ja auch nicht ... Müssen Sie mich nicht erst mit irgendwas ausstatten ... mit Machtbefugnissen oder irgend sonst etwas? Ich meine ja nur, falls der Ministerpräsident so schnell nicht wieder auftauchen sollte und wir uns eines Tages an die Bevölkerung wenden müssten ...«

»Kein Problem: Hiermit statte ich dich mit allen Machtbefugnissen aus«, sagte die Königin und machte eine Bewegung, als wolle sie ihn mit einem Schwert oder einer Art Zauberstab zum Ritter schlagen. »Noch was?«

»Na ja ... Nicht dass ich wüsste, nein, im Moment fällt mir eigentlich nichts weiter ein ...«

»Also los, hau rein ...!«, sagte die Königin ungeduldig und drehte sich auf dem Absatz um, ohne Berto die Gelegenheit zu geben, sich zu verbeugen oder auch nur zu verabschieden. Dann stapfte sie zurück in den Saal, in dem ihre Winkeladvokaten auf sie warteten.

»Der Typ ist dümmer als die Polizei erlaubt ...«, meinte sie mehr zu sich selbst und knöpfte sich dann erst mal ihren Kammerherrn vor. »Und du wirfst mir jetzt schön ein Auge auf den König, bevor der sich wieder auf seinem Motorradgespann aus dem Staub macht ...«

Der Porsche hat an sich ja ein sympathisches Lächeln, das im Grunde ein wenig einem Delfin ähnelt, in jenem Moment jedoch glich sein Gesichtsausdruck eher dem einer toten Ente.

Seit er gegen den Blumenständer in der *Calle Mayor* gedonnert war, fehlte nicht nur der vordere Scheinwerfer, auch die Motorhaube war zusammengedrückt wie eine Gebirgskette in Tibet. Die gesamte Karosserie hatte sich verzogen, und das Stoffverdeck passte nicht mehr in den Rahmen. Die armen Azaleen im Blumenständer hatte es natürlich noch viel schlimmer erwischt.

»Oh, ist ja gut, schon vorbei, schon passiert, das Schlimmste hast du überstanden ...«, versuchte die Agentin 69 ihr kleines Mädchen zu trösten, indem es ihr über die Windschutzscheibe strich. »Mami bringt dich jetzt in die Werkstatt, und du wirst sehen, wie schön der Lackierer dich wieder herrichtet. Weißt du noch? Dieser Herr, der sooo nett war und dich hintenrum schon mal so toll ausgebeult hat ...«

Sie öffnete die Wagentür, setzte sich in das Auto, das innen, abgesehen von den herausgesprungenen Airbags, aussah wie immer. Die Elektronik funktionierte, und als sie den Schlüssel herumdrehte, schnurrte der Motor los, als wäre nie etwas gewesen.

Mit einer Bewegung, aus der sich ablesen ließ, dass ihr nichts Gutes schwante, öffnete die Agentin 69 das Handschuhfach, um mit einigem Missfallen festzustellen, dass nicht nur der Scheck der *Petita Banca Andorrana* verschwunden war, sondern auch noch ihre gefälschten Papiere. Stattdessen lag dort ein aus einem Moleskin-Notizbuch gerissenes Blatt, auf das ein Pisspott gezeichnet war und auf dem drei Strichelchen offensichtlich üble Ausdünstungen andeuten sollten.

Die Agentin 69 dachte nach. Der Scheck war auf den fünfundzwanzigsten Juli ausgestellt, die Bank in Andorra war von neun bis vierzehn Uhr geöffnet.

»Mmmmm, meine Liebe, wären Sie so liebenswürdig und würden mir verraten, welches Datum wir heute haben ...?«, fragte sie mit lauter Stimme eine Frau im ölverschmierten Blaumann, die nur wenige Meter von ihr entfernt versuchte, einen verbeulten und mit Abfällen übersäten Jaguar vom Abschleppwagen herunterzubekommen.

»Tut mir leid, mein Kalender liegt zufälligerweise noch bei meinem Stilisten«, antwortete die Frau und wischte sich ein paar Haare aus der Stirn, die sich aus dem Zopf gelöst hatten. Im Tonfall der Antwort schwang eine unverkennbare Portion Abneigung mit, die ihr von den meisten Frauen entgegengebracht wurde und die für die Agentin 69 ein völliges Rätsel darstellte. Bisher hatte sie noch keine wie auch immer geartete

Erklärung dafür finden können. Besser, dachte sie, ist es, einen Mann zu fragen, die sind in der Regel einfach netter.

Sie kramte das Handy aus ihrem Yves-Saint-Laurent-Täschchen hervor und wählte die Nummer des katalanischen *President*, Andreu, der sich zwar gerade in einer wichtigen Sitzung im Palast der Regierung von Katalonien befand (und dort genauer gesagt in einem engen Räumchen mit Kopiergeräten) und sie extra ihretwegen unterbrechen musste, aber sofort ans Telefon ging.

Und so erfuhr die Agentin 69, dass an diesem Tag der vierundzwanziste Juli war.

»Und deswegen rufst du mich an?«, wunderte sich der *President* am anderen Ende der Leitung.

»Mmmm, was hältst du davon, wenn ich den Inspektor für ein paar Tage mit nach Andorra nehme?«

»Stehst du bereits ... in Kontakt?«

»Oh, mein lieber Andreu, wie kannst du nur sooo wenig Vertrauen in meine Fähigkeiten haben ...«

»Nimm ihn mit, wohin du willst, je weiter er weg ist, umso besser.«

»Mmmm, noch was, den Scheck, den du mir gegeben hast, den kann man nicht sperren lassen, oder doch?«

»Nein, den kannst du zerreißen, aber nicht sperren, der ist wie Bargeld, das habe ich dir doch gesagt ... Sag mir jetzt bitte nicht, dass du ihn verloren hast ...«

»Nicht direkt.«

»Was stellst du denn schon wieder an ...?«

»Mmmm, wir müssen Schluss machen. Ich fürchte, in den nächsten Tagen werde ich sehr eng mit Interpol zusammenarbeiten müssen ...«

»Du bist ein Teufelchen, aber ich liebe dich.«

Die erste Maßnahme, die Berto in seiner Funktion als spanischer Ersatzministerpräsident ergriff, bestand darin, den Ministerrat einzuberufen, genauer gesagt alle Mitglieder, die sich nicht auf Dienstreisen befanden, um mit ihnen gemeinsam zu erörtern, wie mit der Entführung des Ministerpräsidenten Paquito zu verfahren sei. Es war der erste Anlass, zu dem Berto sich vor allen präsentierte, und das gleich von Beginn an mit einem nervösen Zittern.

»Ich bin dafür, wir behaupten frech, er sei zu einem Staatsbesuch nach Lappland gereist ...«, schlug der Außenminister vor.

»Und warum unbedingt Lappland?«, fragte Berto, der in seinem erbarmungswürdigen Zustand an allem einen Haken fand.

»Weil ich mir nicht vorstellen kann, dass sich dort viele Journalisten herumtreiben ...«

»Journalisten sind überall«, sagte die Gesundheitsministerin gelangweilt, deren letzte gynäkologische Untersuchung von einer angesehenen politischen Fachzeitschrift fotografisch festgehalten und veröffentlicht worden war.

»Weiß zufällig jemand, ob die Frauen in Lappland eine Burka tragen müssen?«, wollte sich die Emanzipationsministerin vergewissern, die lange genug den Ajatollahs auf die Nerven gegangen und an diesem Morgen wieder in Madrid gelandet war.

»Wieso sollte der denn nach Lappland gereist sein?«, fragte Berto.

»Burka? In Lappland? Wäre mir neu«, antwortete die Gesundheitsministerin auf die Frage, die in der parallel geführten Diskussion aufgeworfen worden war.

»Keine Ahnung, wir könnten ja googeln, ob Lappland irgendetwas in größeren Mengen produziert, und dann erzählen, der Ministerpräsident sei wegen strittiger Importregelungen dorthin gereist ...«, schlug der Außenminister vor.

»In Lappland sind bunte Mützen mit Ohrenklappen angesagt, aber doch keine Burkas ...« funkte José Miguel Pachorra del Cuajo dazwischen, der Wirtschaftsminister und zweite Vizeministerpräsident.

»Tja, vielleicht ist die Idee gar nicht so übel«, sagte Berto, dessen Stimmung sich augenblicklich aufhellte. »Lappland dürfte reich sein an irgendwelchen fossilen Energieträgern ... Ist doch komisch, nicht, dass fossile Energie immer aus so irrwitzigen Gegenden kommt, nicht wahr?«

»Auch wenn diese Kappen in Lappland so schön bunt sind, werde ich das Gefühl nicht los, dass sie eine Burka in anderer Form darstellen, weil die Frauen dazu gezwungen sind, sie zu tragen«, ließ die Emanzipationsministerin nicht locker.

»Männer und Frauen tragen die doch gleichermaßen ...«, entgegnete Pachorra del Cuajo, der sich regelmäßig mit der Emanzipationsministerin in irgendwelche Diskussionen verstrickte.

»Die Männer tragen, worauf sie Bock haben, aber vermutlich ist noch nie jemand auf die Idee gekommen, darüber nachzudenken, ob die Frauen in Lappland überhaupt eine Chance haben, nicht mit bunten Mützen herumzulaufen ...«

»Und wenn wir nach alternativen Energiequellen schauen? Dann könnten wir gleich noch bei den Umweltschützern punkten ... Vielleicht gibt es in Lappland ja Bioethanol oder irgend so etwas in der Art ...«, sagte Berto, der sich nun sichtlich besser fühlte.

»Oh, Mann, Catalina, Lappen und Lappinnen tragen einzig und allein deshalb bunte Mützen, weil es da oben arschkalt ist, nun mach mal einen Punkt ...«

»Mir wäre wichtig, dass wir einen Ort auswählen, an dem es garantiert keinerlei geschlechtsspezifische Diskriminierung gibt«, insistierte die Emanzipationsministerin. »Beispielsweise Frankreich, in Paris findet gerade der jährliche Kongress der FVs und MMs statt …«

»Und falls sich herausstellen sollte, dass dort weder alternative noch erneuerbare Energiequellen vorhanden sind, könnten wir immer noch behaupten, er versuche, denen unseren Serrano-Schinken anzudrehen«, hatte der Außenminister gleich noch einen Vorschlag parat. »Selbst an die Amis exportieren wir unseren Schinken mittlerweile, und die haben sich doch immer so mit den Einfuhrbestimmungen.«

»FV und MM? Was ist das denn nun schon wieder?«, fragte Pachorra del Cuajo, der mit seinen stolzen sechsundvierzig Jahren der Älteste in der Runde war und sich weniger in diesen Dingen auskannte als die jüngeren Minister.

»Das ist mal wieder typisch, José Miguel, oder? Du hast noch nie etwas von FVs und MMs gehört?«, fragte ihn die Emanzipationsministerin und klimperte ununterbrochen mit ihren superlangen Wimpern.

»Die Geschichte mit dem Schinken finde ich nicht glaubwürdig genug. Solche Dinge liegen doch eher im Aufgabenbereich der Ministerien der einzelnen Regionen. Wenn ein spanischer Ministerpräsident einen Staatsbesuch unternimmt, dann muss es um Energiegewinnung oder zumindest um Telekommunikation gehen …«, fand Berto.

»FV und MM sind die Abkürzungen für weibliche Väter und männliche Mütter, FrauenVäter und MännerMütter«, brachte die Gesundheitsministerin, die als ausgebildete Pädagogin viel Geduld für die härteren Fällen mitbrachte, den guten Pachorro del Cuajo auf den neuesten Stand. »Das sind Transsexuelle, die vor ihrer Geschlechtsumwandlung entweder selbst schon mal Kinder bekommen oder welche adoptiert haben. Heutzutage werden Minderheiten mit dieser spezifischen Problematik endlich stärker wahrgenommen ...«

»Spezifisch ist sie auf alle Fälle ...«, rief Pachorra del Cuajo.

Der Verwaltungsminister war die größte Brillenschlange in der Runde und hatte die Zeit genutzt, sich mal schnell mit seinem Laptop im Internet schlauzumachen:

»Wikipedia hat einen Eintrag zu Lappland: Lappland (samische Sprachen, z. B. Sápmi oder Same Ätnam, finnisch Lappi, schwedisch und norwegisch Lappland) ist eine Landschaft in Nordeuropa, deren Grenzen unterschiedlich gezogen werden. Häufig wird damit der nördlich des Polarkreises liegende Teil Skandinaviens bezeichnet ... Lappland war nie ein souveräner Staat und verteilt sich heute auf die vier Länder Norwegen, Schweden, Finnland und Russland.«

»Gut, aber gibt es dort für uns interessante Energiequellen?«

»Das ist unglaublich interessant«, führte die Emanzipationsministerin ihre Unterhaltung enthusiastisch fort. »Es gibt sogar Fälle, in denen Transsexuelle Kinder hatten oder adoptierten, bevor und nachdem sie sich einer Geschlechtsumwandlung unterzogen. Es gibt also beispielsweise Leute, die sind gleichzeitig Vater von zwei Kindern und Mutter von einem dritten.«

»Und was soll daran so rasend interessant sein? Für mich klingt das nach einem saumäßigen Chaos«, wandte Pachorra del Cuajo ein.

»So, jetzt bin ich auf einer anderen Seite ... Äääähm ... Mitternachtssonne ... Aurora borealis, Polarlichter ... Heimat des Weihnachtsmanns ... ugrofinnische Sprache ... vierhundert verschiedene Bezeichnungen für Rentiere ...«

»Komm zur Sache, José Ignacio, verdammt, hier geht es um einen nationalen Ausnahmezustand ...«

»Natürlich ist das wahnsinnig interessant: Das sind Beispiele für die Verschiebung des Rollenverhaltens von Eltern, die wichtig sind für die Emanzipation der Frau ...«

»... Landwirtschaft, Jagd, Fischerei, Rentierzucht ... Kunsthandwerk ... Der Tourismus ist heute ein wichtiger Erwerbszweig in Lappland ... bla, bla, bla ... Nee, Quellen zur Energiegewinnung scheint es dort keine zu geben: weder fossile noch regenerative.«

»Auf jeden Fall dürfte es irre interessant sein für die Gleichberechtigung der Transsexuellen, oder nicht? Denn Frauen-Frauen können bisher ja nur Mütter werden«, zeigte auch Pachorra del Cuajo sich beharrlich.

»Nicht schlimm. Die Idee ist gut, wir müssen jetzt nur noch versuchen, einen geeigneteren Ort zu finden. Schaust du bitte mal unter Yukon nach, da dürften auch nicht so viele Journalisten unterwegs sein ...«

»Komm, ich bitte dich, José Miguel, sei nicht so altmodisch ... Wenn so ein Spruch in die Medien kommt, dann haben wir die gesamte Transsexuellenbewegung gegen uns ...«

»Ich und altmodisch? Ich höre Hendrix im Dienstwagen! Ihr dreht langsam durch mit diesen Rollengeschichten ...«

»Stopp, warte«, sagte der Verwaltungsminister. »Nach dem Krieg war Lappland verwüstet. Neue Mineralvorkommen, Kupfer- und Nickelabbau ... Ende der sechziger Jahre wird die chemische Industrie aufgebaut, auch Papierfabriken und selbst Atomkraftwerke wie das bei Imandra im russischen Lappland. Hilft uns das nicht weiter?«

»Bitte, ja kein Wort von russischen Atomkraftwerken ...«, flehte Berto.

»Hier dreht nur die Generation von Männern durch, die kurz vor ihrer Andropause offenbar meint, ums Verrecken ihre patriarchalischen Wurzeln verteidigen zu müssen ...«

»Aha, na dann erkläre mir doch mal, wenn du schon so liberal und modern bist, wie der Fall bei dem Sohn eines Transsexuellen aussieht, der transsexuell werden will, hm ...?«

»Atomkraft auf keinen Fall ... aber die Eisen- und Nickelvorkommen klingen erst mal nicht schlecht«, meinte der Außenminister.

»Wartet mal kurz, könntet ihr bitte nachschauen, wofür Nickel eigentlich gebraucht wird«, hakte Berto nach.

»Oh weia, da wird ja mal wieder einer aus dem konservativen Lager spitzfindig ... Je nach Kontext wäre der gleichzeitig Mann und Frau, Sohn und Tochter eines Vaters oder einer Mutter, je nachdem welches Geschlecht sie oder er gehabt hat oder gehabt hätte in dem Moment, als der Sohn oder die Tochter auf die Welt kam ... Mannomann, ist doch klar wie Kloßbrühe.«

»Da steht's: fünfundsechzig Prozent der Nickelausbeute geht in die Produktion von rostfreiem Stahl, zwölf Prozent in Nickelbasis-Superlegierungen und die restlichen dreiundzwanzig Prozent verteilen sich auf andere Legierungen, aufladbare Batterien, und so weiter ...«

»Schöne Kloßbrühe: Jetzt brauchen die Kids nur noch ein Astrolabium, um spielend leicht herausfinden zu können, mit welchem ihrer acht Transsexuellen sie das Wochenende verbringen dürfen ...«

»Für die Schnellbahntrasse wird doch sicher auch ein bisschen Nickel gebraucht, meint ihr nicht?«, sagte der Außenminister, der glaubte, die perfekte Lösung gefunden zu haben.

»Wie wär's, wenn wir sagen, der Ministerpräsident hätte unvermittelt nach Lappland abreisen müssen, um die fehlenden Tonnen Nickel klarzumachen, die zur Beendigung der neuen Eisenbahnstrecke unverzichtbar seien. Das wäre doch plausibel ...«

»Puh, José Miguel, jetzt mal ehrlich: Deine Scherze sind leider sehr provinziell ... Und was zum Teufel soll denn nun schon wieder ein Astrolabium sein? Ein altes Ackergerät deiner männlichen Vorfahren, oder was?

»Die Gleise wurden doch schon letztes Jahr fertiggestellt ...«, gab Berto zu bedenken.

»Auf den Kanarischen Inseln und den Balearen noch nicht ...«

»Ob das so eine gute Idee ist, jetzt zu sagen, dass wir auf den Inseln Gleise für Hochgeschwindigkeitszüge bauen lassen wollen?«

»Kommt darauf an, wir dürfen halt nicht so eine Miniinsel auswählen wie Cabrera, aber bei den größeren ginge das schon, etwa Teneriffa ... Die lagen uns doch fast die ganze letzte Legislaturperiode damit in den Ohren, somit hätten wir gleich zwei Fliegen mit einer Klappe geschlagen ...«

Plötzlich klopfte es an der Tür, und die beiden parallel geführten Unterhaltungen brachen abrupt ab.

Berto rief laut »herein«, und der Chef der spanischen Nationalpolizei tauchte im Türrahmen auf:

»Wir haben ihn«, sagte er atemlos und ohne darauf zu warten, dass er gefragt wurde. »Wir haben den Ministerpräsidenten gefunden ... Vor etwa einer Viertelstunde ... Als er gerade in Moncloa aus der Metro stieg.«

»Gott sei Dank«, machte sich Pachorra del Cuajo auf traditionell patriarchalische Weise Luft.

»Geht's ihm gut?«, erkundigte sich Berto sofort, der nach drei Stunden Dauerstress für sein Empfinden schon genug Erfah-

rungen mit dem leidigen Amt des Ministerpräsidenten gesammelt hatte.
»Tja, körperlich ist er eigentlich gut drauf«, sagte der Polizeichef noch immer japsend.
Diese Auskunft klang alles andere als beruhigend.
»Und ... psychisch ...?«, wollte die Gesundheitsministerin wissen.
»Tss, eigentlich auch ... Doch, ja, eigentlich ... bloß ...«
Es war mucksmäuschenstill, bis Pachorra del Cuajo seine gesammelte Berufserfahrung in die Waagschale warf und die alles entscheidende Frage stellte:
»Okay, weiß die Presse schon Bescheid?«
»Soweit ich weiß, nicht«, sagte der Polizeichef.
»Puuuh!«, atmeten alle sechs Minister gleichzeitig gepresst aus.

Inspektor Sakamura lief nach dem Verlassen der Sprachschule schnurstracks zum Kommissariat der *Mossos*, das nur etwa fünfhundert Meter entfernt lag. Corrales hing ihm an den Fersen. Am Eingang wandte sich der Inspektor an den diensthabenden Uniformierten, da Corrales ja noch gar nicht so richtig auf dem Laufenden war (und noch nicht richtig bei Puste).
»Große Gefahr Personen«, sagte er zu ihm.
Der Mann, der sechs Monate vor seiner Pensionierung stand, schaute durch seine Lesebrille auf und sah ein Männlein vor sich stehen, das keine Augen zu haben schien und kaum über den Rand des Schalters hinausragte. Das Männlein streckte ihm in einer erhobenen Hand etwas Funkelndes entgegen,

und um besser erkennen zu können, worum es sich handelte, setzte sich der Mann nun seine Fernsichtbrille auf, die ihm an einer Schnur um den Hals baumelte. Das funkelnde Ding erwies sich als Polizeimarke, das Männlein als ein Japaner, dessen Alter schwer zu schätzen war und dessen Augen er noch immer kaum erkennen konnte.

»*Mani* ...?«, sagte er in katalanischer Umgangssprache zu dem augenlosen Japaner.

»Große Eile wichtig. Interpol. Eine Frage nur: Papier Stift?«

Es dauerte geraume Zeit, bis der Polizist am Eingang endlich begriffen hatte, dass jener Japaner lediglich ein Blatt Papier und einen Stift wünschte, um voll konzentriert die mentale Fotografie abschreiben zu können, die er von dem Plan der Teilnehmer am Intensivkurs in der *Acadèmia Costa Brava* geschossen hatte, auf dem die sechs Namen derer standen, die sich bisher glücklicherweise noch nicht totgelacht hatten.

Eine weitere Viertelstunde verstrich mit Erklärungen, bevor der Mann endlich begriff, dass diese Personen in großer Gefahr schwebten und dass der Japaner ihre jeweiligen Adressen und Telefonnummern unbedingt haben wollte.

Mittlerweile hatte Corrales sich wieder erholt und wollte nun ebenfalls wissen, was zum Teufel hier eigentlich los war. Der Inspektor versuchte, Corrales klarzumachen, welche Entdeckungen er in der Akademie gemacht hatte. Der Uniformierte lauschte dem Bericht ebenfalls und setzte sich dabei abwechselnd die eine oder die andere seiner Brillen auf die Nase, je nachdem, ob der Inspektor mit seinen gestenreichen Erklärungen dichter herankam oder sich weiter von ihm wegbewegte.

Kaum war die Pantomime beendet, bat der Japaner erneut nachdrücklich um die Adressen und Telefonnummern. Der

Uniformierte sagte, dass er selbst über solcherlei Informationen nicht verfüge und erst mit einem Vorgesetzten Rücksprache halten müsse. Der Inspektor, der mittlerweile kleine ungeduldige Zenhüpfer vollführte, verlangte nun, den Vorgesetzten zu sprechen. Der Vorgesetzte erschien, hörte sich die Wünsche des Inspektors an, las aufmerksam die Liste mit den Namen durch und nahm sie mit in sein Büro. Es verstrich einige Zeit, bevor er endlich wieder in Erscheinung trat, sodass Corrales in der Zwischenzeit große Lust bekam, eine Ducados zu rauchen. Als der Vorgesetzte wieder aus seinem Büro auftauchte, erklärte er, dass er mit seinen Vorgesetzten gesprochen habe und die ihn darüber informiert hätten, dass die Aufenthaltsorte dieser Personen zum jetzigen Zeitpunkt nicht zu ermitteln seien. Inspektor Sakamura entgegnete mit beredten Gesten, dass er dessen ungeachtet unbedingt und augenblicklich die Adressen bräuchte. Der Vorgesetzte zog sich erneut in sein Büro zurück, um seine Vorgesetzten noch einmal zu konsultieren. Corrales fragte den älteren Uniformierten, ob er eine Zigarette rauchen dürfe. Der Mann am Schalter verneinte. Dessen Vorgesetzter kam nun erneut heraus und teilte dem Inspektor mit, dass seine Vorgesetzten wiederum gesagt hätten, sie sähen sich nicht in der Lage, die gewünschten Informationen herauszugeben. Der Inspektor, der mittlerweile vor Ärger leicht goudafarben angelaufen war, bat nun darum, die Liste mit den Namen sowie eine kurze Notiz, die er selbst in japanischen Schriftzeichen verfasste, umgehend einscannen und an die E-Mail-Adresse der Abteilung für Spezialeinsätze von Interpol schicken zu können, genauer gesagt an Kommissar Frère-Jacques, und diesen Wunsch konnte der Vorgesetzte ihm nun endlich doch noch erfüllen, weil ihm klar war, dass der merkwürdige Japaner dies ja auch jederzeit selbst von jedem beliebigen Internetcafé aus machen konnte.

Nach dem beschwerlichen Behördengang standen Corrales und der Inspektor wieder auf der Straße.

»Komisch, warum katalanische Polizei Verheimlichung?«, fragte sich der Inspektor.

»Warum denn komisch ...? Oh, schau sich das mal einer an, Maestro«, sagte Corrales.

»Na, du Naschkätzchen, ich könnte dir einen kleinen Gaumenschmaus anbieten, wird ja langsam Zeit für einen Aperitif ...

Und wohin gehen wir jetzt, Maestro?«, fragte er und heftete den Blick auf die Dunkelhaarige, die sich langsam entfernte. Er fürchtete nichts mehr, als dass der Inspektor sich nun, da die Ermittlungen keine Fortschritte mehr zu machen schienen, wieder zurück in seine Zentrale nach Lyon begeben könnte und er damit in sein Zollbüro zurück müsste, wo er fast nie die Gelegenheit bekam, sich ein wenig mit Sommerfrischlerinnen im Bikini auszutauschen.

»Aaaah, suchen Unaussprechliche komische Diebstahl«, antwortete der Inspektor.

»Super Idee! ... Aber wo wollen wir denn nach denen suchen? Gegen diese Bande ist 'n Sack Flöhe ja geradezu bodenständig.«

»Aaaah, ja, großes *Koan*. Untersuchen gründlich Jazmíns Auto.«

»Oh, wie geil ist das denn«, sagte Corrales.

Obwohl ihm die Entführung des Ministerpräsidenten in Madrid noch nicht zu Ohren gekommen war, fand der *President* der autonomen Regierung Kataloniens den Einbruch in die Sprachschule schon Grund genug, um sich mit seinem Krisenstab in einem abgelegenen Zimmerchen des katalanischen Parlaments zu versammeln.

Anwesend waren die Regierungsmitglieder, der Oppositionsführer und ein Mönch des Kapuzinerordens. Die Zusammenstellung geriet deshalb so unorthodox, weil er all diejenigen einbestellt hatte, die über das Katalanische Experiment Bescheid wussten, das der Kapuzinerpater in Montsecret hinter verschlossenen Türen ausgeheckt hatte. Mit dem Experiment hatten sie eine Art Werbekampagne starten wollen, um die Ausländer fürs Katalanische zu gewinnen. Die Touristen und Immigranten dachten nämlich noch immer, es reiche, Spanisch zu lernen, um sich in Katalonien aufzuhalten. Etwas unbedacht führten diese Leute in der Regel auch noch als Grund dafür an, dass man sich auf Spanisch mit über dreihundert Millionen Menschen aus aller Welt verständigen könne sowie mit neunundneunzig Komma neun Prozent aller Katalanen.

Und da den zahlreichen Faschisten in Kastilien garantiert wieder irgendwelche Einwände gegen den Einsatz eines Neuronen-Konfigurators eingefallen wären, hatte die Sache so geheim wie möglich durchgeführt werden müssen. Alle Gruppierungen, die nicht hundertprozentig hinter der katalanischen Sache standen, blieben, wie immer, außen vor: etwa die *Citizens of Swing* (eine dubiose, kosmopolitisch ausgerichtete Minderheit) und selbstverständlich Ihre Exzellenz die Spanische Partei Kataloniens, die regionale Schwesterpartei der PEPE, der ein Mann mit fremdartigem Nachnamen (nicht ein »i«!) vorstand, dessen persönliche Hygiene mehr als zu wünschen übrig ließ. Kurz gesagt, er war bei den orthodoxen Katalanen bis zu einem solchen Grad verhasst, dass sie ihm den Spitznamen Gollum verpasst hatten.

»Weiß Madrid schon etwas vom Katalanischen Experiment?«, fragte Felip Rentafigues i Pastorets von der Paradoxen Union Kataloniens, sobald der *President* sie über die Vorkommnisse der letzten Woche auf den neuesten Stand gebracht hatte.

»Nicht, dass ich wüsste«, antwortete der *President*. »In der Presse haben sie heute allerdings schon wieder was von vier Toten in Calabella gebracht, und dann schnüffelt ja auch noch dieser verfluchte japanische Inspektor in Calabella herum, und die Unaussprechlichen wussten offenbar nur zu genau, wo sie nach dem Konfigurator zu suchen hatten ... Bisher wurden in den Medien jedenfalls noch keinerlei Rückschlüsse von dem Einbruch in der Sprachschule auf die vier Todesfälle gezogen, aber das kann sich natürlich jeden Augenblick ändern. Wir müssen also damit rechnen, dass die ganze Geschichte auffliegt.«

»Gott sei mit uns ...«, bekreuzigte sich der Geistliche.

Manel Gonsales i Lopes von den Grünroten meldete sich zu Wort. Er hatte Jura studiert, bevor er seinen Namen katalanisiert hatte, um den analphabetischen Proletariern in seiner Geburtsstadt Santa Coloma de Gramenet eine Stimme zu geben.

»Die freiwilligen Teilnehmer am Experiment haben doch sicher vorher einen Vertrag unterzeichnet, oder nicht? In dem muss ein Passus enthalten gewesen sein, der besagt, dass sie auf eigene Gefahr gehandelt haben. Wenn die so blöd sind und das Kleingedruckte nicht lesen, dann sind sie doch selber Schuld, deswegen kann uns kein Richter dieser Welt verurteilen.«

Ein Handy klingelte und unterbrach die Sitzung:

*Paraules d'amor, senzilles i tendres, no en sabíem més ...*
Es war das Handy des *President* und genau dieser Klingelton kündigte ihm die Anrufe der Agentin 69 an, sodass er eilig auf die Taste mit dem grünen Hörer drückte und versuchte, so gut es in dem beengten Räumchen ging, sich von den anderen abzuschirmen.

»Ja, hallo ... Heute? Der vierundzwanzigste Juli ... Und deswegen rufst du mich an?«

Die anderen führten ihr Gespräch fort:

»Es geht doch gar nicht um irgendwelche Rechtsstreitigkeiten mit irgendjemandem«, sagte Montse Gutierres i Fernandes von der Hartnäckigen Linken Kataloniens. »Die im schwarzen Lande Mordor, der Brutstätte des Bösen in Mittelerde, wollen uns eins auswischen, und Sauron wird die erstbeste Gelegenheit nutzen und die Geschichte den finsteren, schwarzen Reitern erzählen.«

In einem bestimmten Slang, der bei den jungen Anhängern der Hartnäckigen Linken sehr beliebt war, stand »Sauron« (manchmal auch »Herrscher von Mordor« oder der »Schwarze Mann«) für Fernández Plancha, den Generalsekretär der PEPE in Madrid, also den unmittelbaren Vorgesetzten Gollums. Was die schwarzen Reiter betrifft, so sind damit entweder die konservativen Mitglieder des Verfassungsgerichts oder auch gewisse, besonders scharfzüngige Journalisten gemeint, unter denen José Domingo de la Cascada bekanntlich eine herausragende Stellung einnahm.

»Meine Kinder: Sollten wir nicht alles gestehen und die Familien der Verstorbenen um Verzeihung bitten?«, schlug der Geistliche mit demütiger Bußfertigkeit vor. Ihm lag es natürlich besonders nahe, sich mit solch schlichten wie wirksamen Mitteln aus der Affäre zu ziehen.

»Entschuldigen müssten sich einzig und allein die imperialistischen Invasoren für die Dekrete der *Nueva Planta* unter Philipp V. und so weiter«, erwiderte Montse, die nicht nur den Slang der Republikaner beherrschte, sondern auch ein Seminar über die Geschichte der Unterdrückung in Spanien an der Universität Pompeu Barrera i Rovira besucht hatte.

»Wir müssen jetzt vor allem Ruhe bewahren«, beschwichtigte Rentafigues. Er war der Held aller christdemokratischen Wähler zwischen fünfzig und sechzig Jahren, gerade weil er eine so besonders vertrauenerweckende Ausdrucksweise bevorzugte. »Wir dürfen vor allem nicht die Nerven verlieren ... Ich denke, Manel hat recht: Solange man uns für nichts verurteilen kann, solange wir gegen keines unserer Gesetze verstoßen haben, solange kann es uns auch ganz egal sein, was die von der PEPE sagen werden: Diese Faschisten nutzen jede Gelegenheit, um gegen Katalonien Stimmung zu machen, das wissen sowieso alle ...«

Währenddessen beendete der *President* sein Telefonat mit der Agentin 69.

»Das ist doch schon mal was! Gute Nachrichten!«, sagte er laut, während er das Handy wegsteckte, ohne konkret jemanden anzusprechen.

»Geheiligt sei Jesus Christus«, seufzte der Geistliche.

»Ich habe gerade mit einer ... mit einem Mitarbeiter gesprochen ... Und es sieht ganz so aus, als würde sich Interpol in den nächsten Tagen nicht in Calabella herumtreiben ...«

Plötzlich hörten sie alle ein Niesen, das jemand vor der Tür nur unzureichend unterdrückt hatte. Der katalanische *President* sprang von einem Stapel DIN-A4-Blätter auf und riss die Tür sperrangelweit auf. Im Türrahmen tauchte die schäbige,

gebückte Gestalt Gollums auf, dem förmlich anzusehen war, dass man ihn beim Lauschen ertappt hatte.
»Ich würde gern mal schnell ... ein paar Kopien machen, wenn ihr nichts dagegen habt«, sagte er mit seiner Fistelstimme und stank dabei wie gewohnt aus dem Mund.
Den Worten ließ er auch gleich Taten folgen und betrat den Raum mit einem Papierstapel unter dem Arm, den er offenbar zur Tarnung extra mitgebracht hatte. Dann drehte er allen anderen den Rücken zu und machte sich an einem der Kopierer zu schaffen. Ein Geruch nach Mottenkugeln und dreckigen Klamotten verbreitete sich umgehend im ganzen Raum, worauf Montse sich mit spitzen Fingern die Nase zuhielt und angeekelt schaute.
Das Schweigen wurde verdächtig.
»Gut, na dann bin ich mal gespannt, wie sich der Ricardinho macht«, sagte Rentafigues, der so tat, als habe man sich mit einem Kapuzinermönch rund um die Kopiergeräte versammelt, um über Fußball zu reden.
»Hat Benito Bola de Set eigentlich wieder die Open von Calahorra gewonnen?«, wechselte der *President* prompt das Thema und gab Rentafigues mit allerlei Zeichen zu verstehen, den Namen Ricardinhos in Zukunft nicht mehr zu erwähnen.

Vier Stunden nach der Entführung des spanischen Ministerpräsidenten Paquito durch sechs Fahrradfahrer und zwei Stunden nachdem er seelenruhig in Moncloa wieder aus der U-Bahn herausgestiefelt kam, wurde die First Lady von den Vorkommnissen unterrichtet.
Sie fuhr unverzüglich mit dem Taxi zum *Hospital La Paz*, der

einzigen Klinik, die für eine entsprechende Diagnostik eingerichtet war. Dort wurde ihr der scheinbar sehr gute Zustand des Ministerpräsidenten bestätigt, der sich zwar ohne Zwang, aber doch nur äußerst widerwillig in die Klinik begeben hatte.

In der Eingangshalle des Krankenhauses warteten Berto (als Minister), ein Arzt (im Kittel) und eine Psychologin (in einer reflektierenden Leuchtweste). Die Psychologin hatten sie für den Fall mit dazugebeten, dass die First Lady die Neuigkeiten nicht gut aufnehmen sollte.

»Was ist denn passiert? Wie geht's ihm denn?«, fragte die First Lady Berto.

»Mach dir keine Sorgen, wir wollten nur, dass er sicherheitshalber so gründlich wie nur möglich auf Herz und Nieren untersucht wird ...«

Diese Antwort hätte voll und ganz genügt, um die First Lady zu beruhigen, die allerdings skeptisch aufhorchte, als sie in ein kleines Zimmer gebeten wurde, wo man sie ausführlicher aufklären wollte.

Kaum hatten alle Platz genommen, fühlte sich die Psychologin bemüßigt, noch vor dem Arzt im Kittel das Wort zu ergreifen: »Du musst jetzt vor allem ganz ruhig bleiben, Pilar«, sagte sie zu ihr, nannte sie beim Vornamen und duzte sie, so wie das beim Pflegepersonal üblich ist, offenbar um die Patienten noch mehr zu demütigen.

»Wieso wollt ihr mich eigentlich die ganze Zeit beruhigen? Hat Berto nicht eben gesagt, dass es ihm gut geht?« Sie suchte seinen Blick, um sich noch einmal zu vergewissern.

»Alles bestens, wir gehen auch gleich hoch zu ihm aufs Zimmer, ja ...? Also, Pilar, wie lange seid ihr denn schon verheiratet?«, redete die Psychologin weiter und legte der First Lady mitfühlend eine Hand auf den Arm, die nun ihrerseits kurz davor war, jegliche Geduld zu verlieren, weil ihr das ganze Theater gehörig auf die Nerven ging.

»Sieben Jahre, warum?«

»Ah, ja ... Und Kinder habt ihr auch, nicht wahr, zwei Mädchen, oder ...?«, überging die Psychologin ihre Rückfrage.

»Ja ... Die sind in der Schule ...«

»Ah, ja, sehr gut, Pilar ... Und was würdest du sagen, wie versteht ihr euch innerhalb der Familie so? Redet ihr miteinander?«

»Klar reden wir miteinander ...«

»Ah, ja ... Und sag mal, Pilar, wie ist das so normalerweise, kommst du eher selten oder eher regelmäßig zum Orgasmus?«

»Was geht Sie das eigentlich an?«, antwortete die First Lady kurz angebunden, die langsam so wütend wurde, dass sie den Anlass ihres Krankenhausbesuchs darüber fast vergessen hätte. »Kann mir jetzt endlich mal jemand verraten, was mit meinem Mann los ist?«

Die Frage war an den Arzt im Kittel gerichtet, den die Psychologin nun, da sie die Frau seelisch vorbereitet hatte, durch einen Blick ermunterte, von der genaueren Anamnese zu berichten:

»Äääähämmm: Die ärztlichen Untersuchungen bei Ihrem Mann haben lediglich erhöhte Strahlenwerte ergeben, ja, aber nicht gesundheitsgefährdend, ja, was eigentlich nicht alarmierend wäre, ansonsten waren die Werte typisch für das Übergewicht ... Alle anderen Werte waren völlig in Ordnung. Sein Verhalten dagegen wirkt schon seit seiner Ankunft hier leicht gereizt«, er schaute für einen Augenblick zur Psychologin, um ihre Zustimmung einzuholen, »ja, ein wenig gereizt, aber das lässt sich sicherlich mit den äußeren Umständen erklären; er zeigt einen sehr gesunden Appetit, vorhin hat er sogar darauf bestanden, allerdings auf eine nicht sehr höfliche Art und Weise, dass ihm ein paar Tapas aus einer Bar unten gebracht werden, tja, und sonst, am auffälligsten ist sicherlich, dass er jetzt nur noch *Euskera* spricht und versteht.«

Die First Lady hatte das Gefühl, sie habe nicht recht gehört.

»Was spricht und versteht er nur ...?«

»*Euskera*«, wiederholte der Arzt, »die Sprache, die im Baskenland gesprochen wird.«

Kurzes Schweigen.

»Ansonsten ist er gut drauf, doch echt, wirklich«, sagte Berto, um die Stille mit ein paar beruhigenden Worten zu füllen. »Wenn man mit ihm redet, muss man jetzt halt noch einen Übersetzer mit dazunehmen, aber daran gewöhnt man sich sicher ganz schnell ...«

Pepe Luis Fernández Plancha hatte es sich auf dem dunklen Thron im schwarzen Land Mordor, wo die Schatten drohen, also in der Zentrale der PEPE in Madrid, bequem gemacht.

Mit großem Vergnügen blätterte er in einer Zeitschrift, in der zwischen einer Reportage über den Handel mit Marienreliquien in der Nachkriegszeit und einem ausführlichen Interview mit Bono von U2 (der zum Schamanismus der Mapuche-Indianer konvertiert war), intimste Fotos der Gesundheitsministerin abgedruckt waren, die beim Gynäkologen wohl nicht damit gerechnet hatte, dass im Stethoskop auf sehr tückische Weise eine Kamera mit zwölf Megapixeln eingebaut war.

Er erschrak sichtlich, als sein Handy klingelte:

*Mi querida España, esa España mía, esa España nuestraaa ...*

»Gargamel« stand auf dem Display. Die Mitglieder seiner Partei hatten Gollum ebenfalls einen Spitznamen verpasst. Fernández Plancha hätte ihn am liebsten schon vor einigen Jahren austauschen lassen, aber der Job konnte noch so gut bezahlt sein, es fand sich niemand, der ihn machen wollte.

»Sag mal, hast du unserer Gesundheitsministerin schon mal zwischen die Beine geschaut?«, ätzte der Staatssekretär sehr vergnügt zur Begrüßung.

»Nein, aber es gibt ... bessere Neuigkeiten«, sagte Gollum, und Fernández Plancha hatte das Gefühl, den stinkenden Atem sogar noch durchs Telefon riechen zu müssen.

Inspektor Sakamura traf mit Corrales just in dem Augenblick auf dem Abstellplatz für abgeschleppte Fahrzeuge der Gemeinde von Calabella ein, als Jazmín das dortige Personal davon zu überzeugen versuchte, auf der Stelle ihren Porsche rauszurücken. Zu ihrem Pech hatte sie es diesmal wieder nicht mit einem Mann zu tun, sondern einer mausgrauen, kratzbürstigen Angestellten, die mit aller bürokratischen Verbohrtheit darauf bestand, dass sich weder der Porsche noch der Jaguar (der Jazmín offen gestanden am Arsch vorbeiging) hier vom Fleck bewegen würden, bevor die Polizei nicht die Freigabe erteilt hätte.

Als Inspektor Sakamura seine Interpolmarke wie aus dem Nichts hervorzauberte, fügte sich dann doch noch alles zum Guten. Die Dame schob Jazmín daraufhin recht unwirsch einige Papiere hinüber, die diese nur noch zu unterschreiben brauchte.

Bevor sie zum Porsche gingen, schaute sich der Inspektor den marineblauen Jaguar an, dessen demolierte Tür offen stand. Zwar stank der ganze Wagen nach dem Müllcontainer, der sich beim Aufprall über der Karosserie entleert hatte, trotzdem konnte niemandem entgehen, dass dieses Fahrzeug ein Raucherwagen war. Auch auf dem Beifahrersitz schien übrigens eine Raucherin zu sitzen, da im Aschenbecher unter anderem die Zigarettenstummel einer Marke lagen, die vor allem bei Raucherinnen sehr beliebt war. Allerdings schienen auch mal zwei weitere Personen den Wagen benutzt zu haben, denn insgesamt lagen vier verschiedene Zigarettenmarken im Aschenbecher. Zwei Marken waren jeweils mit fünfzehn, die anderen zwei lediglich mit drei Kippen vertreten.

Anzunehmen war, dass die ersten zwei Marken den Besitzern zuzurechnen waren. Die anderen zwei Zigarettenmarken (Marlboro und Camel) waren leider nicht sehr aussagekräftig, weil sie quer durch alle Schichten von Männern wie auch von Frauen geraucht wurden.

Auf den Fußmatten unter den Vordersitzen fanden sich Schlammspuren, die nicht so recht zu der Lebensweise von Eigentümern großer, teurer und seriöser Limousinen zu passen schienen – und noch viel weniger zu der Beifahrerin, die, den pfenniggroßen Abdrücken auf der Fußmatte nach zu urteilen, eine Vorliebe für hochhackige Pumps besaß. Daher ließ sich mit einiger Sicherheit kombinieren, dass der Schlamm den Marlboro- und Camel-Rauchern zuzuordnen war, bei denen es sich aller Sicherheit nach um Männer handeln musste, und zwar richtige Schränke (nach der Größe der Schuhabdrücke zu urteilen). Beide schienen Stiefel mit den gleichen dicken Profilsohlen getragen zu haben (was an eine Art Uniform denken ließ).

Der Inspektor nahm von beiden Abdrücken eine Probe und packte sie in Tütchen, die er wiederum wie aus dem Nichts hervorgezaubert hatte.

Das Handschuhfach schien in bester Ordnung zu sein: Die Papiere, Sonnenbrillen und so weiter wirkten unangetastet. Allein sechs Thunfischbüchsen fielen aus dem Rahmen, von denen der Inspektor nicht so recht wusste, ob sie den Besitzern gehörten (womöglich war es ja in wohlhabenden spanischen Kreisen üblich, sich auf längeren Autofahrten mit ein paar Gäbelchen Dosenfisch zu verwöhnen) oder ob sie möglicherweise den Unaussprechlichen zuzuordnen waren. Sicherheitshalber schoss er ein paar mentale Fotos von den Büchsen und kletterte wieder aus dem Wagen.

»Und, Maestro, wo müssen wir nach ihnen suchen, wissen Sie das jetzt schon?«, fragte Corrales, der sich bereits an die bestechenden deduktiven Fähigkeiten seines Inspektors gewöhnt hatte.

»Aaaah, nein: Sakamura Schale waschen und Fußboden putzen, hi hi«, sagte der Meister und boxte sich gegen den Hinterkopf, ohne dass Corrales und Jazmín verstanden hätten, was dies nun wieder zu bedeuten hatte.

Der Porsche lieferte weniger Anhaltspunkte: Da die Vermummten Nr. 1 und Nr. 4 auf dem Hotelparkplatz eingestiegen waren, hatten ihre Schuhe keine Spuren hinterlassen – und geraucht hatten sie auch nicht. Dafür hatten sie eine andere, unverkennbare Duftnote hinterlassen: ein Frauenparfüm. Es war nicht das von Jazmín, letzteres war dem Inspektor mittlerweile schon so vertraut, dass er beim bloßen Gedanken daran goudafarben anlief.

»Mmmm, ja, das habe ich auch schon gerochen«, sagte Jazmín, deren feine Nase der des Inspektors in nichts nachstand:

»Hier drin riecht es nach *J'adore* von Christian Dior, hundertprozentig.«

»Aaaaha, verstehen viel Parfüm«, sagte der Inspektor.

»Kein Kunststück, das habe ich mir ja erst gestern Nachmittag gekauft, und zwar zusammen mit einem entzückenden kleinen Teilchen von Victoria's Secret, das sich leider mit dem Parfüm zusammen in Luft aufgelöst hat. Aber falls Sie wissen wollen, wo sich diese Unaussprechlichen aufhalten – die leider nicht das Verhalten von Gentlemen an den Tag gelegt haben –, kann ich es Ihnen verraten: Ich weiß, wo sie morgen Vormittag garantiert anzutreffen sind.«

»Wo denn?«, fragte Corrales völlig verblüfft, der, so sehr er auch um den Porsche herumgeschlichen war, mit seinen Ermittlungen keinen Schritt vorankam.

»Mmmmmm, sie werden einen Barscheck über hunderttausend Euro in Andorra la Vella einlösen. Mit dem Auto braucht man etwa vier Stunden, das heißt, mit dem Porsche sind wir in gut zwei Stunden dort.«

Die einzige Person, die an jenem Morgen im *Hospital La Paz* baskisch reden konnte, war eine Krankenschwester aus Santurzi, die sich nur zähneknirschend und nur auf das Flehen des Krankenhausdirektors hin bereit erklärte, für den Ministerpräsidenten Spaniens zu dolmetschen.

Der Rekonvaleszent saß zu diesem Zeitpunkt in seinem Bett, das Kopfteil war hochgestellt und das ausklappbare Tischchen schwebte geradezu über seinem Schoß. Er kaute und wollte mit niemandem reden. Schwester Itziar saß bequem auf dem Sofa und las in einer Zeitschrift über Pankreastransplantationen.

»Kaum zu glauben, was die einem im Krankenhaus für einen Fraß vorsetzen. Kriegt ihr Angestellten auch so miserables Essen?«, fragte der Ministerpräsident auf Baskisch und mit vollem Mund.

»Fürchterlich, aber das ist eben Madrid. Wenn du diesen Fraß jemandem im Krankenhaus in Santurzi vorsetzen würdest, würden die dir das Zeug nur so um die Ohren hauen.«

Es klopfte an der Tür. Der Arzt im Kittel wartete erst gar nicht, bis er hereingebeten wurde, sondern platzte, offenbar um das Selbstwertgefühl des Patienten weiter zu schmälern, sogleich ins Zimmer hinein.

»Wie geht's, Paquito? Ich hab dir Besuch mitgebracht«, sagte er zum spanischen Ministerpräsidenten, als würden sie sich schon seit Jahren kennen.

»*Zer dio txepel mantaldunak?*«*, fragte Paquito die Schwester Itziar.

»*Bisitaria dakarrela*«, übersetzte die Schwesternhelferin, auch wenn es nicht nötig gewesen wäre, denn in diesem Augenblick sah der Ministerpräsident, dass seine Frau zur Tür hereinkam, hinter der noch Berto und die Psychologin das Zimmer betraten.

»*Ondo nago, laztana, ez kezkatu*«, sagte Paquito zu seiner Frau und klappte das Tischchen ein.

Die First Lady wusste nicht, ob sie lachen oder weinen sollte und schaute hilflos zu Schwester Itziar.

»Er sagt, es gehe ihm blendend, Sie sollen sich keine Sorgen machen«, übersetzte Itziar, der es nun doch naheging, die First Lady so bestürzt zu sehen.

»*Hurbildu zaitez, emakumea, eta emadazu muxu bat. Ez dut hozka-*

* »Was hat der Schwachkopf im Kittel gesagt?«

*rik egiten …*«, fuhr der Ministerpräsident fort und richtete sich weiter auf.

Die First Lady verstand nur Bahnhof und schaute wieder Schwester Itziar an.

»Er sagt, er möchte Sie küssen …«, übersetzte sie.

Die First Lady zögerte einen Augenblick, als wolle sie sich mit einem Blick noch bei Itziar vergewissern, die wiederum den Arzt im Kittel ansah, der wiederum zur Psychologin schaute.

»Nur zu, Pilar, ruhig, ganz unbefangen«, sagte die Psychologin.

»Keine Sorge, der Doktor hat gesagt, es sei nicht ansteckend«, scherzte Berto, bevor ihm klar wurde, wie übel man ihm diesen Kommentar auslegen konnte.

Die First Lady küsste ihren Mann erst auf die Wangen, dann auf den Mund, denn das schien er sich zu wünschen, wenn sie seine Mimik richtig deutete.

»Kannst du … mich gar nicht verstehen, Paco?«, fragte die First Lady mit einem so entgeisterten Gesichtsausdruck, dass es wehtat, sie so zu sehen.

»*Zer dio?*«, fragte Paquito und wandte sich dabei an Schwester Itziar.

»*Ulertzen ez al diozun galdetzen du*«, übersetzte Itziar.

Nun entspann sich ein langer Dialog auf Baskisch zwischen der Übersetzerin und dem Ministerpräsidenten, bis Itziar versuchte, dies alles kurz für sie zusammenzufassen, und sich an die versammelte Runde wandte, die wiederum dem Wortwechsel wie einer Partie Tennis zugesehen hatte:

»Er hat gesagt, er wisse nicht so genau, was er antworten solle, weil es verdammt schwer sei, seiner Frau zu sagen, dass er kein Wort von dem verstehe, was sie sage, und ich habe ihm dann gesagt, dass ich lediglich übersetzen, aber keine Ratschläge geben kann, und dass sie, falls er sie wirklich nicht verstehen könne, was ja der Fall ist, es ja sowieso bald merken werde und es deshalb gar keinen Sinn habe, sie groß anzuschwindeln. Gut, hat er dann gesagt, dann soll ich Ihnen ruhig sagen, dass er Sie nicht verstehen kann, weil sich das ja sowieso leicht wieder beheben lässt.«

»*Euskara ikastaro batzuk har ditzakezu, eta umeek ere bai* ...«, plapperte der Ministerpräsident weiter und lächelte seine Gattin liebevoll an.

Die First Lady war den Tränen nahe, schaute wieder zu Itziar, um von ihr zu erfahren, was ihr Mann da gerade noch gesagt hatte:

»Er sagte, Sie und Ihre beiden Töchter würden sicher sehr schnell Baskisch lernen ...«

In diesem Moment spürte die First Lady ein Schwindelgefühl in sich aufsteigen und fiel zwischen Berto, dem Arzt im Kittel und der Psychologin der Länge nach in Ohnmacht, wobei die drei nicht schnell genug reagierten, um sie noch rechtzeitig aufzufangen.

Doktor Cafarell war 54 Jahre alt, sah aus wie 62, kämmte seine dünnen, grauen, gleichwohl langen Haare nach hinten, trug eine metallene, etwas schiefe Peter-Sellers-Brille und bestach gelegentlich durch einen mit Salz bestäubten Fettfleck auf seiner Krawatte.

Der Vortragssaal des katalanischen Parlaments war nur spärlich beleuchtet, weil Doktor Cafarell dabei war, einen Diavortrag zu halten. Nach den ersten zehn Minuten mit einführenden Bemerkungen zur Physiologie der Hirnrinde war der

Direktor der *Mossos d'Esquadra* bereits eingenickt – sein Kopf hing über seinen Händen, die wiederum auf dem Bauch gefaltet lagen. Danach referierte Doktor Cafarell aus einer Dissertation über verschiedene Lerntheorien, und spätestens zu diesem Zeitpunkt überließ sich der *Conseller de Presidència* einer erotischen Fantasie, die ihm just in diesem Augenblick durch den Kopf schoss.

Als Cafarell mit der Erörterung des Themas der Zweisprachigkeit im Zusammenhang der Theorien von de Saussure, Hall und Weinreich begann, musste der katalanische *President* erstmals gähnen, und als er sich schließlich bis zu den Grundzügen von Neurotransmittern und Synapsenverbindungen sowie der Entwicklung neuronaler Netze im Hirn von Jugendlichen vorgetastet hatte, verlor auch der Vereinsarzt des *Futbol Club Can Fanga*, der ebenfalls anwesend war, jegliches Interesse.

Daher fühlte sich der katalanische *President* geradezu verpflichtet, den Vortrag zu unterbrechen:

»Das ist natürlich alles sehr ... didaktisch«, sagte er, »uns wäre aber viel mehr daran gelegen, genauer zu erfahren, wie ein solcher Konfigurator funktioniert und warum einige Personen, die an ihn angeschlossen wurden, sterben und andere nicht.«

Doktor Cafarell begriff (und eine leichte Resignation machte sich in ihm breit), dass er es hier mit einem einfach gestrickten Politiker zu tun hatte:

»Der Konfigurator arbeitet mit Magnetresonanzen«, sagte er gelangweilt. »Die Patienten werden an Elektroden angeschlossen, das Gerät ist dann in der Lage, die Aktivitäten in den verschiedenen Hirnzonen auf einem Bildschirm darzustellen. Studien an der Harvard und der Stanford University haben gezeigt, dass eine Person, die ihre Hirnaktivitäten auf einem Balkendiagramm dargestellt sieht, in der Lage ist, willentlich Einfluss auf die eigenen Hirnaktivitäten zu nehmen ...«

»Und wozu soll das gut sein ...?«, unterbrach ihn der katalanische *President* erneut.

»Ein Konfigurator ermöglicht es einer Person«, erläuterte der Doktor, »genau den Bereich des Hirns zu aktivieren, der uns hier interessiert, nämlich das Sprachzentrum.«

»Sehr schön, das habe ich so weit verstanden«, sagte der katalanische *President*, »und weiter ...?«

»Nun ja, da wir eine Versuchsperson weder mit neuen Neuronen noch mit Gliazellen oder zusätzlichen Synapsenverbindungen ausstatten können, weil dies viel zu lange dauern und von der Versuchsperson viel zu viel eigenes Engagement verlangen würde, konfigurieren wir die neuronalen Netze eben neu. Dafür nutzen wir die Emission von Elektronenimpulsen. Das heißt, die entsprechende Person lernt nicht wirklich: Sie lässt sich vielmehr ihre neuronalen Netze im Sprachzentrum zur Hälfte neu konfigurieren und ist dadurch in der Lage, von heute auf morgen eine zweite Sprache perfekt zu beherrschen, samt aller phonetischen Facetten wie etwa der Aussprache, dem Tonfall, bestimmten lokalen Dialekten und so weiter ...«

»Das müsste dann aber doch heißen, dass ein neuronales Netz mit einem Mal das Doppelte zu leisten hat ...«, setzte der katalanische *President* an.

»Im Prinzip haben Sie recht, die Zahl von Neuronen und Gliazellen bleibt in etwa konstant«, ergänzte der Doktor. »Je stärker wir in das neuronale Netz eingreifen, um eine Person eine neue Sprache sprechen zu lassen, desto mehr wird sie von ihrer ursprünglichen Sprache verlieren. Daher haben wir im vorliegenden Fall des Katalanischen Experiments die neuronalen Verbindungen im Verhältnis fünfzig zu fünfzig aufgeteilt: Die Versuchspersonen beherrschten nach der Konfiguration ihre Muttersprache etwa ebenso gut wie das Katalanische, das heißt aber auch, sie konnten so gut Katalanisch, als hätten sie es noch vor ihrem zehnten Lebensjahr erlernt, sozusagen in der Phase der neuronalen Hyperdimensionalität ...«

»Und keine der beiden Sprachen beherrschten sie nur stümperhaft, oder doch?«

»Sie sagen es«, antwortete der Doktor, »die Hälfte dessen, was wir in unserer eigenen Sprache wissen, ist mehr als genug, um uns normal verständigen zu können. Zuerst geht bei einer Konfiguration alles Überflüssige über Bord, beispielsweise ein Haufen bildungssprachlicher Wendungen, unnütze Fachausdrücke und unbenutzte rhetorische Figuren, poetische Ausdrucksmittel, Lieder, die wir nie singen, und eine ganze Reihe von Wörtern, die mehr oder weniger überflüssig sind ... Niemand wird diesen linguistischen Müll bei den Versuchspersonen vermissen. Wie stark die neuronalen Netze konfiguriert werden, lässt sich, das sollte ich vielleicht noch erwähnen, vorher an den Maschinen programmieren. Falls wir die vollen hundert Prozent des Sprachzentrums konfigurieren würden, hätte die Versuchsperson ihre Muttersprache vollständig verloren, sie könnte sie danach weder reden noch verstehen, dafür würde sie dann die neu konfigurierte Sprache wie ihre Muttersprache beherrschen. Diese Möglichkeit wäre für unser Katalanisches Experiment allerdings nicht besonders reizvoll gewesen: Unsere Versuchspersonen sollten ja nach der Konfiguration fließend zweisprachig sein ...«

Der katalanische *President* versuchte die neuen Informationen schleunigst zu verarbeiten.

»Und ist der Prozess umkehrbar?«

»Sooft man möchte. Bei einer Versuchsperson wurde das Sprachzentrum innerhalb von drei Tagen problemlos achtzehn Mal neu konfiguriert.«

»Und wie werden die Sprachen ausgewählt, die man ... konfiguriert?«

»Mit dem Konfigurator können wir über WLAN ins Internet gehen. Dort wiederum gibt es eine Menge Seiten, auf denen man sich die Software verschiedener Sprachen herunterladen kann. Da die Konfiguratoren von fundamentalistischen Islamisten entwickelt wurden, gab es anfangs nur Software für arabische Sprachen, als dann aber auch eine englische Version auf den Markt kam, zogen immer mehr Sprachen nach ...«

»Gut«, sagte der *President*, »aber das erklärt noch nicht, warum vier der Versuchspersonen an dem Experiment gestorben sind. Haben Sie dafür eine Erklärung?«

»Das lässt sich nicht mit Gewissheit sagen«, sagte Doktor Cafarell stirnrunzelnd. »In Anbetracht der Fakten und in Kenntnis der Autopsiebefunde lassen sich höchstens Vermutungen anstellen ...«

»Und welche Erklärung würden sie konkret favorisieren?«, bohrte der *President* weiter.

»Schauen Sie«, sagte Doktor Cafarell, »Sprachen sind ja selbst ein interessanter Gegenstand der Forschung.«

»Wie meinen Sie das ...?«

»Damit befinden wir uns auf dem Terrain der Philosophie, aber vielleicht ließe sich vereinfacht zumindest so viel sagen: Eine Sprache ist der Stoff, aus dem unser Denken besteht. Allein die Sprache prägt unsere Denkweise, und sie entwickelt sich durch den Gebrauch, den die Menschen in einem bestimmten Sprachraum von ihr machen und gemacht haben.

Jede Gesellschaftsform hat ihre eigene Sprache, die wiederum von geografischen und historischen Faktoren nicht unbeeinflusst bleibt ... Um bei unserem konkreten Fall zu bleiben: Was meinen Sie, denkt eine Engländerin auf die gleiche Art und Weise wie ein Niederländer oder ein Deutscher oder ein Schweizer oder ein Katalane?«

»Keine Ahnung ...«, sagte der katalanische *President*, in der Hoffnung, der Antwort nun endlich ein Stück näher zu kommen.

»Schauen Sie, es scheint mir evident zu sein, dass wir zumindest so viel voraussetzen können: Ein Deutscher denkt auf Deutsch und ein Katalane auf Katalanisch. Und da sich die Erfahrungen, Lebensweisen, das Lebensgefühl, der Glaube, die Vorurteile, die Stärken und Schwächen und Eigenheiten der deutschen Kultur in der deutschen Sprache abgelagert haben, die fraglos eine andere ist als die katalanische, wäre es wiederum überaus naheliegend anzunehmen, dass der Deutsche auf eine andere Weise denkt und insofern auch auf eine andere Art und Weise lebt als der Katalane.«

»Ich sehe einfach nicht, wie uns diese Überlegungen bei der Frage weiterhelfen, warum vier der Freiwilligen ums Leben kamen und die anderen nicht ...«, sagte der katalanische *President* unverblümt.

»Vielleicht klingt das im ersten Moment bizarr, aber ... die vier Toten kamen allesamt aus Ländern, in denen es vom Klima her kalt ist und auch zwischenmenschlich eher kühl zugeht, die sehr viel Sicherheit und Ordnung bieten, aber in denen das Leben gleichzeitig sturzlangweilig ist. Nachdem ihre neuronalen Netze neu konfiguriert worden sind, konnte eine Überdosis an Endorphinen in ihrem Blut nachgewiesen werden ... Mit anderen Worten: Sie haben mit einem Mal die

Welt mit den Augen eines Katalanen gesehen und sind vor Glückseligkeit gestorben. Das mediterrane, milde Klima, das vorzügliche Essen, der Wein, der spanische Sekt, die Siesta im Schatten, die Offenherzigkeit und die Freundlichkeit zwischen so friedliebenden Leuten wie uns ... Das alles steckt in unserer Sprache. Katalanisch zu sprechen ist für einen Deutschen vielleicht in etwa so, als würde er sich eine Brille aufsetzen, durch die sich plötzlich alles in ein Paradies verwandelt ...«

Die romantische Seite im *President*, der im tiefsten Inneren seiner Seele eigentlich schon immer davon überzeugt war, dass Katalonien das schönste Land unter der Sonne ist (was natürlich die These Doktor Cafaralls nur noch untermauerte), war dieser Erklärung überaus zugeneigt: Katalonien und Paradies, das passte sehr gut zusammen ...

»Aber warum sind dann nicht alle gestorben, die am Experiment teilgenommen haben?«, fragte sich sein rationaleres und realistischeres Ich. »Doktor Benites hatte Ricardinho und die anderen, die das Experiment überlebt haben, unter ständiger Beobachtung: Ihr Endorphinpegel blieb nach der Konfiguration konstant im grünen Bereich.«

Der Vereinsarzt des *Futbol Club Can Fanga* konnte das nur bestätigen.

»Das ist es ja gerade ...«, sagte Doktor Cafarell. »Ich wäre jedenfalls alles andere als erstaunt, wenn ein Brasilianer oder jemand aus der Karibik ein noch positiveres Lebensgefühl in sich trüge als wir ... In diesem Fall ließe sich natürlich genau der gegenteilige Effekt vermuten ... Ihnen ist nicht zufälligerweise aufgefallen, dass Ricardinho ein bisschen ernster geworden ist, seit er katalanisch spricht?«

»Also, wenn Sie mich jetzt so fragen ... Samba habe ich ihn das letzte Mal tanzen sehen, als er den zweiten medizinischen

Check erfolgreich bestanden hatte«, sagte der Arzt von *Can Fanga*, »und dabei hat er früher eigentlich immer und überall Samba getanzt, wenn es etwas zu feiern gab ...«

»Eine Italienerin, ein Marokkaner und zwei Südamerikaner waren noch dabei, wenn ich mich recht erinnere ...«, fuhr Doktor Cafarell fort, »lauter Leute, die das schöne Wetter von Kindesbeinen an kennengelernt haben und ebenso die Wirkung von Rauschmitteln ...«

»Ein Franzose war auch darunter ...«, gab der Vereinsarzt von *Can Fanga* zu Bedenken.

»Ja, stimmt, ich erinnere mich ... Aber der stammt aus der Provence, ist Künstler und kam bereits als Millionär auf die Welt ...«

»Jetzt wo Sie's sagen«, grunzte der Doc von *Can Fanga*, »fällt mir ein, dass die Peruanerin sich zu einer demütigen Anhängerin der Jungfrau von Montsecret entwickelt hat, und der Argentinier kaum noch *Los Luthiers* hört und weniger großspurige Sprüche klopft ...«

»Das heißt dann also, dass wir uns keine Sorgen mehr machen müssen, dass uns die anderen auch noch abnippeln, oder doch ...?«, fragte der katalanische *President*, um sich zu vergewissern.

Die sechs Vermummten steckten sich wieder ihre ZZ-Top-Bärte an und gingen ins Zentrum von Madrid, um eine Kleinigkeit zu essen. Wie ihnen der Vermummte Nr. 5 erklärt hatte, war es in diesen Breitengraden *politically correct*, ein *Cocidito madrizleño* zu essen und eine *Bocata de Calamares*, stattdessen aber fanden sie überall lediglich *Pulpos gallegos, Embutidos serranos, Patatas riojanas, Habas asturianas, Arroces valencianos, Pescaítos andaluces, Quesos manchegos, Cocochas al Pil-Pil und Pa amb Tomàquet*, und all das in den unterschiedlichsten Schreibweisen. Sie waren entrüstet über die vorherrschende Promiskuität. Der Einfachheit halber beschlossen sie, den Konflikt in Tibet für einen Augenblick außen vor zu lassen und in ein chinesisches Restaurant zu gehen, denn da wussten sie wenigstens, woran sie waren.

Selbstverständlich lehnten die sechs aus ethischen Gründen westliches Besteck ab, auch wenn der Tisch bereits damit gedeckt war.

»Findet ihr eigentlich auch, dass Paquito – dafür dass er der Ministerpräsident des Staates der Invasoren ist – ein ziemlich cooler Typ ist?«, fragte der Vermummte Nr. 2 und versuchte mit seinen Stäbchen, die sich in seinen baskischen Pranken geradezu winzig ausnahmen, ein süßsaures Schweinebällchen zu ergattern.

»Nachdem wir ihn an den Konfigurator angeschlossen hatten, du Penner: Solange der noch Spanisch quatschte, war der voll der faschistische Unterdrücker«, sagte die Vermummte Nr. 1.

»Mir hat er auch ganz gut gefallen«, sagte Nr. 3, der ebenfalls sehr konzentriert hinter einem Bällchen Schweinefleisch auf seinem Teller her war. »Und sehr kultiviert, oder nicht?«

»Bah, ich fand's widerlich, so ein armseliger Typ ...«, sagte die Nr. 1. »Bei mir sollte mal jemand versuchen, mir mit einer Maschine mein Baskisch zu nehmen, wisst ihr, was ich mit dem machen würde ...?«

»Wollen wir das nicht feiern?«, fragte Nr. 4 und schaute dabei die Nr. 6 an.

»Was?«

»Wir könnten doch heute schon nach Andorra fahren und in einem Hotel mit Sauna und Whirlpool pennen ... Und wie kapitalistische Schweine zu Abend essen! Morgen Vormittag frühstücken wir im Bademantel am Pool, dann lösen wir den Scheck ein, bezahlen das Hotel und düsen superentspannt zurück nach Iparralde ...«
»Super Idee!«, schaltete sich auch der Vermummte Nr. 5 ein. »Hey, und mit hunderttausend Euro für die revolutionäre Sache in der Tasche ...«
Alle schauten Nr. 6 mit Kinderaugen und Rauschebärten an wie kurz vor der Weihnachtsbescherung.
»Das haben wir uns eigentlich echt verdient«, sagte das Hirn der Truppe. »Wie lang braucht man mit dem Auto dorthin?«
»Sieben Stunden und sechs Minuten. Vom Zentrum in Madrid bis ins Zentrum von Andorra la Vella«, klärte sie der Vermummte Nr. 5 auf, der mit seinem Laptop bereits auf der Seite von Google Maps war. »Wenn wir eine Stunde dazurechnen, bis wir das richtige Fahrzeug gefunden und den Konfigurator eingeladen haben, könnten wir heute Abend noch rechtzeitig dort ankommen.«
»Ich will eine Suite mit Flachbildschirm und einem ein Meter fünfzig breiten Bett ganz für mich alleine«, sagte die Vermummte Nr. 1 und schaute dabei den Vermummten Nr. 4 herablassend an.

Corrales hatte lediglich schnell packen wollen, tauchte dann aber mit einer zweiten Beule auf der Stirn im Hotel Marina Brava auf, die wenige Zentimeter neben seiner ersten prangte. Spektakulärer aber noch war die Aufmachung, die er sich in

der Eile für den Ausflug übergeworfen hatte, den er mit Jazmín und dem Inspektor nach Andorra unternehmen wollte. Offensichtlich hatte er sich von seinem Jugendidol John Travolta in *Saturday Night Fever* inspirieren lassen. Sein schwarzes Hemd hatte einen sehr großzügig geschnittenen Kragen und schien mindestens eine Größe zu klein geraten. Außerdem klaffte es über der Brust so weit auf, dass ein Goldkettchen mit einem Kruzifix kaum zu übersehen war, ebenso wenig wie die gekräuselten, schwarzen Brusthaare und seine tintenfischfarbene Haut. Die hellen Hosen saßen hoch auf der Taille und gaben ihr Bestes, um nicht aus allen Nähten zu platzen, obwohl sich hinten die Taschen ausbeulten, aus denen eine schwarze Brieftasche, ein Plastikkamm und eine Schachtel Ducados herausschauten. Zudem hatte er seine FBI-Brille aufgesetzt. Mit dem Haarfestiger sah er ein wenig wie eine dekadente Fassung von Elvis Presley aus. Dazu hatte er sich großzügig mit dem Parfüm der Marke *Prime Minister* eingesprüht (das er auf der Suche nach dem Haarfestiger in seinem Seesack fand, den er noch aus seiner Militärzeit im Jahr 1978 hatte). Als einziges Gepäckstück hatte er eine weiße Sporttasche mit auffälligen rotgelben Griffen und dem überdimensionalen Wappen von Real Madrid dabei.
Der Inspektor trug wie üblich seine helle sommerliche Jacke, hatte kaum Gepäck dabei, in dem er aber mehrere Handschellen und vermutlich seinen imaginären Säbel verstaut hatte.
Jazmín hatte sich für einen schlichten Zweiteiler von Chanel entschieden und trug die dazu passende Tasche über der Schulter.
»Soll ich nicht lieber fahren?«, bot Corrales auf dem Parkplatz seine Fahrkünste an, als sie sich der armen Porscheline mit dem eingefahrenen Schnäuzlein näherten.

»Mmmm: Wie viele Punkte kannst du dir noch leisten?«, fragte Jazmín.
»Acht. Vier Punkte habe ich auf dem Konto. Diese Idioten haben mich blasen lassen, die hatten wohl keine Ahnung, wen sie da vor sich hatten ...«
»Oh, acht Punkte werden wohl nicht reichen, um in weniger als drei Stunden in Andorra la Vella anzukommen. Die Geschwindigkeitsbegrenzungen sind ja sooo unglaublich streng.«
Daher setzte sich dann also der Inspektor (der immer noch am japanischsten von ihnen war) ins Katzeneckchen, Jazmín hinters Steuer und Corrales auf den Beifahrersitz.
Zweieinhalb Stunden später (und um etwa fünfunddreißig Punkte reicher - die ihr allerdings nichts anhaben konnten, weil ihre Papiere nicht nur aus Andorra, sondern auch noch gefälscht waren) kamen sie bereits an der Grenze zu Andorra, dem Land der Pyrenäen, an.
Dem guten Corrales, der nicht einmal in der Achterbahn solche gewaltigen G-Kräfte erlebt hatte, zitterten die Beine. Seine glatt gegelten Haarspitzen standen auf erstaunliche Weise ab. Er war völlig erledigt und hatte sich die ganze Fahrt über an den Türgriff gekrallt und seine Füße gegen die Fußmatten gestemmt.
Der Inspektor, der durch seine Zenpraxis an starke Emotionen gewöhnt war, saß dagegen lächelnd im Wagen und hatte eine Menge (ausschließlich touristischer) mentaler Fotografien im Kopf, die er im größten katalanischen Nationalpark Cadí-Moixeró und in den herrlichen Tälern der Cerdaña geschossen hatte.
Und Jazmín, die von jeher davon überzeugt war, dass Geschwindigkeitsrausch und sexuelle Wollust einiges gemeinsam hatten, entspannte sich genüsslich, als sie sich in Sant

Julià de Loira in den behäbigen Verkehr einfädelte. Sie zündete sich eine Zigarette an und sog den köstlichen Rauch tief in ihre Lungen ein.
Zwar lag die statistische Wahrscheinlichkeit, dass es genau an diesem Julitag in Andorra regnen würde, nur bei lächerlichen 1,6 Prozent, da sich aber das Verdeck des Porsches nicht mehr schließen ließ, ging Murphys Gesetz in Erfüllung: Als sie nach Andorra la Vella hineinfuhren, begann es zu nieseln.

Der amtierende Ministerpräsident Berto hatte die Gesundheitsministerin und den Wirtschaftsminister (die Einzigen, die sich an diesem Nachmittag nicht auf einer Dienstreise befanden) zur Regelung einiger bedeutender Staatsangelegenheiten in das Krankenhauszimmer des *Hospital La Paz* kommen lassen, in dem der eigentliche Ministerpräsident Spaniens, Paquito, sich noch immer aufhielt.
»*Ez dakit nortzuk diren, ezta non dauden ere, baina jakingo banu ere, ez nizueke esango*«, sagte der Ministerpräsident, während er ein paar kleine Häppchen kostete, die auf sein Drängen hin aus der Bar unten geholt worden waren – nachdem er dem Krankenhausdirektor zuvor angedroht hatte, ihm ein Verfahren an den Hals zu hängen.
»Er sagt, er wisse rein gar nichts von irgendwelchen Unaussprechlichen, und selbst wenn er etwas wüsste, würde er es nicht sagen«, übersetzte die Krankenschwester Itziar, die völlig übermüdet auf ihrem Sessel hing.
»Mann, Paquito, die haben dich entführt …«, versuchte Berto ihn zum Reden zu bringen.
»*Bahitu egin zaituztela kontuan izan beharko zenukeela dio*«, über-

setzte Itziar, die sich erst die Antwort des Ministerpräsidenten anhörte und sie dann umgehend übersetzte:
»Er sagt, den baskischen Patrioten sei ja auch gar keine andere Wahl geblieben.«
»Ich glaube fast, der hat ein handfestes Stockholm-Syndrom ...«, sagte die Gesundheitsministerin mehr so in die Runde.
»*Zer esan du?*«, fragte der Ministerpräsident.
»*Stockholmeko sindromea duzula ...*«, klärte Itziar ihn auf, bevor die beiden begannen, einen langen Dialog auf Baskisch zu führen.
Schließlich übersetzte sie:
»Eeehm, er sagt, er leide unter überhaupt keinem Syndrom, sondern wolle mit einem gewissen Satrústegui sprechen und fände es eine Schande, dass Krankenschwestern gegen ihren freien Willen Überstunden leisten müssten.«
»Satrústegui? Den Fettsack?«, fragte Berto.
*Satrústegui tipo lodia?*«, übersetzte Itziar.
»*Ez izan lotsagabea: Euskadiko Lehendakaria da*«, sagte der Ministerpräsident sehr ernst und hörte für einen Augenblick sogar auf zu kauen.
»Er sagt, etwas mehr Respekt bitte, es handele sich um den *Lehendakari*«, übersetzte Itziar.
»Und warum willst du ausgerechnet jetzt mit ihm sprechen, bei all den Problemen, die wir sowieso schon am Hals haben?«, fragte Berto.
»*Lod ... Satrustegirekin zertarako hitz egin nahi duzun jakin nahi du*«, übersetzte Itziar.
»*Autodeterminazio erreferenduma berehala antolatu beharko genukeela uste dut. Euskal Herriak denbora luzeegia darama gure arretaren zain*«, sagte der Ministerpräsident und Itziar übersetzte:

»Er sagt, man solle auf der Stelle einen Volksentscheid durchführen, um die Frage der Unabhängigkeit und Selbstbestimmung zu klären. Darauf hätte die baskische Bevölkerung nun schon viel zu lange warten müssen. Ja, und dann sagt er noch, es sei für ihn schlechterdings unfassbar, wie niedrig die Gehälter der Krankenschwestern seien.«

Die Minister schauten sich vielsagend an: Der spanische Ministerpräsident Paquito hatte offenbar nicht mehr alle Tassen im Schrank.

»Schau mal, Paquito, dir geht's noch nicht wieder so gut, du brauchst jetzt ein paar Tage Ruhe. Und bevor du nicht wieder so richtig auf dem Damm bist, solltest du dir besser um gar nichts groß Sorgen machen.«

»*Ez zaudela burutik ondo eta atsedena behar duzula dio*«, übersetzte Itziar und gähnte.

»*Galdetu euskaraz hitz egitea buruko gaitza dela iruditzen zaion. Hala bada muturrekoa eman beharko diot* ...«, sagte der Ministerpräsident.

»Er sagt, man solle zumindest den Krankenschwestern eine Zulage zahlen, die Fremdsprachenkenntnisse besitzen, und falls ihm noch einmal irgendjemand erzählen wolle, baskisch zu reden sei eine Krankheit, gäb's was auf die Fresse«, übersetzte Itziar.

Die Minister erschraken sichtlich und fuhren kurz in die Höhe.

»Schauen Sie mich nicht so an«, sagte Itziar, »ich übersetze ja nur ...«

»Ich nehme es dir nicht übel, Paquito, weil du's bist: Aber kannst du dich jetzt bitte mal wieder daran erinnern, dass wir schon zusammen bei den Salesianern in Palencia studiert haben ...?«, fragte Berto, der sichtlich getroffen war.

Das wehleidige Friedensgesuch wurde übersetzt, und danach redete der Ministerpräsident Paquito eine ganze Weile, sodass Itziar zwischendurch immer mal übersetzte:

»Er sagt, baskische Patrioten dürfen ebenso gut in Palencia wie in Cincinatti auf die Welt kommen oder wo es ihren Müt-ter auch immer beliebe ... Er fordert, dass ihm augenblicklich wieder die Autorität zur Führung der Amtsgeschäfte als Ministerpräsident Spaniens übertragen wird, und ordnet hiermit als erste Amtshandlungen Folgendes an:

Erstens, dass er augenblicklich telefonisch zum *Lehendakari* Satrústegui durchgestellt wird.

Zweitens, dass für ihn noch für denselben Nachmittag eine Audienz bei Königin Eusebia organisiert wird.

Drittens, dass für morgen Vormittag um acht Uhr eine Pressekonferenz anberaumt wird, auf der er als Ministerpräsident erscheinen wird ...

Viertens, dass den Krankenschwestern sofort das Gehalt um zwanzig Prozent aufgestockt wird, wenn sie sich gezwungen sehen, Überstunden zu machen, um als Übersetzerinnen zu arbeiten.«

Die Minister, die wenige Minuten später das Krankenzimmer verließen, gingen deutlich besorgter hinaus, als sie hineingekommen waren.

»Der ist ja nicht mehr wiederzuerkennen«, sagte die Gesundheitsministerin, »sogar sein Blick hat sich völlig verändert ...«

»Wahrscheinlich werden wir am Ende doch auf den Staatsbesuch in Lappland zurückgreifen müssen. Die erste Idee ist immer die beste«, murmelte Berto mehr zu sich selbst.

»Vielleicht hat uns diese Übersetzerin auch bloß einen Bären aufgebunden«, sagte Pachorra del Cuajo. »Die Welt sähe mit einem professionellen Dolmetscher womöglich schon wieder ganz anders aus ...«

Nach dem Vortrag von Doktor Cafarell trafen sich der katalanische *President*, der *Conseller* und der Direktor der *Mossos* mit einem Japanologen, der ihnen die Schriftzeichen übersetzen sollte, die Inspektor Sakamura per Fax aus dem Kommissariat in Calabella an Kommissar Frère-Jacques geschickt hatte – und die natürlich sofort an den Direktor der *Mossos* weitergeleitet worden waren.

»Oh, das hier ist wahrlich die hohe Kunst der japanischen Gedichtform *Haiku*«, sagte der Experte anerkennend und warf dabei einen innigen Blick auf die Zeichen, die den anderen völlig rätselhaft erschienen.

»*Haiku?*«, fragte der katalanische *President.*

»Ja, die japanische Zenpoesie. Die Gedichte haben lediglich drei Verse. Sie sind anspruchsvoll, weil sie spontan geschrieben und kaum überarbeitet werden. Trotzdem sollte ihre Ausführung erlesen sein wie eine mit Tinte gezeichnete Landschaft ...«

»Hätten Sie die Güte, uns nun bitte die Nachricht zu übersetzen ...«

»Nun ja, das ist schwierig. Die japanischen Worte haben viele unterschiedliche Bedeutungen ... Außerdem wurden hier einige archaische, aus dem Chinesischen stammende Zeichen verwendet ...«

Der katalanische *President* machte gute Miene zum bösen Spiel und sagte mit süßlicher Stimme:

»Wenn Sie es doch vielleicht einfach mal versuchen wollten.«

»Ich fürchte, dafür bin ich bei Weitem nicht gut genug«, zierte sich der Experte noch immer. Er stammte zwar aus Riudellots de la Selva, hatte aber an der Universität von Tokio Literatur studiert und war dort mit der japanischen Bescheidenheit in Berührung gekommen, die offenbar ansteckend war.

»Das soll jetzt keine Rolle spielen«, bohrte der katalanische *President* weiter, der kurz davor war, die Geduld zu verlieren. »Eine ungefähre Inhaltsangabe würde uns ja schon genügen. Uns ist völlig klar, wie schwierig so etwas ist ...«

Dem Experten schien es ratsam, sich nicht länger zu zieren, daher deklamierte er nun mit eleganten Hand- und Armbewegungen:

»Die Wolke schwebt.
Der Kranich erhebt sich zum Flug.
Der Fluss fließt in seinem Bett.«

Der *President* und die anderen schauten sich sekundenlang stumm an.

»Was soll das denn bedeuten?«, fragte schließlich der katalanische *President*.

»Hier handelt es sich vermutlich um ein *Koan* ... ›Die Wolke schwebt‹ könnte auf Japanisch natürlich so viel heißen wie ›Die Wolke war schon immer da‹ oder auch ›Die Wolke verweilt‹. In die Zeile ›Der Fluss fließt in seinem Bett‹ wurden Elemente einer Bilderschrift verwendet, die dem *Tao* entlehnt sind, und die auch so viel bedeuten können wie ›der Weg‹ oder ›wovon niemand abweichen kann‹ ... Sie könnten sich aber auch auf die Form, Methode oder die genaue Art und Weise beziehen, in der etwas zu tun ist, um ein bestimmtes Ziel sicher zu erreichen ... Jedenfalls erzielt dieses *Haiku* auf Japanisch eine Wirkung von besonders großer Anmut und Harmonie. Falls Sie mich nach meiner bescheidenen Meinung fragen sollten, so würde ich annehmen, dass es sich bei diesem ersten Gedicht um eine Einleitung handelt, die unserem ›Es war einmal ...‹ nicht unähnlich ist, auch wenn sie natürlich eher besagt: ›Alles war ruhig, als‹ ...«

»Scheiße, sind diese Japsen kompliziert ...«, fluchte der *Conseller*.

»Ich würde vielmehr dazu neigen zu behaupten, dass sie alles andere als kompliziert sind, zumindest was das Zen betrifft, gerade das macht es ja so schwer, die genaue Bedeutung richtig zu verstehen ...«, stellte der Experte auf seine Weise entschieden klar.

»Und wie viele ... *Haikus* sind das?«, fragte der katalanische *President*, der vier lange, vertikale Reihen an Schriftzeichen vor sich sah und überhaupt nicht einschätzen konnte, wie viele Schriftzeichen zu einem *Haiku* gehörten.

»Mhm, etwa zwanzig«, sagte der Experte.

»Sind alle so ... poetisch wie dieses?«

»Mal sehen ... ich lese ihnen ein anderes vor, hier aus der Mitte, warten Sie kurz ...:

»›Die gebückten Gazellen wahren das Schweigen.
Der Regen fällt auf den Wald.
Die Reisernte war reich.‹«

»Der Typ scheint ein bisschen beschränkt zu sein«, sagte der Direktor der *Mossos* kopfschüttelnd.

»Oder so pfiffig, dass er ahnte, dass wir seine Nachricht abfangen und untersuchen würden«, sagte der katalanische *President* und wandte sich dann an den Experten: »Übersetzen Sie die Dinger bitte so gut es geht, und sobald sie damit fertig sind, lassen Sie die Übersetzung vom Hausmeister in mein Büro bringen, ja?«

## Zwei

Ihre Majestät, die Königin Eusebia I., war bekanntlich sanguinisch veranlagt, einen Hang zur Depression besaß sie dagegen nicht. Trotzdem spürte sie eine gewisse Schwermut in sich aufsteigen, als eine sehr populäre Nachmittagssendung über den Bildschirm flimmerte. Ausgestrahlt wurden Aufnahmen von ihrem Angetrauten, dem König, Manolo (wie seine vielen Freunde ihn nannten), der auf einem Motorrad mit Beiwagen vor einem Nachtclub zu sehen war. Der Laden musste irgendwo an der Straße nach Aranjuez liegen. Der Zustand, in dem sich ihr königlicher Gemahl befand, als er in den frühen Morgenstunden das Lokal verließ (in Begleitung einer Blondine, die ihm half, aufs Motorrad zu steigen, wobei sich beide halb schlapp lachten und alle Anstandsregeln außer Acht ließen), war bedenklich, aber viel mehr noch sorgten die schlüpfrigen Kommentare der Moderatoren dafür, dass die Königin sich sehr deprimiert fühlte:

»Meine Damen und Herren, nun liegen die Karten offen auf dem Tisch«, sagte der strahlende und strahlend schöne Moderator (der täglich zur Pediküre ging), »ich dachte immer, wir hätten einen Kreuzkönig, dabei haben wir einen Alkoholkönig ... Hui, meine Güte, wie konnte ich nur, bitte schön, wie sind denn heutzutage die Autoren drauf, die unsere Skripte schreiben ...?«

»Ein Lümmel, wer Böses denkt ... Das Häuschen auf dem Lande mit den vielen roten Lichtern war sicher die einzig offene Nachtapotheke, in der unser König für unsere Königin mit wehenden Fahnen einen Tampon besorgt hat«, sagte seine Kollegin und klimperte auf ihre typische Art und Weise mit den Wimpern. Dazu machte sie eine kaum misszuverstehende

Bewegung, damit auch noch der letzte Depp die Anspielung auf die boshafte Karikatur kapierte, die gerade in aller Munde war.

»Für den Fall, dass Sie gemütlich vor ihrem Apparat sitzen sollten, Majestät«, legte der andere noch nach und strahlte dabei mit der Moderatorin um die Wette, »blenden wir für Sie jetzt live und in Farbe die Telefonnummer der Anonymen Alkoholiker ein. Wenn Sie hier unten auf Ihren Bildschirm schauen, dann müssten Sie da gleich viele kleine Zahlen erkennen können ... Hallooooho, wo sind denn die Leute von der Technik, ein bisschen mehr Glanz und Gloria, bitte, unsere arme Königin wartet vor ihrem Bildschirm darauf, dass ihr nun endlich die Telefonnummer für sie einblendet ...«

»Ah, und wir haben noch einen super Tipp für Sie: Die Kotzflecken auf den denkmalgeschützten Teppichen des Palastes bekommen Sie mit Seifenwasser locker wieder raus, Ihre Majestät«, erklärte die Moderatorin und setzte mit Nachdruck noch einen obendrauf: »Solche kunsthandwerklichen Raritäten gehören ja dem ganzen Volk und sollten bei Ihnen in guten Händen sein, Majestät, wo unsere arbeitende Bevölkerung so viel Geld dafür bezahlt hat ...«

Die Königin griff zur Fernbedienung und schaltete schnaubend den Fernseher ab.

»Du und arbeiten, du Nutte, ich möchte nicht wissen, wie oft du den Produzenten am Tag einen bläst«, fluchte sie vor sich hin.

Der Kammerherr, der bereits einige Zeit auf einen günstigen Augenblick gelauert hatte, um sich der Königin zu nähern, ohne dass es ihn Kopf und Kragen kostete, nahm allen Mut zusammen und machte sich bemerkbar:

»Majestät ...«

»Waaas?«, fragte die Loles.
»Der Oppositionsführer steht draußen und bittet um eine Audienz«, erklärte der Mann zitternd wie ein Männchen vor der Gottesanbeterin.
Die Königin machte ihren Kammerherrn wider Erwarten nicht zur Schnecke, sondern blieb, noch immer versunken in irgendeine Form der Melancholie, still und nachdenklich in ihrem königlichen Sessel hocken.
»Der Oppositionsführer? Von welcher Opposition?«, fragte sie.
»Die Opposition der Regierung, Majestät.«
»Ich wusste gar nicht, dass wir so etwas haben ... Kenne ich den?«
»Der Abgeordnete Fernández Plancha, Majestät.«
»Ach so, der Milchbart von der PEPE ... Lass ihn rein, los, vielleicht bringt der mich auf andere Gedanken. Sobald du ihn hereingeführt hast, weckst du bitte augenblicklich das verdammte Arschl..., Seine Majestät den König, und sagst ihm, dass ich ihn in fünf Minuten hier sehen will, weil ich noch ein paar Dinge mit ihm zu besprechen habe.«
Die Königin ging hinüber zum Kamin. Ein Humidor aus edlem, unter Naturschutz stehendem Ebenholz stand auf dem Sims, und die Intarsien aus illegalem Elfenbein waren kunstvoll gefertigt. Sie griff sich eine dicke Zigarre, biss mit ihren Schneidezähnen die Spitze ab und spuckte sie in den Kamin.
Kaum hatte sie ein paar tiefe Züge genommen, brachte der Kammerherr auch schon den Milchbart herein, der sich umgehend vor seiner Majestät auf den Boden warf – wie immer, wenn sich ihm die Gelegenheit dazu bot:
»Es ist mir eine große Ehre, von Ihnen empfangen zu werden,

Ihre Majestät«, sagte er mit schlüpfriger Stimme und altmodischem Gestus. »Ihre Majestät möge meinen Wagemut verzeihen, Gott allein weiß, dass ich Sie um nichts in der Welt von Ihren Aufgaben abhalten möchte, aber es schien mir meine Pflicht als treuer Vasall zu sein, Ihrer Majestät so bald wie möglich Kunde zu geben von Vorgängen, die mir zu Ohren gekommen sind ...«

Die Königin hatte einen Arm in die Hüften gestemmt und hielt mit der anderen Hand die Zigarre. Sie war nicht unempfänglich für die unterwürfige Show eines Fernández Plancha: »Was gibt's, Fernández ...? Hmm, was hast du auf dem Herzen ...?«, fragte sie großmütig, ohne ihrem bescheidenen Diener zu gestatten, sich wieder zu erheben.

»Die Katalanen, Herrin, diese Verräter ...«

»Sag mal, wieso habt ihr es denn alle auf die Katalanen abgesehen ... Ich finde sie eigentlich ganz putzig mit ihren Bräuchen und ihren Macken«, äußerte die Königin ihre Beobachtung, als würde sie einen vorlauten Jungen schelten, der nicht aufhören will, sich mit seinen Brüdern zu prügeln.

»Bei allem Respekt: Darf ich Ihre Majestät an die Zahl der Republikaner erinnern, die sich in diesen gottlosen Gefilden herumtreiben?«, fragte Fernández Plancha, der haargenau wusste, wo die wunden Punkte seiner Königin lagen.

Die Loles saugte an der Zigarre und sagte nichts. Jetzt, wo dieser Milchbart sie beiläufig an die Karikatur erinnert hatte, die überall im Umlauf war, ließ sie ihn weiter auf dem Fußboden knien, bis er zu Ende erzählt hatte, was der Gollum an der Tür des Kopierzimmerchens im katalanischen Parlament belauscht hatte. Und zwar Folgendes: dass die katalanischen Minister, der Oppositionsführer und ein Kapuzinermönch aus Montsecret irgendeine Verschwörung ausgeheckt hatten, in der eine mysteriöse Fremdsprachenmaschine eine Rolle spielte, die bereits zum Tod von vier Ausländern geführt habe, wie man heute überall in der Presse nachlesen konnte, und dass die Katalanen in größter Sorge seien, dass irgendetwas davon bis nach Madrid durchsickern könnte, was einem in etwa eine Vorstellung davon gebe, wie schwerwiegend die Verschwörung sein müsse.

Die Königin nahm die Zigarre aus dem Mund und klopfte mit dem Nagel ihres kleinen Fingers die Glut ab. Die Asche rieselte hinab (auf die denkmalgeschützten Teppiche). Dann beobachtete die Königin eine Weile, wie Fernández Plancha die Schweißperlen von der Kopfhaut an den Koteletten hinunterkullerten. In solch einer Laune souveräner Leutseligkeit hätte Loles sich beinahe dazu hinreißen lassen, ihrem ergebenen Untertanen offen zu gestehen, wie sehr ihr die Katalanen, die Regierung, die Opposition, die Arbeitgeber, die Gewerkschaften, die Priester und die Laien, also mit einem Wort dieses ganze verdammte Land voller Intriganten und Neidhammel, zum Hals heraushingen. Wie hatte sie sich nur jemals in einem schwachen Augenblick dazu bereit erklären können, all diese Idioten zu regieren? In diesem Moment jedoch kam der Kammerherr zurück, der erneut etwas zu vermelden hatte:

»Majestät, der Innenminister bittet unverzüglich um eine Audienz.«

Dieser kleine Tropfen brachte offenbar das Fass zum Überlaufen, denn nun brach die cholerische Raserei der Ogilvy und Cinco Sicilias wie eine Atomexplosion aus ihr heraus:

»Verpissn, die solln sich verpissn, diese verfickten Sozialstn, können die nicht zur Abwechslung den Vereinten Nationen auf den Sack gehen, statt immer hier anzutanzn?«, brüllte sie und pfefferte die brennende Zigarre gegen den Kamin, die von den Marmorsteinen abprallte und direkt auf den Kammerherrn zuflog.

Ein cholerischer Anfall der Königin war zweifelsohne nicht gerade der geeignete Augenblick, um bei Ihrer Majestät vorstellig zu werden, aber Manolo, der königliche Gemahl, betrat just in diesem Moment den Saal. Ihm blieb auch keine Zeit mehr, sich wieder aus dem Staub zu machen. Er sah nur noch, wie die Zigarre quer durch die Luft segelte.

»Und du versoffener Weiberheld«, hörte er seine königliche Gemahlin mit erhobenem Zeigefinger sagen, »setzt dich jetzt mal schön hierher, denn mit dir hab ich noch ein Hühnchen zu rupfen!«

»*Tsss*, ruhig, ruhig, ein bisschen mehr Respekt bitte, ich bin schließlich Ihr Gemahl«, sagte König Manolo, erhob drohend die Hand, bevor er sich brav dorthin setzte, wo die Loles es ihm befohlen hatte.

Währenddessen kniete Fernández Plancha noch immer vor Ihrer Majestät und bekam fast schon einen steifen Hals. Außerdem fühlte er sich äußerst unwohl in dieser Situation. Weniger wegen des drohenden königlich-familiären Donnerwetters, sondern vielmehr, weil er unter keinen Umständen dem Innenminister begegnen wollte.

Daher wagte er es, sich leise flötend bemerkbar zu machen: »Majestät, wenn ich Ihnen mit nichts mehr weiter dienen kann ...«

Die Königin lehnte am Kaminsims und wartete mit ihrer Antwort, bis sie sich wieder besser unter Kontrolle hatte. Sie hatte jederzeit ein Gespür dafür, auf welchem Pegel sich ihr Adrenalinspiegel bewegte.

Koldo, ein Politiker aus der Partei der Baskischen Grünen Täler, berichtete dem *Lehendakari* Satrústegui von den jüngsten Erfolgen der Unaussprechlichen. Kaum zu glauben, aber wahr: Der Regierungspräsident der Invasoren sprach mittlerweile nur noch baskisch, und zwar mit dem Dialekt aus Pronosti. Satrústegui hatte riesige Lust, alle möglichen Leute sofort anzurufen, um ihnen diese Geschichte zu erzählen.

Im Geiste ging er flink die Liste der verschiedenen Präsidenten der einzelnen autonomen Regionen durch. Er begann mit den Regionen, die dicht am Baskenland lagen.

Mit dem Präsidenten aus Kantabrien war er noch nie besonders dicke gewesen, seit der aber einen Abgeordneten der wiederauferstandenen faschistischen Falange zum Stadtplaner von Santander ernannt hatte, noch viel weniger.

In Navarra war auch ein dämlicher Nationalist am Drücker, der immer noch von »Pamplona« redete, statt Iruña zu sagen.

Die zwei Präsidenten aus Asturien und Galicien waren so trocken und langweilig wie die Katalanen. Eigentlich machte es nie großen Spaß, mit denen etwas zu tun zu haben ...

Der aus La Rioja war zwar schwer in Ordnung, aber den Katalanen verbunden, weil er sich in Barcelona zum Straßenbauingenieur hatte ausbilden lassen und seine Studentenjahre dort genossen hatte ... Außerdem war sein ältester Sohn mit dem Sohn eines wichtigen Mannes aus dem Vorstand der katalanischen Sparkasse liiert, das ging also auch nicht ...

So kam er schließlich auf Nicolás aus der Sozialistischen Partei Aragoniens, der einen wunderbaren, gesunden Appetit besaß und zudem wegen der Geschichte mit der Flussregulierung ständig mit seinen katalanischen Nachbarn im Clinch lag.

Dieser eine, einzige Anruf reichte, um eine Lawine ins Rollen zu bringen.

Präsident Nicolás ließ nach dem Telefonat mit Satrústegui sogar einen Teller mit der Blutwurstspezialität *Morcilla regada* und einen Wein aus Cariñena stehen, um unverzüglich den Präsidenten Navarras anzurufen und ihm seine Version der Geschichte zu erzählen. Der Präsident Navarras ließ ebenfalls einen Teller mit *Morcilla regada* und einen Wein aus Navarra stehen, um sofort danach den Präsidenten von Kantabrien anzurufen, der gerade in einer Pfütze herumplanschte, um seinem Team aus Santoña zu zeigen, dass er noch ganz der Alte und ihm das Amt nicht zu Kopfe gestiegen war. Der Präsident Kantabriens wiederum rief den Präsidenten von Asturien an, der gerade dabei war, eine E-Mail an Flavio Briatore zu schreiben, in der er Briatore eine wertvolle Karbonfaser-Madonnenstatuette der Jungfrau von Covadonga aus dem berühmten asturischen Marienwallfahrtsort zum Tausch dafür anbieten wollte, dass dieser endlich die Aerodynamik des Renaults von Fernando Alonso verbesserte. Der Präsident Asturiens rief unverzüglich den Präsidenten Galiciens an, den er mit seinem Anruf auf einer Leiter überraschte und der sich seinerseits nicht vom Fleck rührte, bis er die Geschichte ganz gehört hatte, um dann ohne zu Zögern sofort den Präsidenten von Kastilien-León anzurufen, der seinerseits den Präsidenten von der Extremadura verständigte, der wiederum umgehend in Andalusien anrief ...

Über die Kanarischen Inseln gelangte die Neuigkeit zu guter Letzt auch noch nach Ceuta und Melilla.

All diese Fassungen der Geschichte, die von Bilbao bis zur afrikanischen Küste im Zickzack über das Fell des Toros wanderten, hätten freilich unterschiedlicher kaum sein können.

Für die Reise mit dem Konfigurator nach Andorra wählten die Unaussprechlichen einen luxuriösen Chrysler Voyager, dessen Sitze sich um einhundertachtzig Grad drehen ließen und der mit einem kleinen Tisch ausgestattet war, an dem die vier Passagiere im Fond Karten spielen konnten. Außerdem hatte er zwei im Dach versenkbare Flachbildschirme und die dazugehörigen Abspielgeräte.

Der Wagen gehörte einer Familie, und diese Familie wiederum war allem Anschein nach Mitglied des Octopus Dei. Die Vermummte Nr. 1 fand daher nur ein paar Marienkekse, mehrere Schnuller und eine DVD-Tasche mit Kinderfilmen im Handschuhfach, vor allem Zeichentrickfilme.

Kurz bevor sie von der Autobahn A2 abfuhren, um von Lérida aus weiter in den Norden zu düsen, schauten die Vermummten gerade den jüngsten Renner von Disney: *Sigmund! Das Krokodil.* Die Hauptfigur war ein Albinokrokodil, das in Manhattan in der Kloake lebte und jeden Tag nach Sonnenuntergang durch das Wasserklosett eines Psychoanalytikers ans Tageslicht kletterte, um in dessen Bibliothek die Gesammelten Werke Freuds zu lesen. Mit diesem Wissen ausgestattet, war das Albinokrokodil in der Lage, seine kleinen Freunde aus der Unterwelt zu therapieren: einen blinden Hamster, der unter einem Ödipuskomplex litt, eine mutierte, narzisstische Schildkröte und noch andere kleine Haustiere, die eigentlich zu den Lieblingen der Kinder zählen, die jedoch allesamt eines Tages irgendwo im Abfluss gelandet waren und noch immer an den Folgen ihrer Aussetzung sowie ihren Traumata litten.

Eines Tages tauchte das Krokodil früher als gewöhnlich beim Psychiater in der Wohnung auf und begegnete dort einer Patientin, die auf dem Ledersofa lag: einem bezaubernden, bildschönen, aber unglücklichen Mädchen, das nicht aufhören konnte, Obst zu essen, genauer gesagt, zwanghaft Cherimoyas in sich hineinzustopfen. Irgendwie kam dieses Mädchen dem Albinokrokodil bekannt vor. Ab der Mitte des Films etwa wurde klar, dass diese zwanghafte Störung etwas mit der Schale der Cherimoyas zu tun hatte. Sie erinnerten das Mädchen an die Haut eines kleinen Kaimans, der einmal ihr Haustier gewesen war. Als kleines Mädchen hatte sie ihn voller Unschuld beim Spielen in die Toilette gesteckt und auch noch die Spülung gezogen. Im Film wird eine Rückblende mit einer bizarren, grausamen Szene gezeigt, in der erst ein Wasserstrudel zu sehen ist, dann die Szene, in der jemand ins Leere stürzt und unter widrigsten Bedingungen wieder auftaucht ... Bis das Albinokrokodil mit einem Mal begreift, dass dieses Mädchen jene wohlhabende Erbin des Bankers aus der Wall Street ist, bei der es eine süße Zeit lang gelebt hatte. Wenig später wird dem Zuschauer auch klar, warum der Psychiater versucht (dem die ganze Zeit schon ein gewisse Verschlagenheit anzumerken war), das Mädchen mithilfe seiner Hypnosetherapie davon zu überzeugen, ihn im Güterstand der Zugewinngemeinschaft zu heiraten.

Dann kommt der große Auftritt: Das Albinokrokodil tritt in Aktion, stürzt sich auf das Sofa, weckt sein süßes Frauchen auf, streichelt es liebevoll mit seinen Pranken, die verschlafene Schöne jedoch fängt panisch an zu schreien, bis der unselige Psychoanalytiker mit Besenhieben auf unseren Helden losgeht, der noch vergeblich versucht, sich mit seiner bezaubernden jungen Krokodilsbaritonstimme zu erklären. Wenig später schon kommen ruppige Gesellen aus dem Zoo im Central Park an und transportieren unseren Helden unsanft ab. Die Szene gipfelt in einem unendlich rührenden, traurigen Lied (*Das Leben ist voller Schmeeeherz / es kennt so viele Enttäuäuschun-*

*gen*). Unter Tränen singt unser Protagonist es mit seiner herrlichen Stimme. Dabei sitzt er in einem Käfig, der mit Spritzen und anderem Dreck übersät ist, da Drogensüchtige ihre Utensilien hinter den Gitterstäben entsorgen.

Kaum zu glauben, aber wahr: Den Drehbuchautoren gelingt es, dem Film trotzdem ein Happy End zu verpassen. Der blinde Hamster, die mutierte Schildkröte, eine hypochondrische Schlange und ein ganze Truppe manisch-depressiver Fischlein befreien das Albinokrokodil und lassen dabei die unfreundlichen Wärter mit raffinierten psychoanalytischen Tricks alt aussehen. Zudem wird der abgeschmackte Psychoanalytiker aus seiner Wohnung geschmissen, weil er die Raten seines Kredits nicht zurückzahlen kann, den er aufgenommen hatte, um seine Ausbildung zu bezahlen. Das Krokodil und das Mädchen heiraten zwar nicht (sie ist eben ein Säugetier und wird niemals Eier legen, auch wenn sie es noch so sehr versuchte), in einem Moment kollektiver Katharsis jedoch begreift sie, was vorgefallen ist, und lädt, um ihre Jugendsünde wiedergutzumachen und sich von ihrer Fixierung auf Cherimoyas zu befreien, alle Tiere aus der New Yorker Kloake in das Haus ihres Vaters ein, dieses Finanzhais, um dort bei ihr zu wohnen. Und so endet der Film mit Aufnahmen aus der Vogelperspektive, auf denen eine gigantische Terrasse eines ziemlich beeindruckenden Penthouses in der Park Avenue zu sehen ist, auf der ein Wasserbecken mit Seerosen steht und Terrarien, die mit UV-Strahlen beleuchtet werden, sowie ein Haufen Futternäpfe, die bis oben gefüllt sind mit frischem Grünzeug und Schleckereien.

Und wenn sie nicht gestorben sind, werden diese niedlichen Wesen aus der New Yorker Kloake sich zweifellos immer noch sehr geliebt fühlen, und so leben sie noch heute.

»*The End*« lasen die Vermummten Nr. 1 und 4, die auf der hinteren Rückbank saßen und denen Tränen über die Wangen kullerten.

»Du musst doch nicht bei jedem Scheiß losheulen, das gibt's doch gar nicht!«, rief die Vermummte Nr. 1 mit besonders heftiger Stimme, um von ihrer eigenen Rührseligkeit abzulenken. »Mann, du kapierst den Film ja überhaupt nicht. Die Geschichte mit dem Krokodil in der Kloake ist eine urbane Metapher, okay? Und außerdem ist das nur ein Zeichentrickfilm ...«

Insgeheim fand Nr. 1 allerdings, dass Sensibilität bei Frauen echt zum Abkotzen, bei einem hübschen Kerl aber echt ziemlich cool war.

»Achtung, wir kommen gleich an die Grenze«, warnte der Vermummte Nr. 6, der gerade hinter dem Steuer saß. »Also verhaltet euch bitte vernünftig, damit die keinen Verdacht schöpfen.«

»Was heißt denn hier Verdacht schöpfen, ich glaube, du hast sie nicht mehr alle«, sagte die Nr. 1, um sich ein bisschen aufzuspielen.

An der Grenze kontrollierte die Guardia Civil selbstverständlich nur all diejenigen, die aus Andorra nach Spanien einreisten, wogegen sie sich kein bisschen für diejenigen interessierte, die aus Spanien nach Andorra ausreisten, sodass der Chrysler Voyager mit den sechs Vermummten und dem teuflischen Maschinchen nicht einmal anhalten musste, um das Land auf legalem Weg verlassen zu können.

Als sie zwanzig Minuten später in Andorra la Vella ankamen, setzte ein feiner, für die Jahreszeit untypischer Regen ein, der auf das Lichtermeer der kleinen Stadt herabrieselte.

Die Adresse der einzigen Niederlassung der *Petita Banca An-*

*dorrana* fand das Navi des Chrysler direkt in der Innenstadt: an der *Plaza Rebes*. Am Himmel war es noch hell, die Sonne dagegen schien bereits nicht mehr in das schmale Tal hinein, sondern war hinter den Bergen verschwunden. Unendlich viele Lichter leuchteten auf der *Avenida Meritxell*, die sich wie eine Girlande aus Parfümerien, Juwelierläden, Modeboutiquen und Restaurants über den Fluss schlängelte.

Auf einem öffentlichen Parkplatz direkt an der *Plaza Rebes* ließen die Vermummten den Chrysler stehen, um sich auf die Suche nach einem Hotel zu machen.

Besonders exklusiv sah die auffallend phantasievolle Architektur eines sehr modernen Hotels aus, das sich nur wenige Schritte vom Platz entfernt befand. Das Gebäude bestand aus sieben asymmetrischen Ebenen. »*Gran Hotel dels Pirineus*« stand auf einem riesigen blauen Neonschild, und daneben leuchteten fünf Sterne, die so eigenwillig und einzigartig waren wie die gesamte Fassade.

Die sechs zogen sich ihre ZZ-Top-Verkleidung über und betraten die elegante, futuristisch anmutende Eingangshalle.

Die Agentin 69 wohnte in einer Suite mit Terrasse im *Gran Hotel dels Pirineus*, und zwar das ganze Jahr über. Außerdem hatte sie drei Parkplätze gemietet für ihre Cabrios. Sie musste nicht einmal an der Rezeption vorbeigehen, um dem Inspektor und Corrales zwei weitere Zimmer zu reservieren – ein Anruf aus der Tiefgarage genügte:

»Oh, Frederic, wieso bist du eigentlich immer sooo bezaubernd ...?«, sagte sie zu Wer-auch-immer-ihr-da-zu-Diensten-war.

Einen genauen Plan für das weitere Vorgehen hatten sie noch nicht gefasst. Die Entscheidungen traf der Inspektor, immerhin handelte es sich ja um eine kriminalistische Ermittlung. Mit erhobenem Zeigefinger sagte Sakamura: »Die Landkarte ist nicht das Gebiet« – wohl um das Gewicht der bekannten Zenweisheit zu betonen.

»Äääh ...?«, fragte Corrales fast wie ein Kindskopf.

»Aaaah, ja: Straße *Petita Banca Andorrana* gehen, besser dort der Überblick«, erklärte der Inspektor.

Jazmín kannte die Niederlassung an der *Plaza Rebes* bestens und erklärte sich bereit, die Herren dorthin zu begleiten. Mit einer Handbewegung ließ der Inspektor sowohl der Dame wie auch Corrales den Vortritt. Corrales hatte sich zu seinem eigenen großen Bedauern zwar bisher weder im Wintersport noch bei der Steuerflucht hervortun können, dafür aber hatte er bereits ein ziemlich fest gefügtes Bild von Andorra im Kopf: Heller Tabak und Käsekugeln spielten darin eine gewisse Rolle. Umso beeindruckter war er von der Modernität dieser Stadt. So manches Mal blieb er ein paar Schritte hinter den anderen zurück, bisweilen musste er sogar hinter ihnen hertraben, um sie wieder einzuholen, weil er vor irgendeinem interessanten Schaufenster die Zeit vergessen hatte (einmal mussten sie auf ihn warten, weil er sich in den Kopf gesetzt hatte, eine Baseballkappe zu kaufen – auf der ganz groß Adidas stand und die er selbstverständlich noch an Ort und Stelle aufsetzen musste).

Als sie die einzige Niederlassung der *Petita Banca Andorrana* erreicht hatten, fiel dem Inspektor sofort auf, dass diese Filiale als solche kaum zu erkennen war. Diese Bank war wie gemacht für eine Steueroase. Sie hatte weder Geldautomaten noch warben große Plakate für die Eröffnung eines Girokontos oder boten als Gegenleistung dafür ein Set von Edelstahltöpfen an. Eine derartige Diskretion war kaum zu toppen. Die Fassade aus blauen Spiegelglasscheiben ähnelte in gewisser Weise den Brillengläsern amerikanischer Geheimagenten. Die Wirkung, die diese Spiegelung entfaltete, war zudem erst auf den zweiten Blick zu erkennen. Sie stellte eine perfekte Tarnung dar, da sich die Linien der Gebäude in ihrer Umgebung im Spiegelbild fortsetzten und die eigene Fassade dadurch nahezu überschrieben. Auch von der Höhe und Breite war das Gebäude so unauffällig wie möglich gehalten.

Jazmín, der Inspektor und Corrales setzten sich draußen auf dem Platz in ein Café, vor dem sehr viele Tische im Freien standen. Sie bestellten Café, Mineralwasser und ein großes Bier für Corrales, der darunter litt, dass es keinen *Veterano* gab.

»Hier also müssen diese Unaussprechlichen ihren Scheck einlösen ...«, sagte er, nachdem er einen kräftigen Schluck getrunken hatte, und zeigte mit dem Kinn auf das kleine, sich spiegelnde Gebäude. »Und wie machen wir das jetzt? Sobald sie das Gebäude betreten, nehmen wir sie fest, oder was?«

»Oooh, nein. Besser festnehmen danach«, antwortete der Inspektor, dem vor allem daran gelegen war, von ihnen zum Konfigurator geführt zu werden, mehr noch, als sie hinter Schloss und Riegel zu setzen.

»Und woran erkennen wir die eigentlich?«, fragte Corrales weiter, dem mit einem Mal einige der Schwierigkeiten bewusst wurden, vor denen sie standen.

»Aaaah, Unaussprechliche fünf Person oder mehr Person. Zwei große Person laufen mit Stiefel. Andere Person oder zwei Person oder drei Person mit Stiefel oder nicht mit Stiefel, laufen oder nicht laufen«, erklärte der Inspektor ein bisschen wirr, indem er versuchte, all das zu berücksichtigen, was er aus dem Einbruch in der Sprachschule in Calabella und der Untersuchung des Porsches und des Jaguars hatte ableiten können.

»Super«, sagte Corrales, »und was machen wir, wenn nur einer reingeht, um den Scheck einzulösen, und die anderen draußen irgendwo auf ihn warten? Dann fragen wir den, ob er zwei Straßen weiter noch ein paar Freunde mit Stiefeln hat, oder was?«

»Aaaah, großes *Koan* ...«, sagte der Inspektor.

»Mmmm, wir wissen noch mehr über sie«, sagte Jazmín, nachdem sie den Zucker im Café umgerührt hatte.

»Was?«, fragte Corrales, der wie immer auf der Hut war, die anderen könnten pfiffiger sein als er.

»Mindestens eine Frau ist dabei, die mein Parfüm benutzt, sich meine Kosmetika mitgenommen und sich mein bezauberndes Teilchen von Victoria's Secret eingesteckt hat.«

»Das könnte doch auch ein Mann gemacht haben, der die Sachen dann seiner besseren Hälfte schenken wollte«, entgegnete Corrales, der fest entschlossen war, seinen messerscharfen detektivischen Verstand einzusetzen und keinen Verdacht ungeprüft durchgehen zu lassen.

»Oh, ein Gentleman würde einer Dame nie, aber wirklich auch nie Kosmetika schenken. Was für ein unverzeihlicher Mangel an Taktgefühl wäre das denn!«, sagte Jazmín.

»Also ehrlich gesagt, ich habe meiner besseren Hälfte auch schon mal eine Packung *Eau de Cologne* geschenkt – die kam noch mit einem Deo und einer Feuchtigkeitscreme inklusive«, sagte Corrales und wollte sich noch lange nicht geschlagen geben.

Derweil schoss der Inspektor mentale Fotos von dem Spiegelgebäude, bis sich eine Dreihundertsechzig-Grad-Aufnahme des gesamten Platzes ergab. Dann beobachtete er einen Mann, der gleich neben der Ampel auf der Straßenseite vor der *Petita Banca Andorrana* für eine Werbeaktion Flyer verteilte. Das Gedränge der Leute war beachtlich, aber dem Mann blieb genug Zeit, um allen Passanten einen Flyer in die Hand zu drücken. Die Fußgänger wiederum nahmen die Dinger ihrerseits dankend entgegen, auch wenn die meisten (genau 73,4 Prozent wie der Inspektor in Sekundenschnelle errechnete) den Zettel schon wenige Meter später zusammenknüllten und in den nächsten Abfalleimer warfen. Interessant fand er, dass alle Personen, ohne jede Ausnahme alle, die er beobachtet hatte, einen Blick auf den Flyer geworfen hatten.

Der Meister spielte in einer Art geistigem Soduko erst mehrere Möglichkeiten im Kopf durch und sprang dann von seinem Stuhl auf:

»Eine Sache nur«, sagte er plötzlich zu seinen zwei Begleitern, »gleich wieder da.«

Corrales und Jazmín beobachteten jeden einzelnen seiner kurzen, eiligen Schritte, mit denen er zielstrebig zu der Verkehrsinsel in der Mitte des Platzes lief. Dort wartete er mit hinter dem Rücken verschränkten Armen darauf, dass die Ampel grün wurde. Dann überquerte er den Zebrastreifen und lief auf dem gegenüberliegenden Bürgersteig zur nächsten Ampel. Als er bei dem Mann angekommen war, streckte dieser ihm einen Flyer entgegen. Der Inspektor nahm ihn freundlich lächelnd entgegen und bedankte sich augenblicklich mit einer tiefen Verbeugung für das Entgegenkommen; der Mann wusste sich daraufhin nicht anders zu helfen, als sich ebenfalls vor dem Inspektor zu verbeugen, der sich seinerseits vor dem ehrenwerten Zettelverteiler, der auf so liebenswürdige

Weise seinen Dank erwidert hatte, erneut verbeugte, was sich zu einer jeweils dreifachen Verbeugung auswuchs, bis der Mann begriff, dass dieses Spiel kein Ende finden würde, wenn er diesem Japaner nicht augenblicklich den Rücken zudrehte. Erst dann konnte auch der Inspektor seinen Weg auf dem Gehsteig fortsetzen, bis er zum nächsten Fußgängerüberweg kam, der ihn wieder zurück zu der Verkehrsinsel führte. Jazmín und Corrales blieben draußen im Café sitzen und verfolgten jeden seiner Schritte mit der Aufmerksamkeit von zwei Insektenforschern.

»Aaaah, viele Werbung Andorra«, sagte der Inspektor, bevor er sich setzte, um den Zettel aufmerksam zu studieren.

Der Flyer war rot, und in schwarzen Buchstaben war sowohl auf Katalanisch (der offiziellen Sprache Andorras) wie auch noch auf Spanisch und auf Französisch folgendes gedruckt:

**DISCOTECA PIRINEOS**

GROSSE JACK DANIELS PARTY AM DONNERSTAG.
ZWANGLOSE ATMOSPHÄRE.
TANZKURSE MIT PROFESSIONELLEN TÄNZERN
IHR ZWEITER DRINK IST KOSTENLOS –
NUR BEI VORLAGE DIESES FLYERS

Aaaaha«, sagte der Inspektor, »mit Speck fangen Mäuse ... Maus flieht, Mäuseschwanz zwischen den Beinen.«

»Wie, wo, was? Maestro, steht der Plan schon?«, fragte Corrales aufgeregt und rückte sich seine brandneue Kappe über der Sonnenbrille zurecht. »Wieso Interpol nicht schon viel früher auf die Idee gekommen ist, mit der Guardia Civil eng zusammenzuarbeiten ...«

»Brauchen Druck Computer großes, elegantes Hotel. Ja? Moglich?«, fragte der Inspektor und wandte sich damit an Jazmín.
»Wir können es ja mal in Frederics Büro versuchen, der ist immer sooo entgegenkommend ...«
»Jetzt sofort gleich?«, drängelte der Inspektor, der von einem Bein aufs andere hüpfte, als müsste er dringend Pipi machen. Genau dreißig Sekunden nachdem sie von ihren Plätzen aufgestanden waren, um sich auf den Weg zum Hotel zu machen, kamen aus der entgegengesetzten Ecke des Platzes sechs Gestalten mit falschen Bärten dahergetrottet, die sich erstaunlicherweise an genau denselben Tisch setzten, an dem noch wenige Sekunden zuvor jenes besagte Trio gesessen hatte – genau gegenüber der Spiegelfassade der *Petita Banca Andorrana*.

Als Fernández Plancha und der Kammerherr sich zurückgezogen hatten (den einen zog es an die frische Luft, der andere holte den Innenminister, der im Vorzimmer des Saals wartete), blieben Königin Loles und König Manolo für einen Augenblick ungestört allein.
»Du Witzfigur«, sagte die Königin. Sobald die beiden unter sich waren, redeten sie in ihrem Dialekt aus Jerez de la Frontera. »Den Bock siehste so schnell nich mää wieda.«
»Welchen Bock?«, fragte der König und klackerte wie ein Schlagzeuger unaufhörlich mit den Händen auf den Beinen und mit den Absätzen auf den denkmalgeschützten Teppichen herum, für die unsere arbeitende Bevölkerung so viel Geld bezahlt hatte.
»Hör mal, mein Spätzchen, noch so ne blöde Frage, und ich reiß dir den Kopf ab, du großmäuliger Schmalspurwichser ... Oder

kannst du mir mal verraten, wieso du dich mit so einer arschgesichtigen Blondine rumtreiben musst, hä ... Und hör auf mit dem Geklatsche, wir sind doch hier nicht auf 'm Volksfest ...«

»Das einzige Fest in meinem Leben bist doch du, mein Spatzelchen«, sagte Manolo, der versuchte, seine Loles wieder besser zu stimmen, »merkst du denn gar nicht, dass ich nur Augen für dich hab?«

»Halt's Maul, du mickriges Würstchen ...!«

»Komm schon her, mein maurisches Perlchen, komm, ich besorg's dir ...«

Die Loles erwehrte sich der ersten Annäherungsversuche mit einer schlichten Taktik: Sie schubste den schmächtigen Körper des Königs, der seinerseits wie eine Drohne um die Bienenkönigin herumscharwenzelte, mit ihrem gewaltigen Unterarm zurück. Dabei gelang es dem leichtfüßigeren Manolo einige Male, seinem schwerfälligeren Weibe die Hand unter den Rock zu schieben, was den Jähzorn der Ogilvys in der Regel merklich besänftigte.

»Lass das, Manolo, hör mir sofort auf damit, der Bananenbieger muss jeden Augenblick kommen ...«, sagte die Königin schon leicht außer Atem, »hörst du wohl auf, du alter Gauner, du machst mich ja ganz verrückt.«

Und in der Tat hüstelte der Kammerherr bereits demonstrativ, der König allerdings tätschelte der Königin Eusebia I. weiter die Arschbacken. Zwei Schritte hinter dem Kammerherrn erschien Berto, der gewiefte Bananenbiegerminister, der, wie es der Zufall so wollte, genau in diesem Augenblick mit einer Hustenattacke zu kämpfen hatte.

»Majestät ...«, begann der Kammerherr.

»Ja, ja, schon gut ...«, sagte die Königin und schubste den König, dass dieser um ein Haar gegen eine der kostbaren, unter

Denkmalschutz stehenden Vitrinen aus dem Volksvermögen geflogen wäre. Manolo ergriff die Gelegenheit sogleich beim Schopfe und machte sich mit dem Kammerherrn aus dem Staub. »Und, was hast du denn diesmal auf dem Herzen, mein Guter«, fragte die Königin den amtierenden Ministerpräsidenten, sobald sie allein im Saal zurückgeblieben waren.
»Diesmal handelt es sich wirklich um einen Notfall, Majestät«, sagte Berto, der von dem vielen Stress bereits die ersten Ticks bekommen hatte, beispielsweise zuckte es nach ein paar Worten regelmäßig um seine Nase.
Die Königin, noch immer ein wenig erhitzt, griff sich von einem Barockschränkchen einen der ausgestellten Fächer (die alle drei ein gewisser Francisco de Goya gemalt und signiert hatte, in der Phase vor seiner Taubheit), öffnete ihn blitzartig und fächelte sich geräuschvoll frische Luft an ihr Dekolleté und den verschwitzten Nacken. Berto resümierte währenddessen die Neuigkeiten für sie, als da wären: Der Ministerpräsident sei in der Metrostation von Moncloa wiederaufgetaucht, verstehe und rede jedoch seitdem nur noch Baskisch und bestehe trotz einer ganz offensichtlichen Persönlichkeitsstörung hartnäckig darauf, augenblicklich wieder als Ministerpräsident die Amtsgeschäfte zu übernehmen.
Das klang in den Ohren der Königin völlig abstrus. Sie erinnerte sich auch nicht mehr an die Geschichte, die ihr Fernández Plancha gerade eben von der Fremdsprachenmaschine erzählt hatte. Sie wusste nur eins: dass sich der Jähzorn der Ogilvys und Cinco Sicilias in Anbetracht so vieler Ungereimtheiten in ihr zusammenbraute.
»Und was soll ich jetzt machen?«, fragte sie Berto ungeduldig und faltete ebenso blitzartig den Fächer wieder zusammen.
»Stellen Sie sich vor ... er will unbedingt den *Lehendakari* der

Basken sprechen, und ... er will auch eine gemeinsame Pressekonferenz geben, um die Abhaltung eines Volksentscheids zur Selbstbestimmung bekannt zu geben ...«

»Eines was ...?«

»Eines Volksentscheids ... Eine Abstimmung, die verbindlich wäre und in der die Basken entscheiden dürften, ob sie weiterhin zu Spanien gehören oder eine eigene Nation werden wollen. Das will er übrigens auch den Katalanen anbieten und den Galiciern ... Außerdem will er darüber abstimmen lassen, ob wir überhaupt noch eine Monarchie bleiben oder nicht lieber eine Republik werden wollen ...«

»Waaas ...?«, brüllte die Königin und stemmte die Arme in die Hüften, während ihr Gesicht seinem immer näher kam und sich misstrauisch in Falten legte.

»Er hat völlig den Verstand verloren, Majestät, er ist überhaupt nicht mehr wiederzuerkennen ... Und dabei haben wir bei den Salesianern in Palencia zusammen Theologie studiert. Er sagt lauter solche Dinge, Spanien gäbe es gar nicht, das sei purer Größenwahn der Katholischen Könige, den sie in Österreich aufgewärmt hätten und der sich unter Franco dann hochgekocht habe. Außerdem sollen alle Länder, die früher einmal unter den spanischen Imperialisten gelitten hätten, nun endlich das Recht bekommen, über ihr eigenes Schicksal selbst zu bestimmen.«

»Das ist ja die Höhe! Das kommt gar nicht infrage! Nicht mal der Papst dürfte mir mein schönes Königreich zerteilen. Also, wo steckt er, dieser ... Revoluzza?«

»Im *Hospital La Paz*, Majestät, dahin haben wir ihn einweisen lassen ... Wir wissen aber nicht, ob und wie lange wir ihn dort noch halten können.«

Da erschien erneut der Kammerherr.

»Majestät, eine Delegation mit einigen Präsidenten aus verschiedenen autonomen Regionen bittet unverzüglich um eine Audienz.«
Die Königin wechselte einen Blick mit dem Innenminister, als erhoffe sie sich von ihm eine Erklärung für den unerwarteten Besuch. Warum kamen die gerade jetzt, während einer solch bedeutenden nationalen Krise? Der Innenminister jedoch konnte natürlich nicht wissen, dass sich die Neuigkeiten am Telefon längst in ganz Spanien, dem Land, das es eigentlich gar nicht gab, herumgesprochen hatten, weshalb er nur mit den Schultern zuckte.
»Herein mit ihnen«, sagte Loles zum Kammerherrn und versuchte diesmal erst gar nicht, den leisen Anflug von Jähzorn zu unterdrücken, der in ihr aufstieg. Vielleicht würde sie es ja gleich mit Aufständischen aus den autonomen Regionen zu tun bekommen, die ihr die Souveränität über ihr einig Vaterland streitig machen wollten.

Als Kommissar Antoine Frère-Jacques von einem Café au Lait in die Abteilung für Spezialeinsätze der europäischen Zentrale von Interpol (*rue des Policiens, 45,* Lyon, France) zurückkam, überreichte ihm sein Sekretär einen Bericht, den er per E-Mail erhalten hatte. Der Kommissar hatte schon den ganzen Vormittag ungeduldig auf die Nachricht gewartet.
Unter »Von« stand die E-Mail-Adresse der asiatischen Interpol-Zentrale in Kyoto, Japan, in der die Experten für Haiku-Zen-Exegese das Fax entschlüsselt hatten, das Inspektor Sakamura aus Calabella, Spanien, an die Zentrale in Lyon, Frankreich, geschickt hatte.

Ihre Interpretation zerstreute auch noch den letzten Zweifel daran, dass die Toten in Calabella zuvor an einen dieser Konfiguratoren angeschlossen worden waren, die islamistische Fundamentalisten erfunden und dann unter die Leute gebracht hatten. Interpol bereiteten diese verfluchten Maschinchen schon längere Zeit großen Kummer. Gleichzeitig fand der Kommissar damit seinen Verdacht bestätigt, der sich ihm bereits aufgedrängt hatte, als er das erste Mal von den Vorfällen gehört hatte.

»*Merde*, immmer dasselbe«, dachte Kommissar Frère-Jacques. Seit Monaten bearbeitete er nur noch Fälle dieser Art: Das Ganze entwickelte sich zunehmend zu einem babylonischen Sprachverwirrungsalbtraum. Ursprünglich waren die Neuronenkonfiguratoren dazu entwickelt worden, den Konvertiten zu helfen, den Koran zu lesen und zu rezitieren. Dann hatten einige radikale Gruppierungen sie für sich entdeckt und die Maschinen an Mitgliedern der amerikanischen Botschaften im Nahen Osten ausprobiert. Damit hatten sie der amerikanischen Regierung einige schlaflose Nächte bereitet. Das war schon genug Theater gewesen, dann aber kamen die Amerikaner selbst auf den Geschmack, wollten die Erfindung beschlagnahmen, sich patentieren und von den Behörden genehmigen lassen, um sie als Wundermittel zum Erlernen von Sprachen zu vermarkten (genauer gesagt: zum Erlernen des Englischen - *der* Sprache), und das Ganze in Kooperation mit Microchof. Dann aber kam ein Gutachten der Weltgesundheitsorganisation heraus, in dem nachgewiesen wurde, dass die Konfiguration neuronaler Netze alles andere als unbedenklich war. Zu Microchofs blankem Entsetzen wurde Interpol damit beauftragt, alle Konfiguratoren aus dem Verkehr zu ziehen, sie zu versiegeln und den Handel mit ihnen weltweit zu verfolgen. Allerdings blühte der Schwarzmarkt mit den Sprachmaschinen im Nahen Osten. Seit ein paar Monaten ließ sich kostenlos jede Menge Software für eine immer größere Zahl von Sprachen herunterladen – Sprachen, die zum größten Teil nur von Minderheiten gesprochen wurden (allein in Europa waren Programme am Start für Sorbisch, Friesisch, Jämtländisch, Zazaisch, Wotisch, Rätoromanisch, Okzitanisch, Zimbrisch, Manx, Scots, Meänkieli, Leonesisch, Caló, Quinqui usw.). Damit wurden die Konfiguratoren für eine immer größere Anzahl immer kleinerer Gruppierungen interessant, die für ihre Unabhängigkeit kämpften oder gegen ein bestimmtes politisches System. Quer durch Europa waren in illegalen Aktionen Politiker oder einflussreiche Persönlichkeiten entführt worden, um ihre neuronalen Netze für die entsprechende Sprache der jeweiligen Minderheit zu konfigurieren. Meistens wurden an die Entführungen kulturelle, nationale oder ethnische Forderungen geknüpft. Manche Fälle waren jedoch einfach nur komisch, wie der des päpstlichen Botschafters aus dem Vatikan, den man in der *Fontana di Trevi* beim Erfrischungsbad erwischte und der plötzlich munter in Suaheli auf die Polizisten einredete.

An den Informationen, die Inspektor Sakamura übermittelt hatte, überraschte den Kommissar einzig und allein die Vermutung, dass die katalanische Polizei versuche, den Inspektor bei seinen Ermittlungen zu behindern – das legte den Verdacht nahe, dass die Behörden irgendwie in den Fall verwickelt waren. Da diese Konfiguratoren bisher in aller Regel gegen Regierungen oder mächtige Institutionen verwendet worden waren, aber noch nie von ihnen, fand Kommissar Frère-Jacques diesen Fall sehr erstaunlich. Er kannte sich ja auch nicht so

genau mit katalanischen Institutionen aus (die ihn vermutlich noch viel mehr erstaunt hätten).
Zum Schluss schrieb der Inspektor, dass eine Gruppe baskischer Unaussprechlicher (von denen der Kommissar die Geschichte mit den Kaugummis kannte) den Konfigurator aus Calabella gestohlen hatte, weshalb sich seine Ermittlungen nun darauf konzentrierten, dieser Gruppe auf der Spur zu bleiben. Dies wolle der Inspektor gemeinsam mit seinem spanischen Gehilfen von der Guardia Civil auch umgehend tun.
Beigefügt war noch eine Liste mit den sechs Namen der Personen, deren Sprachzentrum ebenfalls auf Katalanisch konfiguriert worden war. Nach Einschätzung des Inspektors mussten all diese Personen unverzüglich sehr gründlich medizinisch untersucht werden.

Die Unaussprechlichen saßen im Café auf der *Plaza Rebes* und schauten sich die Spiegelfassade der *Petita Banca Andorrana* an.
»Oh Mann, eh, abgefahren, die Banken hier sehen ja aus wie Museen, die der Gehry entworfen hat«, staunte der Vermummte Nr. 2.
»Hä, spinnst du, unsere in Bilbao finde ich aber mal mindestens so cool, wenn nicht noch cooler«, war die Vermummte Nr. 1 da anderer Meinung.
Da sie immer noch nicht herausgefunden hatten, was in Andorra la Vella das ortsübliche Getränk war, bestellten sich alle sechs ein Bier und dazu ein Schälchen mit gefüllten Oliven. Ihrer Meinung nach durfte sich da wohl niemand auf den Schlips getreten fühlen. Um für das Abendessen besser vor-

bereitet zu sein, hatte sich der Vermummte Nr. 5 aber bereits einen Internetzugang gesucht und war mit seinem Laptop online gegangen, um herauszufinden, was man in Andorra essen konnte, ohne die lokalen Traditionen zu verletzen.

»In der Bergregion«, las er vor, »werden vor allem Tiere wie Hirsch, Gämse, Eichhörnchen und Hase gejagt, die daher bei den landestypischen Gerichten auch eine zentrale Rolle spielen.«

»Eichhörnchen?«, fragte der Vermummte Nr. 4. Der Ekel war ihm im Gesicht abzulesen. »Jetzt sag bloß nicht, die essen hier in Andorra Eichhörnchen.«

»Vermutlich gegrillt«, spekulierte der Vermummte Nr. 2, dem schon das Wasser im Mund zusammenlief.

Der Vermummte Nr. 5 hatte keine Ahnung und googelte erst einmal weiter nach irgendwelchen Gerichten mit Eichhörnchen. Die Anzahl der Treffer war beachtlich. Er klickte den erstbesten an:

»... versuchen Sie, graue Eichhörnchen zu bekommen, die sind weniger sehnig und zäh als rote Eichhörnchen. Zuerst müssen Sie dem Tier die Beine zusammenbinden. Achtung: Eichhörnchen können gefährlich kratzen! Nehmen Sie dann einen spitzen Gegenstand, um mit schnellen Bewegungen die Augen zu entfernen. Legen Sie das blinde Tier jetzt auf eine feste Unterlage. Halten Sie es gut fest. In der Regel sollten die Tiere nun schon deutlich weniger Gegenwehr zeigen. Nehmen Sie nun ein einfaches Schneidebrett aus Holz (oder etwas Ähnliches), um dem Tier mit gezielten Schlägen die Knochen zu brechen. Achtung: Das Eichhörnchen sollte dabei unter keinen Umständen sterben, sonst wird das Fleisch später zu fest. Danach wird das Fell abgesengt. Wenn Sie kein spezielles Gerät dafür besitzen, können Sie dafür auch einen Gasherd verwenden.

In der Zwischenzeit erhitzen Sie in einem Topf das Wasser mit einer Prise Salz und dem Fenchel. Legen Sie das Eichhörnchen erst hinein, wenn das Wasser kocht! Tipp: Decken Sie den Topf gut ab! Die Eichhörnchen versuchen beim ersten Kontakt mit dem Wasser, aus dem Topf zu springen! Nach kurzer Zeit macht das Eichhörnchen dann auch keine maunzenden Geräusche mehr ...«

»Sag mal, du alter Psychopath, wo nimmst du denn deine Rezepte her? Geht's noch?«, blaffte ihn die Vermummte Nr. 1 an, die unter ihrer Raubeinigkeit ein großes Herz für kleine pelzige Tierchen verbarg (abgesehen von Ratten).

»Ich? Ich habe bloß den ersten Treffer angeklickt, voll krass, eh: www.cocina_gore.com.«

»Wenn du noch ein Rezept heraussuchst, in dem gemaunzt wird, kannst du sehen, wie dein Laptop im Kochtopf landet ... Ich glaube, ich hole mir heute Abend bei MacDoof einen Burger. Lieber kapitalistischer Amifraß als solche sadistischen Spezialitäten!«

Der Vermummte Nr. 6 beobachtete währenddessen konzentriert die Umgebung: den Platz im Allgemeinen und die Fassade der *Petita Banca Andorrana* im Speziellen. Irgendetwas gefiel ihm an der Geschichte nicht. Es gab eine Person, die hundertprozentig wusste, dass sie am fünfundzwanzigsten Juli hier aufschlagen würden, um das Ding einzulösen - und zwar die Besitzerin des Porsches, aus dem die Vermummte Nr. 1 den Scheck geklaut hatte.

Er schaute sich wieder und wieder deren Papiere an. Nr. 1 hatte sie zusammen mit dem Scheck aus dem Wagen gefischt. Enrica Bellmunt i Somatent hieß die Dame, geboren war sie in Andorra, und zwar am siebzehnten Mai 1967. Auf alle Fälle dürfte sie, das war klar, eine wohlhabende Dame sein. Erstens fuhr sie einen sauteuren Sportwagen, zweitens ließ sie mal eben so locker einen Barscheck über hunderttausend Euro im Handschuhfach liegen, und drittens hatte sie ihren Wohnsitz hier in Andorra, wo ihr allem Anschein nach auch noch eine Gesellschaft mit dem klangvollen Namen *La Belle Jazmín* gehörte.

Ihr Passfoto sah keineswegs zum Fürchten aus (ganz im Gegenteil: Ihre vollen Glykogenlippen hauchten offenbar gerade »Mmmm« - und das sah äußerst anziehend aus), aber natürlich war zu vermuten, dass die Dame sich längst an die Polizei gewandt hatte, um ihr Geld zurückzubekommen. Zur spanischen Polizei war sie vermutlich eher nicht gegangen, denn die hatte hier in Andorra nichts zu melden. Aber wer wusste denn schon, mit wem eine solche Frau unter einer Decke steckte? Die durfte jede Menge Kontakte und Beziehungen haben, zumal sie ja hier lebte.

Es war keineswegs ausgeschlossen, dass die Polizei bereits eine gemütliche kleine Zelle extra für sie hergerichtet hatte ...

Der Vermummte Nr. 6 schaute sich unauffällig, aber sorgsam um. Er prüfte alles und jeden auf dem Platz, um zu sehen, ob sie von irgendjemandem beschattet wurden. Er fühlte sich, als hinge eine ganze Schachpartie nur von einem einzigen Zug ab, und diesen einen Zug würde er am nächsten Morgen meisterhaft und mit sicherer Hand ziehen müssen. Besonders unangenehm war ihm, keine Ahnung zu haben, mit wem sie es zu tun bekommen würden: Jede dieser Personen, die mit Unschuldsmiene über den Platz liefen, konnte es sein. Die sechs Personen dagegen, die mit falschen Bärten genau gegenüber der *Petita Banca Andorrana* in einem Café saßen, waren nicht allzu schwer mit dem Scheckdiebstahl in Verbindung zu bringen.

»Kommt, wir zahlen. Lasst uns besser mal hier verschwinden, irgendwie gefällt mir die Geschichte nicht«, sagte er und stoppte damit den Vermummten Nr. 5, der sich gerade im Internet nach Hirschgerichten umschauen wollte.

»Was ist denn mit dir los?«, fragte die Vermummte Nr. 1, die sich auf ein weiteres Schälchen mit gefüllten Oliven gefreut hatte.

Der Vermummte Nr. 6 antwortete nicht. Er tupfte sich lediglich die Schläfen ab und sagte mehr zu sich selbst:

»Ich muss mir die Sache in Ruhe durch den Kopf gehen lassen ...«

So wie die Minister des Kabinetts jede Gelegenheit nutzten, um sich per Staatsbesuch vom Acker zu machen, so reisten die Präsidenten der autonomen Regionen immer wieder unter dem erstbesten dienstlichen Vorwand nach Madrid (bis auf den Basken Satrústegui und den Katalanen Andreu, die sich in der Hauptstadt unwohl fühlten und sich lieber im Ausland aufhielten, um auf eigene Faust Außenpolitik zu betreiben). Die anderen Provinzpolitiker jedoch genossen in Madrid ihre Anonymität. Diese Dienstreisen in die Hauptstadt waren wie eine kleine Obsession. Sie boten die beste Möglichkeit, einmal unerkannt um die Häuser zu ziehen und das eine oder andere Gläschen mehr zu trinken. Gleichzeitig liefen sie hier nie Gefahr, die unerfreulicheren Konsequenzen dafür in ihren Ehen zu spüren zu bekommen.

Daher hatte sich in weniger als vierundzwanzig Stunden eine kleine Delegation mehrerer Präsidenten autonomer Regionen zusammengefunden, die meinten, ihre Interessen und die

ihrer Sprache vor der Königin persönlich vertreten zu müssen. Um genauer zu sein, waren Nicolás aus Aragonien, Vicentet aus Valencia, Xosé aus Galicien und Pelayo aus Asturien anwesend. Bei dem kanarischen und dem balearischen Präsidenten war mit den Flügen etwas schiefgelaufen. Und auch die Interessen der aranesischen Sprache wurden von niemandem vertreten - vielleicht weil dies der Präsident der autonomen Regierung Kataloniens hätte tun müssen, der ja bereits mit einer viel eleganteren und weltläufigeren Sprache alle Hände voll zu tun hatte. Die vier versammelten Präsidenten hatten selbstverständlich Geschenke mitgebracht: Bratwürste und Blutwürste aus Aragonien, mehrere Kilo Orangen aus Valencia, einen Blauschimmelkäse aus Cabrales und eine galicische Meerspinne, die heftig mit ihren Zangen ruderte.
Mit ihren Geschenken im Gepäck erreichten sie den Saal, in dem die Königin und der Innenminister noch immer debattierten. Zuerst gab es eine kurze allgemeine Begrüßung. Dann dirigierte die Königin sie mit ihrem Fächer, ohne sich selbst vom Fleck zu rühren, und so stellten die Präsidenten ihre Geschenke auf Geheiß Ihrer Majestät auf einem Chippendaletisch ab, der ebenfalls unter Denkmalschutz stand - und von der arbeitenden Bevölkerung teuer bezahlt worden war.
Dann ergriff Nicolás das Wort:
»Majestät, während in anderen autonomen Regionen die Dinge in Bewegung sind, wurden unsere Regionen und Interessen vom Zug abgehängt.«
»Dann wenden Sie sich bitte ans Verkehrsministerium, mein Guter«, sagte die Königin.
»Verzeihung, Ihre Majestät, mir geht es darum, Ihnen verständlich zu machen, welch großes Unrecht uns widerfahren ist.«

»Das wiederum wäre dann ein Fall für die zuständigen Gerichte ...«

Nicolás, einem ausgebildeten Elektrotechniker, fehlten die Worte. Mit dem Präsidenten aus Asturien eilte ihm daher flugs ein ausgebildeter Jurist zu Hilfe:

»Wir protestieren gegen eine skandalöse Ungerechtigkeit, Majestät«, setzte Pelayo einen anderen Akzent.

»Dann schießt mal los, um was für eine Ungerechtigkeit handelt es sich denn?«, fragte die Königin und ließ sich schwer in ihren königlichen Sessel plumpsen. Ihr war klar, dass sie nicht darum herumkommen würde, sich diese Schwachköpfe anzuhören.

»Majestät, wie uns zu Ohren gekommen ist, spricht der Ministerpräsident Spaniens jetzt baskisch, und das finden wir unfair«, sagte Nicolás.

Der Innenminister hielt wie alle Innenminister ganz souverän die Klappe, obwohl ihm deutlich anzumerken war, wie sehr er erschrak, als ihm klar wurde, dass sich die Nachricht so schnell im ganzen Land verbreitet hatte.

»Aha«, sagte die Königin, »und was wäre eurer Meinung nach fair?«

»Na ... wenn er baskisch spricht, dann sollte er auch aragonesisch sprechen«, sagte Nicolás, und als die anderen sich räusperten, fügte er schnell noch hinzu: »und natürlich galicisch, valencianisch und eigentlich sollte er dann auch Bable, die asturische Mundart, beherrschen ...«

»Man kann gar nicht oft genug betonen, dass das Valencianische nicht dasselbe ist wie das Katalanische, hm«, belehrte sie Vicentet mit erhobenem Zeigefinger, wohl um seiner Überzeugung auch performativ den entsprechenden Nachdruck zu verleihen.

»Äähm, und natürlich Guanche, die ausgestorbene Sprache der Ureinwohner der Kanaren«, fiel Nicolás noch ein, der im Kopf schnell die verschiedenen Sprachen durchgegangen war, die in Spanien gesprochen wurden, auch wenn es Spanien ja eigentlich gar nicht gab.

»Und sollte er auch trällern können?«, fragte die Königin mit einer Ironie, die nicht alle verstanden. »Die singen doch selbst wie ein Kanarienvogel, oder nicht?«

»Selbstverständlich würde auch Menorquinisch dazugehören ...«, ergänzte der Präsident aus Asturien, der sich ehrenwerter- und korrekterweise auch für seinen Freund, den Präsidenten der Balearen, einsetzen wollte, mit dem er jedes Jahr in den Osterferien eine Hütte in Cangas de Onís gegen ein Häuschen in Binibeca tauschte.

Die galicische Meerspinne ging währenddessen auf dem Chippendaletisch zur Attacke über und machte sich mit ihren Zangen an dem Käse aus Cabrales zu schaffen. Der Präsident aus Galicien, der bis über beide Ohren errötete, musste handgreiflich werden, um sie davon abzubringen.

»Sie ist eben noch ganz frisch, noch so was von frisch«, entschuldigte er sich bei der Königin.

Die Loles aber hielt sich die Hände vors Gesicht, um nicht länger mit ansehen zu müssen, was sich vor ihren Augen abspielte.

»Komm, sag du auch mal was dazu, du bist immerhin der amtierende Ministerpräsident«, raunte sie Berto zu, der sich bisher auffällig zurückgehalten hatte.

»Amtierender Ministerpräsident, wieso amtierender Ministerpräsident?«, fragte Vicentet, der sich als Mitglied von Ihrer Exzellenz der Spanischen Partei Valencias für jede Form von Regierungskrise sehr interessierte, um sofort (und das schon bei

den geringsten Anzeichen) Fernández Plancha zu verständigen.
»Ja, ähem ... Wir hätten Sie sowieso demnächst alle zu einer Sitzung eingeladen, um Sie über die letzten Vorkommnisse zu unterrichten, die den Ministerpräsidenten unseres Landes betreffen«, schwindelte Berto in bester sozialistischer Manier. »Wie ich sehe, sind Sie ja bereits voll unterrichtet, auch wenn ich mir nicht genau erklären kann, über welche Kanäle ...«
»Der Fettsa... Satrústegui hat's erzählt«, sagte Nicolás, der zwar auch ein Sozialist war, aber eben aus Aragonien stammte, und dem es daher schwerer fiel, zu lügen oder auch einfach mal die Klappe zu halten.
»Satrústegui?«, wiederholte Berto, während er das Gefühl bekam, dass ihm so langsam ein Licht aufging.
»Ja, er meinte, die Katalanen hätten eine Maschine, mit der man von einer Sekunde auf die andere Sprachen lernen könne, und die hätten sie wohl nun den Basken ausgeborgt, damit die dem Ministerpräsidenten Baskisch beibringen könnten«, betete Nicolás eine leicht verniedlichte Version der Fassung herunter, die er aus Bilbao gehört hatte. »Aber ich finde nun mal, wenn unser Ministerpräsident jetzt demnächst im Fernsehen auftritt und baskisch redet, dann haben wir auch ein Recht darauf, dass er ... ähm, ... dass er auch aragonesisch quatschen kann ... ähm ... spricht«, – wieder räusperten sich die Kollegen –, »und natürlich auch galicisch und so weiter ...«
»Diese Katalanen!«, rief Berto, dem plötzlich einfiel, dass der Ministerpräsident vor seiner Entführung noch den Verdacht geäußert hatte, in Katalonien werde etwas ausgeheckt. »Also sind mal wieder die Katalanen an allem schuld ...«
»Das hätte ich euch auch gleich sagen können ... Es ist immer dasselbe mit denen, diesen Imperialisten«, sagte Vicentet.

»Offenbar gibt es mittlerweile schon autonome Regionen erster und zweiter Klasse ...«, echauffierte sich Nicolás. »Wenn die Katalanen eine Fremdsprachenmaschine besitzen dürfen, dann haben wir ein Recht darauf, auch eine zu besitzen, oder etwa nicht?«

»Woher haben die Katalanen diese Maschine?«, rätselte Berto.

»Satrústegui meinte, die könne man sich im Nahen Osten besorgen, aber da würden Preise aufgerufen, die könne man sich nur als reiche autonome Region leisten«, klärte Nicolás die kleine Gesellschaft auf, »und da in unserem Land immer nur dieselben im Geld schwimmen ...«

Der galicischen Meerspinne auf dem Chippendaletisch tropften Speichelfäden aus ihrem winzigen Mäulchen, vor dem sich schon Bläschen gebildet hatten, während die Unterhaltung nun zu dem beliebten Zeitvertreib überging, den man in Spanien so gern nach einem guten Essen pflegt, nämlich über die Katalanen zu lästern. Selbst der Präsident Asturiens, der in dieser Hinsicht nicht zu den üblichen Verdächtigen gehörte, ließ sich von der allgemeinen Stimmung anstecken und erzählte eine vielsagende Anekdote aus den letzten Sommerferien: Eine Tabakwarenhändlerin habe ihm in Calabella auf Katalanisch geantwortet, obwohl er sie auf Spanisch angesprochen hatte. Jeder der anwesenden Präsidenten kannte aus zweiter und dritter Hand mehr als einen weiteren Grund dafür, warum die Katalanen wieder einmal ihrem Ruf gerecht geworden waren: schnell beleidigt, sehr langweilig und überaus unsolidarisch zu sein. Berto wollte als Innenminister wohl nicht nur allgemeingültige Schlüsse aus Einzelfällen ziehen, sondern einen weiter reichenden, wertvollen anthropologischen Beitrag zur Debatte leisten: Der Einfluss gerade der jüdischen Kultur und Tradition habe aus den Katalanen Leute gemacht, die erst mit Steinen werfen und danach ihre Hände in Unschuld waschen würden. Das Regierungskabinett habe wegen einiger verdächtiger Vorkommnisse in dieser autonomen Region schon seit geraumer Zeit diverse Ermittlungen angestrebt.

In diesem Augenblick stürzte sich die unerschrockene galicische Meerspinne erneut mit aller Wucht auf den Käse. Mehrere valencianische Orangen kullerten dabei auf den Boden, und auch die Meerspinne fiel auf einen der Teppiche, die ja im Grunde genommen der arbeitenden Bevölkerung gehörten. Der warme, moosartige Untergrund animierte die Meerspinne dazu, hemmungslos und ausgiebig zu laichen.

Der Kammerherr eilte herbei, um das Meeresfrüchtchen zu entfernen, während der galicische Präsident sich förmlich mit seinen Entschuldigungen überschlug:

»Die Kleine wurde halt gerade erst ganz frisch aus dem Meer gefischt ...«

»Der Ministerpräsident«, versuchte die Königin ihre Gedanken auf die Reihe zu bekommen, »spricht jetzt baskisch, ist das so?«

»Und wie! Das baskischste Baskisch aller Zeiten«, antwortete Berto, der nun in dramatischen Worten das Drama angemessen veranschaulichen wollte.

»Und wer von euch Schlaumeiern kann mir jetzt mal schnell erklären, was zum Henker die Katalanen dann mit der Geschichte zu tun haben sollen?«

»Ach so, na ja ... Diese Fremdsprachenmaschine haben die doch gekauft«, brachte Berto vor. »Und ich würde nicht ausschließen wollen, dass sie davon ausgehen, sie könnten noch eine ordentliche Stange Geld von uns kassieren, damit wir unseren Ministerpräsidenten ein zweites Mal vor diese Teufels-

maschine setzen können, um ihn wieder zurückzukonfigurieren ...«
Die Königin seufzte resigniert.
»Los, gib mir mal das Telefon«, rief sie ihren Kammerherrn.
Der Kammerherr jedoch hatte gerade mit der Meerspinne alle Hände voll zu tun, die sich am Hinterleib bedrängt fühlte und daher mit geballter Zangenkraft versuchte, ihre Freiheit wiederzuerlangen.

Im *Gran Hotel dels Pirineus*, genauer gesagt im Büro des sooo außergewöhnlich entgegenkommenden Frederic (des Geschäftsführers des Hotels, wie sich herausstellte), bat Inspektor Sakamura um die für seinen Plan nötige Unterstützung:
»Einen Mensch für Computer. Viele Werbung in Andorra. Papier gelb grün, schreiben spanische Worte«, sagte er und vollführte eine Art Pantomime mit dem Flyer, den er sich bei dem Mann auf der *Plaza Rebes* geangelt hatte.
»Klopapier gibt's auf dem Hotelzimmer, Maestro«, bemühte sich Corrales, der offenbar einige Teile der Pantomime missverstanden hatte.
Mit großer Mühe und unter Mithilfe eines Kellners aus Honduras, der in der Bar des Hotels arbeitete (und zwar auch kein Japanisch sprach, dafür aber immerhin klein war und dem Inspektor zumindest von Weitem ähnlich sah), wurde nach und nach deutlich, dass Sakamura einen Computer mit einem Textverarbeitungsprogramm benötigte sowie jemanden, der damit umgehen konnte, um selbst einen Werbezettel zu entwerfen, der jenem ähneln sollte, mit dem er so wild herumfuchtelte.

Nun wurde auch noch die Küchenhilfe, ein Portugiese, in Frederics Büro gerufen, der, wie der Kellner aus Honduras erzählte, wohl regelmäßig Abendkurse besucht hatte, um den Umgang mit Microchof Windows zu lernen, weil er die Hoffnung nicht aufgeben wollte, eines Tages an einem Arbeitsplatz mit Tageslicht zu sitzen.

Der Portugiese erschien und grüßte mit einem *muito obrigado* in die Runde. Seine Schicht ende um acht Uhr. Nun sei es schon fast halb acht. Daraufhin schaute Jazmín den Geschäftsführer Frederic flehentlich an, der ihr versprach, ihm einen Tag freizugeben, wenn er dafür bereit sei, ihnen jetzt ein wenig unter die Arme zu greifen. Der Portugiese war damit einverstanden und setzte sich in den Chefsessel des Geschäftsführers und damit auch vor den Bildschirm. Dann konnte es losgehen.

Allerdings lag die schwierigste Aufgabe noch vor ihnen: Sie mussten den Inspektor erst einmal verstehen ... Mit Händen und Füßen gestikulierte er, sodass alle Anwesenden (Jazmín, Corrales, Frederic, der Kellner aus Honduras und die Küchenhilfe aus Portugal) begannen, das alte, bekannte Gesellschaftsspiel zu spielen, in dem Begriffe pantomimisch dargestellt werden. Zum Beispiel: Der Inspektor tanzte Reggaeton und gebärdete sich, als würde er einen Wodka Red Bull trinken, dann tat er auch noch so, als käme er nicht nur von der Toilette zurück, sondern als müsse er sich die Nase in alle Richtungen verziehen.

»Diskothek!«, überschlug sich der Kellner aus Honduras und hatte damit ins Schwarze getroffen.

Auf diese Weise verfasste die Küchenhilfe aus Portugal in verschiedenen Schriftarten und Schriftgrößen nach und nach folgenden Text:

**DISCOTECA INTERPOL**

GROSSE PARTY DER UNAUSSPRECHLICHEN
AM 25. Juli
1 DRINK GRATIS
TOMBOLA MIT TRAUMHAFTEM HAUPTGEWINN:
EIN PORSCHE-CABRIO
100.000 EURO IM HANDSCHUHFACH
IN DER STRASSE DER IDENTIFIZIERTEN
VERDÄCHTIGEN
OHNE HAUSNUMMER
ANDORRA LA VELLA

Die schauspielerischen Künste des Inspektors waren natürlich ausschlaggebend, es sollte aber nicht unerwähnt bleiben, dass Jazmín, sobald ihr einmal klar geworden war, worin die listige Falle bestand, die Sakamura den Gaunern stellen wollte, sich sehr engagierte, um beim Verfassen des Werbezettels den richtigen doppeldeutigen Tonfall zu treffen. Für Corrales wiederum war die subtile Psychologie, die hinter der Strategie stand, zu hoch, sodass man ihm alles mehrfach erklären musste. Im Grunde war es ganz einfach: Die Flyer sollten an alle Passanten verteilt werden, die in der Nähe der *Petita Banca Andorrana* auftauchten. Alle, die aus der Bank herauskamen (und selbstverständlich das eigentliche Ziel der ganzen Aktion darstellten), mussten unter allen Umständen einen Flyer bekommen. Alle Leute, die mit dem Diebstahl in Calabella nichts zu tun hatten, würden, nachdem sie einen Blick darauf geworfen hätten, den Zettel in der Nähe der Ampelanlage achtlos in einen der Abfalleimer werfen. Wenn die Mitglieder der Unaussprechlichen aus der Bank herauskämen, wo sie soeben Jazmíns Scheck eingelöst hatten, würden sie garantiert in irgendeiner Form auf den Text reagieren. Entweder bekämen sie einen Schreck oder würden unsicher oder sähen zu, dass sie sich verpissten, oder sie schauten sich heimlich auf dem Platz um ... Wie auch immer ihre Reaktion im Einzelnen ausfallen würde, durfte es für den Inspektor ein Leichtes sein, sie zu identifizieren. Sakamura wollte deshalb mit Jazmín draußen im Café an einem der Tische sitzen und alle Passanten, die einen Flyer erhielten, unter die Lupe nehmen. War die Person dann erst einmal identifiziert, würde es ein Kinderspiel sein, ihr unauffällig zu folgen und auf den richtigen Moment für die Verhaftung zu warten.

»Teufel, Teufel«, sagte Corrales und setzte sich seine FBI-Brille auf, um sofort zur Tat zu schreiten, »und wer teilt eigentlich die Werbezettel aus?«

Jazmín und der Inspektor schauten ihn an. Seine Aufmachung in dem Travoltahemd und mit den Hosen, die keinen Gürtel hatten und ihm auf halb acht hingen, war wie gemacht für einen Typen, der Disco-Flyer verteilt – selbstverständlich nur unter der Bedingung, dass er die Adidas-Kappe absetzte.

Die Vermummte Nr. 1 hatte als Jugendliche das eine oder andere Mal heimlich in ihrem Kinderzimmer die Klamotten ihrer großen Schwester Itziar anprobiert, die gerade nach Madrid umgezogen war, um dort im *Hospital La Paz* ein Praktikum als Krankenschwester zu machen. Hinter verschlossenen Türen hatte sie sich dann schon mal ein aufregend dünnes Sommerkleidchen übergestreift und sich mit schlechtem Gewissen und einer gewissen Wollust im Spiegel betrachtet. Außer während dieser äußerst seltenen, sehr intimen Momente trug die Vermummte Nr. 1 eigentlich immer ein paar Militärstiefel mit Schnallen, Hosen mit vielen Taschen, einen groben, weiten Pullover oder eine Kapuzenjacke. Niemand, wirklich niemand, der einmal gesehen hatte, wie sie sich ohne jede Zurückhaltung mit der Hand zwischen den Beinen kratzte oder im hohen Bogen meterweit durch die Gegend rotzte, wäre auf die Idee gekommen, dass sie überhaupt je mit weiblichen Reizen spielte.

Das muss man wissen, um besser zu verstehen, warum die Nr. 1 reagierte, wie sie reagierte, als ihr der Vermummte Nr. 6 im Hotel erklärte, dass er es für das Beste halte, wenn sie den Scheck allein einlöse und sich dafür sehr damenhaft anziehe.

»Wie?«, fauchte sie und streckte den Kopf zwischen den Schultern hervor.

»Optimal wäre, wenn du ein elegantes Kleid und Damenschuhe mit Absatz anziehen und dich auch ein bisschen schminken würdest ... Je reaktionärer und faschistischer du aussiehst, desto besser.«

»Sag mal, hat dir schon mal jemand übelst mies die Fresse poliert?«

»Hör doch auf mit dem Scheiß, es geht hier um die Sache ...«, unterbrach sie der Vermummte Nr. 5.

»Wir werden es auch niemandem erzählen«, sagte Nr. 4, der sich insgeheim sehr wünschte, die Vermummte Nr. 1 noch einmal ohne Pullover sehen zu können.

»Wenn es hier um die Sache geht, warum schminken sich dann die zwei da nicht, die können doch genau so gut auf Stöckelschuhen herumstolzieren?«, schlug Nr. 1 vor und zeigte mit dem Daumen auf die beiden stämmigen Burschen aus Pronosti.

»Weil sie ein Meter neunzig groß sind, Schuhgröße achtundvierzig haben und Haare an den Beinen«, sagte Nr. 6. »Außerdem brauche ich die als Bodyguards für dich, wenn du aus der Bank herauskommst.«

»Pfff, das ist doch kein Grund ... Die enthaaren sich mit Wachs, und ich spiele für sie den Bodyguard ...«

Die beiden Betroffenen tauschten alarmierte Blicke aus.

»Mir rasiert nicht mal der heilige Blasius die Beine, kapiert, du hast sie wohl nicht mehr alle«, sagte die Nr. 2.

»So eine Schwachsinnsidee, außerdem haben wir überhaupt keine Titten«, wandte Nr. 3 ein und formte sich mit den Händen kleine Körbchen vor der Brust.

»Soll das heißen, dass sich jeder Arsch bei mir alles herausnehmen darf, bloß weil ich Titten habe, oder was? Du hast sie ja wohl selbst nicht mehr alle. Ihr seid übelst miese Arschlöcher und Machos, und zwar alle zusammen. Ich glaub's ja nicht. Ihr drei da könnt doch genauso gut als Weihnachtsmänner hier durch die Gegend spazieren«, schimpfte sie weiter.

»Wo ist denn das Problem, was soll denn der Scheiß ...? Falls wir beobachtet werden sollten, halten die Bullen sicher vor allem nach einem oder mehreren Typen Ausschau aber am wenigsten nach einer Frau, die daherkommt wie Paris Hilton. Mann, eh, der Erfolg der ganzen Aktion hängt nur von dir ab: Oder willst du, dass wir Koldo stecken, dass wir die hunderttausend Euro nicht für die revolutionäre Sache einstreichen konnten, weil du zu bockig warst, dir ein paar Damenschuhe anzuziehen? Wo ist denn dein Patriotismus geblieben, Scheiße noch mal: *Gora Euskal Herria* ...«

»*Gora!*«, brüllten alle wie aus einem Mund.
Die Vermummte Nr. 1 seufzte und gab sich offensichtlich geschlagen. Mit ausgestreckten Armen ließ sie sich auf das einen Meter fünfzig breite Bett fallen:
»Und ihr schwört mir, dass ihr keiner Sau auch nur ein Sterbenswörtchen davon sagen werdet?«
»Sag mal, zählt das Wort eines Kameraden nichts mehr, oder was ...? Komm schon, los, lasst uns schnell ein paar schicke Fummel kaufen, bevor die Läden zumachen.«

Königin Eusebia thronte auf ihrem königlichen Sessel und rief den *President* der autonomen Region Kataloniens, Andreu, an. Berto, die Präsidenten der verschiedenen anderen autonomen Regionen mit ihrem je eigenen Zungenschlag und der Kammerherr hörten zu:
»Majestät, was für eine Ehre! Wie steht es um Ihr Befinden, das des Gemahls und das der königlichen Prinzen ...?«, heuchelte der katalanische *President*, der keinen blassen Schimmer hatte, was hinter diesem unerwarteten Anruf stecken konnte. In solchen Fällen versuchte er immer, sich der Monarchie gegenüber möglichst *polite* zu zeigen.
»Komm, hör auf mit dem Quatsch. Was habt ihr mit der Sprachmaschine gemacht?«, fiel ihm die Königin ins Wort, um so schnell wie möglich zur Sache zu kommen.
Der katalanische *President* erschrak heftig und schaute sich rechts und links in seinem Büro um, konnte aber an den Wänden des Palastes der Regionalregierung keine bessere Antwort ablesen als diese:
»Was ... was für eine Maschine denn, Majestät?«

»Stell dich nicht blöder, als die Polizei erlaubt: Die Maschine, die ihr den Basken mitgegeben habt ...«
»Den Basken ...? Wir haben den Basken überhaupt gar keine Maschine mitgegeben ...«
»Satrústegui hat gesagt, dass ihr einem Kommando der Unaussprechlichen eine Maschine ausgeborgt habt, und dieses Kommando hat dann unseren Ministerpräsidenten entführt, und jetzt spricht der Arme nur noch baskisch und will plötzlich weiß der Geier was einberufen, damit alle in unserem Land unabhängig werden ...«
»Das ist ja eine Unverschämtheit, wir haben denen überhaupt nichts geborgt: Die Basken haben uns erst kürzlich eine sehr, sehr teure Maschine geklaut«, jammerte der katalanische *President*, dem nicht einmal Zeit blieb, die Neuigkeiten genau zu erfassen. Trotzdem hielt er es für besser, den Besitz des Konfigurators nicht zu leugnen, um nicht für wer weiß welche Streiche geradestehen zu müssen, die sich die Unaussprechlichen mal wieder ausgedacht hatten.
»Und findest du das gut, mit Maschinen herumzuspielen, die anderen Leuten eine Gehirnwäsche verpassen können?«, blaffte ihn die Königin mit ernster Stimme an.
»Aber Majestät, diese Maschine hat doch nur die harmlose und überaus nützliche Funktion, in Windeseile Sprachen lehren zu können, und wir haben sie regulär gekauft, wir haben dafür einen ordentlichen Batzen Geld bezahlt, hm, und unsere Freiwilligen durften sie immerhin benutzen, nachdem sie zuvor einen Vertrag unterschrieben hatten ...«
»Und konntest du dir nicht vorstellen, dass die euch geklaut werden kann? Diese Basken sind doch wie die Kinder, wenn du denen etwas verbietest, dann holen die sich's erst recht.«
»Aber dafür können wir doch nichts ...«

»Dafür können wir doch nichts, dafür können wir doch nichts ...«, äffte ihn die Königin mit honigsüßer Stimme nach. »Du bist mir vielleicht eine Petze, meine Fresse, das kann ich ja leiden. Unsere Basken sind Draufgänger, wild und kopflos, schon klar, aber von euch hätte ich mir ein bisschen mehr Weitsicht erhofft, verflixt und zugenäht. Hast du nicht immer gesagt, Spanien sei vielfältig? Wenn wir Andalusier faul sind, dann sind wir wenigstens auch noch dafür bekannt, richtig witzig zu sein, hä, die Aragonier sind mürrisch und gutmütig, und was ist mit euch? Wenn ihr schon so geizig und stinklangweilig seid, *Caramba*, dann könnt ihr doch immerhin auch ein bisschen vernünftig sein, sonst kannst du dir deine Vielfalt du weißt schon wohin stecken ...«

Für den *President* der autonomen Region Kataloniens gab es kaum etwas Schmerzvolleres, als wenn jemand die katalanischen Tugenden in Zweifel zog:

»Majestät, ich schwöre Ihnen bei der Jungfrau von Montsecret ...«

»Beweg lieber deinen Arsch, statt hier wild in der Gegend herumzuschwören, los, auf. Ich habe den Innenminister bei mir, der macht sich schon fast in die Hosen: Also bringt euer Maschinchen schleunigst ins *Hospital La Paz,* damit der Ministerpräsident wieder seine Sprache findet, und dann Schwamm drüber, kapiert, dann bleibt die Geschichte unter uns.«

»Aber wir haben den Konfigurator doch gar nicht mehr ...«

»Dann mal dir halt einen, du Idiot, oder such ihn auf der Stelle oder kauft euch halt noch einen. Du hast uns doch die ganze Suppe hier eingebrockt, also löffele sie gefälligst auch wieder aus.«

Als die Königin aufgelegt hatte, saß der *President* mit hängenden Schultern in seinem Sessel. Das Leben war so ungerecht:

Eine illegale Gruppierung von Unabhängigkeitskämpfern entwendete nicht nur mehrere Autos, sondern brach auch noch in eine angesehene Sprachakademie ein, klaute das Eigentum der katalanischen Kulturbehörden und entführte dann auch noch keinen Geringeren als den Ministerpräsidenten Spaniens, um ihm gegen seinen Willen sein neuronales Netz neu zu konfigurieren ... Und wer war schuld? Natürlich wieder mal die Katalanen. Wie immer. Jetzt fehlte nur noch, dass die vier Todesfälle in Calabella mit dem Konfigurator in Verbindung gebracht wurden, dann konnte man sich ja schon vorstellen, wie der José Domingo de la Cascada sie im Radio als Serienmörder runterputzte.

Solche Momente machten den *President* sehr melancholisch.

»Die mögen uns Katalanen einfach nicht«, sagte er laut, auch wenn ihn nur die Wände des Regierungspalastes hörten, »in Spanien mag uns einfach keiner.«

Dabei drehte und wendete der katalanische *President* seine Tablettenpackung, als wäre sie Rubiks Zauberwürfel, während draußen über dem Orangenhof still und leise die Abenddämmerung hereinbrach.

Kommissar Frère-Jacques versuchte, mit den spanischen Behörden Kontakt aufzunehmen, um mit ihnen über die sechs Bürger zu sprechen, die offenbar in großer Gefahr schwebten.

Er hatte einen Dolmetscher bei sich und rief zuerst im Sekretariat des Ministerpräsidenten an, wo ihm gesagt wurde, der Herr Ministerpräsident befinde sich auf Staatsbesuch in Lappland, und er möge sich doch bitte an den Innenminister wenden. Im Innenministerium erfuhr er, dass der Herr Innenminister gerade bei der Königin weile, aber er sich in polizeilichen Angelegenheiten sowieso besser an das Polizeipräsidium wenden solle. Dort wurde ihm wiederum mitgeteilt, dass für die Kriminalfälle in Katalonien eine gewisse Institution zuständig sei, die sich »Autonome Regionalregierung« nenne. Bei der »Autonomen Regionalregierung« wurde ihm auf Französisch dargelegt, dass alle Kompetenzen für Sachlagen, die ausländische Bürger betrafen, einer gewissen Institution oblägen, die sich »Zentralregierung« schimpfe. Da es sich in seinem Fall aber um einen Kriminalfall handele, könne man ihm nur raten, sich direkt mit Interpol in Lyon, France, in Verbindung zu setzen, und empfahl ihm, dort nach einem Kommissar Frère-Jacques zu fragen, und gab ihm freundlicherweise für alle Fälle seine eigene Telefonnummer.

Nachdem sich der Kreis auf diese Weise ein erstes Mal geschlossen hatte, wurde dem Kommissar klar, dass er es mit Spaniern zu tun hatte, sehr sympathischen Leuten, keine Frage, aber eben auch Menschen, die etwas durchgeknallt sind, sodass er beschloss, erst einmal seine Diensträume zu verlassen, um einen weiteren Café au Lait zu trinken und sich in Geduld zu üben.

Die Verkäuferin im *Shopping Center Pyrénée* war sichtlich überrascht, zu so später Stunde noch sechs derartige Gestalten in ihrer Boutique Feminina aufkreuzen zu sehen, in der teure Designermode verkauft wurde.

Es kam zwar häufiger vor, dass die Mädchen ihre Freunde oder auch ihren Liebsten zum Einkauf mitbrachten, das ja, das war nicht ungewöhnlich. Sie wollten dann sichergehen, dass ihnen die Sachen gut standen (was die Freunde oder Liebsten gehörig ins Schleudern bringen konnte) – auch das war nicht ungewöhnlich. Allerdings hatte sie noch nie erlebt, dass eine Frau in Begleitung von fünf Männern (zwei davon mit der Statur eines Bären) antanzte und mit ihnen in einer schier unverständlichen Sprache derart lebhaft herumdiskutierte. Die Typen nahmen die Rolle für ihren Geschmack viel zu ernst. Sie waren vollkommen von den Rundungen des Mädchens absorbiert. Fünf Typen, das war schon ungewöhnlich. Nur einer der Jungs, anscheinend der schüchternste (und auch der hübscheste), verhielt sich zurückhaltend, sie würde fast sagen, er wirkte genervt von dem Enthusiasmus seiner Freunde. So sehr sogar, dass die ukrainische Verkäuferin meinte, in seinen hübschen Augen, unter den langen schwarzen Wimpern, das giftgrüne Monster der Eifersucht aufblitzen zu sehen.

Die junge Dame gab allerdings auch eine unerwartet gute Figur ab, nachdem sie erst einmal aus ihrem weiten Pullover und den Militärhosen geschlüpft war. Nach vielem Hin und Her kaufte sie sich einen eng anliegenden, grauen Rock, eine Boleroweste (die sie über einem Body von Victoria's Secret tragen wollte, den sie noch im Hotel hatte), Feinstrumpfhosen, schwarze Damenschuhe mit Pfennigabsätzen und eine dazu passende Handtasche. Während sie die Einkäufe in bar bezahlte, schienen die fünf Männer bereits leidenschaftlich darüber zu diskutieren, welche Frisur ihr besonders gut stehen würde (die beiden Schränke waren für eine offene, wilde Mähne, zwei andere für eine hochgesteckte Frisur, und der Hübsche schlug vor, ihr eine Mütze aufzusetzen). Dann fragten sie auf Spanisch nach einem Kosmetikgeschäft und gaben dem Mädchen Tipps, wie sie mit dem Hintern wackeln und sich sexy bewegen sollte, worauf das Mädchen ihnen in dieser komischen Sprache gründlich den Marsch zu blasen schien, jedenfalls waren aus dem Wortschwall nichts als grobe Schimpfworte herauszuhören.

Die Flyer waren gedruckt, der Plan für die Aktion am nächsten Tag gefasst, und gegen dreiundzwanzig Uhr saßen der Inspektor, Corrales, Jazmín und Frederic im Hotelrestaurant nach dem Essen noch ein wenig beisammen.

Corrales war aufgeregt und redselig wie ein Schulkind in der ersten Nacht auf Klassenfahrt. Er hatte von seinen aufregenden Abenteuern im Warenbüro am Hafen von Calabella berichtet (beispielsweise kamen für das Historische Museum Kataloniens einmal Knochen von Neandertalern im Hafen an, die der deutsche Schäferhund vom Zoll zuerst entdeckte und so lange annagte, bis der diensthabende Wachmann es endlich bemerkte). Als es Zeit für einen Café oder auch einen Schnaps wurde, hatte Corrales seinen Tischnachbarn bereits alle möglichen Anekdoten aus seiner Militärzeit aufgetischt, die ihn so in Fahrt gebracht hatten, dass er beim zweiten Gläschen *Napoleón* aufstand und die Hymne der Infanterie herausposaunte:

»*Ardor guerreeero vibra en nuestras voooces / Y de amor patrio henchido el corazo-ón ...*«

Corrales' Blick richtete sich dabei gen Himmel, die rechte Hand lag auf seinem Herzen und in der Linken schwang er das Kognakglas ... Diese Haltung, die in gewisser Weise etwas mit einer Zenhaltung gemein hatte, schien den Inspektor so zu inspirieren, dass er sich ebenfalls erhob, um einen ausdrucksstarken Samuraitanz aufzuführen (der allerdings nicht zum spanischen Liedgut passte). Frederic hoffte, in Jazmíns Augen dieselbe Fassungslosigkeit ablesen zu können, die er und die übrigen Gäste im Restaurant empfanden, stellte dann aber überrascht fest, dass sie den Inspektor zärtlich anlächelte, der seinerseits mit dem Gesichtsausdruck eines Terrakottakriegers wie ein Sumoringer herumhüpfte. Kaum war die Gesangs- und Tanzdarbietung beendet, bedankte Frederic sich für den netten Abend und entschuldigte sich, weil er nach den Wasserleitungen im Schwimmbad sehen müsse.

Der nächste Tag war entscheidend, daher schien für alle der rechte Augenblick gekommen, um auf ihre Zimmer zu gehen und sich schlafen zu legen. Corrales jedoch, der meinte, noch einen letzten Absacker an der Bar trinken zu müssen, verabschiedete sich und nutzte den kurzen Augenblick, in dem Jazmín unaufmerksam war, um dem Inspektor gegenüber eine vertrauliche und auch sehr obszöne Handbewegung zu machen. Der Inspektor seinerseits lief goudafarben an, schüttelte Corrales dann schnell die Hand, so als wolle er die Unverfrorenheit dadurch rückgängig machen, und betrat den berühmt-berüchtigten Aufzug.

Während der Aufzug nach oben surrte, geschah nichts.

Jazmín und der Inspektor kamen in der Dachetage an.

Der Inspektor begleitete die Dame höflich bis zur Tür ihrer Suite.

Sie öffnete ihre kleine Handtasche und wühlte länger als erwartet darin herum.

»Mmmm, Maestro, meinen Sie nicht auch, es wäre eine gute Idee, ein paar zentrale Punkte noch einmal in aller Ruhe durchzugehen? Im Verlauf des Abends hatten wir noch gar

keine Gelegenheit, sie mit Nachdruck zu vertiefen ...«, sagte sie und hielt plötzlich die Zimmerkarte zwischen ihren Fingern (mit auffällig langen und rot lackierten Fingernägeln), die sie dann sanft in die entsprechende Apparatur steckte, worauf sich die Tür öffnete.
»Aaaah, nicht möglich, hi, hi: Alter Meister feuert Pfeil, junge Schülerin folgt Richtung«, sagte der Inspektor, und damit war für ihn wohl die kleine Auszeit beendet, die er sich (offenbar aus rein pädagogischen Gründen) von seinem Zölibat genommen hatte.
»Mmmm, ich sehne mich sooo lange schon nach einem Mann, bei dem ich mich geborgen fühle ... Haben Sie nie mit dem Gedanken gespielt, die Spezialeinsätze für Interpol gegen das Leben mit einer unabhängigen Frau einzutauschen? Sie wissen vermutlich nicht einmal, wie sexy Sie am Steuer eines sandfarbenen Aston Martin aussehen würden ...«
»Aaaah, nein, hi hi: Waschen Schale und wischen Boden«, sagte der Inspektor, bevor er sich mit einer tiefen Verbeugung verabschiedete und mit seinen kurzen Schritten flugs durch den Flur zurückeilte.
»Oh, was für ein atemberaubender Mann«, sagte die Agentin 69, lehnte sich in den Türrahmen und strich sich über ihren verschwitzten Nacken und durch die offenen Haare.

Die Vermummte Nr. 1 war ein wenig nervös. Was würde da wohl am nächsten Tag auf sie zukommen? Vor dem Schlafengehen wollte sie sicherheitshalber schnell die Stöckelschuhe anziehen und die Schminksachen ausprobieren.
Als sie im Bad vor dem Spiegel stand, klopfte es plötzlich an

die Tür ihrer Suite. Vor Schreck verrutschte ihr der Strich mit dem Lippenkonturenstift.

»Ich bin's«, hörte sie die Stimme des Vermummten Nr. 4 vor der Tür.

Nr. 1 warf sich die Kapuze über, bevor sie öffnete. Vor ihr stand der Vermummte Nr. 4 und hatte einen silbernen Kübel im Arm, aus dem eine Flasche Schampus herausschaute. In der anderen Hand hielt er zwei Champagnerkelche mit Sonnenschirmchen. Die rote Rose hatte er sich, da keine Hand mehr frei war, zwischen die Zähne geklemmt.

»Ach du Scheiße, wo willst du denn hin in diesem Aufzug?«, fragte Nr. 1.

Da Nr. 4 die Rose im Mund steckte, konnte er erst antworten, als sie ihm die Blume abnahm und sie zurück in den Eiskübel steckte.

»Weißt du ... Morgen ist doch unser letzter Tag, und dann ist die Mission schon wieder vorbei ... Es ist ja auch gar nicht sicher, wann wir uns mal wieder über den Weg laufen werden ... Also habe ich gedacht, dass ...«

»Was, was hast du dir gedacht ...?«

Nr. 4 brachte keinen Ton mehr heraus, nahm dann aber allen Mut zusammen und sagte:

»Ich hab gedacht, vielleicht könnten wir zusammen sein, ruhig auch erst mal nur für eine bestimmte Zeit, was weiß ich, ein halbes Jahr oder so, die Zeit könnten wir ja dann immer wieder verlängern, wenn wir wollen, zum Beispiel immer für ein paar Monate, wäre jetzt nur so ein Vorschlag.«

Ein Liebesantrag in dieser Länge und Breite überraschte die Vermummte Nr. 1 dann doch, sodass es auch ihr drei Sekunden lang die Sprache verschlug. Sie musterte ihn von Kopf bis Fuß:

»Haste eigentlich irgendwas studiert, du Taugenichts?«

»Oberstufe habe ich noch bis kurz vorm Abi gemacht ... Aber mein Vater ist Bauunternehmer ...«

»Super, jetzt in der Immobilienkrise ...«

»Ich hab auch mal einen Kurs in tantrischer Ejakulationsverzögerung gemacht, sogar ziemlich gut abgeschnitten ...«

»Das machen ja jetzt alle. Selbst die übelsten Machos ...«

»Na ja, du musst dich ja auch nicht gleich entscheiden. Wichtig ist mir nur, dass du weißt, dass ich immer alles dafür tun würde, dass du richtig geil kommst und gleich ein paar Orgasmen hintereinander kriegst«, sagte Nr. 4 hastig.

So ein Angebot klang verlockend.

»Und samstags, wenn ich da mit der Clique rumziehe, du weißt schon, ich ess' so gern *Pintxos* und trink 'n *Txakoli* zum *Hamaiketako*, würdest du da auch mal durch die Wohnung saugen und so?«

»Klar, jeden Samstag.«

Mehr brauchte die Vermummte Nr. 1 von ihrem Bewerber nicht zu hören.

»Okay, da können wir ja ein anderes Mal weiter drüber reden, ja?«, sagte sie kurz und knapp, wohl auch, damit er sich keine allzu großen Hoffnungen machte. Dann knallte sie ihm die Tür vor der Nase zu.

## Drei

Berto hatte in der Nacht kaum ein Auge zugemacht, trotzdem kam er morgens um neun Uhr schon wieder mit einigen Mitgliedern des Ministerrates im Hauptsitz der Fortschrittlichen Sozialistischen Partei Spaniens zusammen.

Gerade lief im Radio die neueste Schmährede eines gewissen Don José Domingo de la Cascada ... Alle hörten ihm neugierig zu, bevor sie mit der eigentlichen Besprechung beginnen wollten:

»... die sozialistischen Seifenblasenplatzer stürzen die unschuldigen Bürger in eine der tiefsten ökonomischen Krisen aller Zeiten! Und was fällt ihnen dazu ein? Sie schicken unseren Rentierknutscher von Ministerpräsidenten nach Lappland, um dort der staatstragenden Aufgabe nachzugehen, die Lappen um Nickel anzubaggern ... Kann mir mal einer verraten, wer die gewählt hat? ... Und dann wollen sie uns weismachen, wir bräuchten Nickel, um auf Teneriffa eine Hochgeschwindigkeitsstrecke zu bauen, damit wir in weniger als fünfundvierzig Sekunden von Santa Cruz nach La Laguna düsen können, oder was ...?«

»Er hat uns die Geschichte abgenommen!«, rief der Verwaltungsminister und rückte sich die Brille zurecht. »Er macht sich über uns lustig, aber er hat nichts gemerkt ...«

»Pssst«, zischte Berto, der bis zur letzten Silbe hören wollte, wie Don José Domingo sein Gift versprühte. Am Ende seufzte er sehr erleichtert auf und schaltete das Radio aus.

Alle saßen still in ihren Sesseln und ließen sich sichtlich entspannt gegen die hohen Rückenlehnen fallen.

»Hatte die Königin gestern zur Abwechslung mal eine gute Idee?«, fragte der Verwaltungsminister.

»Die Königin hat nicht viel dazu gesagt. Anscheinend hat Satrústegui mit Nicolás aus Aragonien telefoniert und ihm erzählt, dass die Katalanen hinter der ganzen Geschichte stecken. Das wäre ja auch keine große Überraschung«, antwortete Berto.

»Immer wieder diese Katalanen ...«, sagte Pachorra del Cuajo.

»Was ist denn genau passiert?«, wollte der Verwaltungsminister wissen.

»Oh Mann, ihr schiebt immer alles auf die armen Katalanen ...«, sagte die Emanzipationsministerin, deren Familie großväterlicherseits polnische Wurzeln hatte und die vielleicht aus deshalb alle bekannten katalanischen Zungenbrecher perfekt beherrschte.

»Es wird schon so seine Gründe haben, dass alle glauben, die Katalanen seien immer an allem schuld ...«, fügte Pachorra hinzu.

»Vor Kurzem haben sie offenbar eine Maschine gekauft, mit deren Hilfe die Leute im Schnellgang eine andere Sprache lernen können, und dieses Ding haben sie wohl an die Basken weitergegeben ...«, antwortete Berto dem Verwaltungsminister. »Die Katalanen ihrerseits behaupten wiederum, die Unaussprechlichen hätten ihnen das Ding geklaut und dann Paquito entführt ... Aber das ist noch längst nicht alles ...«

»Es wird schon seine Gründe haben, dass Herren mit Spitzbärten in der Midlife-Crisis für ihren Chauvinismus bekannt sind«, fuhr die Emanzipationsministerin den zweiten Vizeminister Pachorra del Cuajo an, was dazu führte, dass im Ministerrat wieder einmal Paralleldebatten geführt wurden.

»Nun mach mal langsam mit deinen Plattitüden. Das hat mit Chauvinismus rein gar nichts zu tun«, protestierte Pachorro und strich sich dabei ausnahmsweise mal nicht über den Spitzbart.

»Ich habe schon mal was von solchen Maschinen gehört«, unterbrach ihn der Außenminister, der gerade von einem Staatsbesuch aus den Vereinigten Staaten zurückgekommen war. »Irgendwelche islamistischen Fundamentalisten haben damit wohl den amerikanischen Botschaftern im Nahen Osten die Hölle heißgemacht ...«

»Chauvinismus und Katalanenfeindlichkeit sind zwei Seiten von ein und derselben Medaille: Das sind nichts als faschistische Ressentiments ...«, sagte die Emanzipationsministerin.

»Die Verwandlung lässt sich immerhin ohne Probleme wieder rückgängig machen, das ist die gute Nachricht, allerdings braucht man dafür eine dieser Maschinen«, führte Berto weiter aus.

»Und wo kann man sich so ein Ding besorgen?«, wollte der Verwaltungsminister wissen.

»Ich würde vorschlagen, wir warten einfach ab, bis die Katalanen ihre Maschine wieder zurückbekommen oder sich eine neue besorgt haben, und dann sollen die uns das Teil mal ausborgen ...«, sagte Berto.

»Ich bin überhaupt nicht katalanenfeindlich«, verteidigte sich Pachorra del Cuajo, »aber erst nutzen die bei den Wahlen unseren Namen aus, und dann beachten sie nicht einmal die Koalitionsvereinbarungen. Jedes Mal haben wir Scherereien wegen des Haushalts, und ich kann dir versichern, dass sie einem dabei ganz gehörig auf den Sack gehen können ...«

»Ooooch, du Ärmster: Ohne auf diese rührenden kleinen Keimdrüsen zu sprechen zu kommen, kannst du wohl keinen klaren Gedanken fassen, was? Ihr Chauvis seid schon sehr stolz auf eure Gonaden, hm?«

»Du spinnst wohl, ich bin überhaupt kein Chauvi: Ich bin lediglich dafür, dass einige Damen, nein, beileibe nicht alle, aber dass einige Damen mal ab und an ihre Klappe halten«, versuchte Pachorra seiner Widersacherin gegenüber einen Schlusspunkt zu setzen und schaute sie giftig an.

»Welches Interesse könnten die Katalanen daran haben, uns aus der Patsche zu helfen?«, fragte der Außenminister.

»So ganz durchschaue ich die Geschichte immer noch nicht«, sagte Berto.

»Ist doch klar, wenn sie uns jetzt nicht helfen, unseren Ministerpräsidenten wieder an Bord zu bekommen, dann gehen die nächsten Wahlen an Fernández Plancha. Für die Katalanen sind wir an der Regierung immer noch besser als die PEPE, vor allem, wenn die eine absolute Mehrheit gewinnen sollte, oder etwa nicht? Immerhin zeigen wir uns kooperativ«, überlegte der Verwaltungsminister weiter.

»Darauf würde ich nicht wetten. Wenn denen jemand vier steuerliche Vorteile einräumt, sind diese Katalanen sogar in der Lage, mit dem Teufel zu paktieren. Denen geht es einzig und allein um ihren Zaster«, schimpfte Pachorra del Cuajo, der versuchte, sich wieder in die allgemeine Unterhaltung einzuklinken.

»Wenn ihr nicht sofort mit eurem rassistischen, chauvinistischen Diskurs aufhört, verlasse ich augenblicklich den Raum und begebe mich auf Staatsbesuch«, drohte die Emanzipationsministerin.

»Und du willst uns was von Chauvinismus erzählen ...«, spöttelte Pachorra.

Morgens um neun öffneten in Andorra la Vella die Banken. Die meisten Geschäfte waren noch geschlossen. Der Verkehr war aber bereits rege, und auch viele Fußgänger waren schon unterwegs.

Der Inspektor und Jazmín hatten ihren Posten in dem Café auf der *Plaza Rebes* bezogen, während Corrales mit einem gehörigen Kater, aber ohne Adidas-Kappe auf dem Bürgersteig die ersten Flyer verteilte.

Gegen Viertel nach neun betrat der erste Kunde die Bank: ein kugelrunder Mann um die fünfzig, der für sein Alter ungewöhnlich jugendlich gekleidet war. Er trug eine dieser modischen Jeans, die mit kaputten Reißverschlüssen und Kotzflecken an den Hosenbeinen verkauft werden.

Beim Hineingehen gab Corrales ihm noch keinen Flyer, so, wie das mit dem Inspektor abgesprochen war. Corrales wartete damit, bis der Dicke wieder herauskam. Noch bevor er wieder auftauchte, betrat ein Ehepaar mittleren Alters die Bank, das, nach Haarfarbe (blond) und Statur (groß) zu urteilen, aus Nordeuropa kommen musste. Zehn weitere Minuten verstrichen, ohne dass jemand hineingegangen oder wieder herausgekommen wäre. Corrales begann sich zu langweilen. Er verteilte die Flyer nun nicht mehr an alle Passanten, sondern legte eine deutliche Vorliebe für Frauen an den Tag, vor allem für Frauen unter vierzig, und dort speziell für die Frauen mit tiefem Dekolleté.

Als der Dicke in den schicken Jeans wieder herauskam, richteten sich Jazmín und der Inspektor in ihren Stühlen auf. Anscheinend waren sie besorgt, Corrales könne nicht aufmerksam genug sein, um ihn rechtzeitig abzupassen. Doch das war er: Er gab ihm einen Flyer, und der Dicke nahm ihn gedankenlos im Weitergehen mit.

Nun galt es, jede seiner Bewegungen aufmerksam zu beobachten.
Die Schritte des Dicken verlangsamten sich leicht, während er einen kurzen Blick auf den Flyer warf, ihn umdrehte, sich flüchtig die Rückseite ansah und ihn dann in seiner Hand zerknüllte. Er lief weiter und hatte bereits sein normales Tempo wieder erreicht. Den Flyer warf er achtlos in einen der Abfalleimer an der Ampel.
Das war auf keinen Fall eine der Personen, die sie suchten.
Wenige Sekunden bevor der Dicke den Flyer zusammengeknüllt hatte, betrat eine schlanke Frau, die etwas wacklig auf ihren hochhackigen Damenschuhen dahergestakst kam, die Bank. Der Inspektor beobachtete aus einem Augenwinkel den Dicken, der gerade aus der Bank herausgekommen war, und aus dem anderen Augenwinkel die schlanke Frau, die in die Bank hineinging: Sie trug einen engen, grauen Rock, eine Boleroweste und hatte sich eine schwarze Handtasche umgehängt. Jazmín (die nicht mit der Gabe eines Chamäleons gesegnet war, zwei Personen in zwei Sehfeldern gleichzeitig zu beobachten) hatte die Frau ebenso wenig wahrgenommen wie Corrales, der sich gerade verrenkte und verbog, um sich durch die Taschen seiner engen Hosen hindurch ohne alle Hemmungen am Sack zu kratzen.
Weitere fünf Minuten verstrichen, in denen niemand in die Bank hineinging oder aus dem Gebäude herauskam. Dann kam das Touristenpaar wieder zum Vorschein. Der Mann bekam einen Flyer von Corrales. Jazmín und der Inspektor konzentrierten sich voll auf die beiden. Der Mann schaute sich den Flyer kurz an, drehte sich zu seiner Begleiterin um und zuckte mit den Achseln, er war offenbar ratlos. Danach faltete er das Papier in der Mitte zusammen und steckte es in

die Brusttasche seines Hemdes. Dann liefen sie weiter, dabei legte er seiner Begleiterin den Arm um die Schulter.
Jazmín meinte nichts Auffälliges bemerkt zu haben, drehte sich aber zum Inspektor um, weil sie wissen wollte, ob er die beiden ähnlich einschätzte.
»Aaaah, nein: Diese Person krebsrot im Gesicht spricht keine spanische Sprache«, sagte der Maestro.
In der Zwischenzeit zündete sich Corrales halbwegs unauffällig eine Ducados an, schaute dann hinüber zu dem Tisch, an dem der Inspektor saß, um zu beobachten, ob Sakamura ihm so ein kleines Zigarettchen übel nahm. Kaum brannte der Glimmstengel mehr schlecht als recht, stöckelte auch schon das schlanke Mädchen aus der Bank heraus. Diesmal nahm Corrales mit seiner Spürnase sofort Witterung auf, und voller Verzückung versuchte er genauer zu orten, was sich da zwischen ihrer geöffneten Weste abspielte. Was auch immer sie unter der Weste trug, das weiße Oberteil mit den vielen Pünktchen hatte ungeheuer viel mit dem Einpackpapier einer Konditorei gemein, nur dass die Verpackung die köstlichen Süßigkeiten in diesem Fall kaum im Zaum zu halten vermochte.
Dem Inspektor schwante, dass Corrales in der Lage war, alles zu verderben. Er sah, wie Corrales die Zigarette auf die Straße warf und dem Mädchen voll poetischer Inspiration den Flyer überreichte. Sein ganzer Körper schien ihr mehr oder weniger entgegenzufliegen:
»Hier in Andorra gibt es ja Schleckereien, zuckersüß, die könnte man von Kopf bis Fuß vernaschen ...«
Das reichte schon, um die Vermummte in dem Mädchen mit den Stöckelschuhen um ihre Selbstbeherrschung zu bringen. Sie reckte ihm ihren Kopf entgegen, raffte den eng anliegen-

den, eleganten Rock und blaffte dann den Werbefritzen wutentbrannt an:
»Verpiss dich, oder ich tret dir in die Eier, du elender Wichser ...!«
Daraufhin stöckelte sie etwas staksig ihres Weges. Den Flyer strafte sie mit Verachtung, ebenso wie den Süßholzraspler, der auch noch ihrem Vater ein wenig ähnlich sah, zumindest auf den Fotos, die sie von ihm gesehen hatte, als er noch jünger war.
Der Inspektor schlug sich mehrfach auf den Hinterkopf, als er dem tatenlos zusehen musste. Er verfluchte wohl einerseits die Schwachstellen seiner Strategie, und andererseits schien er ausdrücken zu wollen, dass die Vorzeichen des *Qi* unergründlich seien. Jazmín jedoch packte ihn mit ihrer schmalen Hand und den langen Fingernägeln am Unterarm und sagte:
»Oh, das muss diese unverfrorene Person sein, die wir suchen, Inspektor: Ist das nicht unglaublich, dass ihr mein Victoria's Secret auch noch soooo gut steht?«
Dem Inspektor war schleierhaft, was genau Jazmín so sicher in ihrem Urteil machte. Seit wann aber legte sich eine junge Dame derart mit einem Typen an, der Flyer verteilte? Das jedenfalls kam auch ihm verdächtig vor. Also erhob er sich und gab Corrales das verabredete Zeichen. Die Phase A ihres Plans galt als abgeschlossen. Nun gingen sie über zur Phase B, das hieß: die Zielperson unauffällig verfolgen.
Der Inspektor folgte dem Mädchen mit den Stöckelschuhen, Corrales warf zwar erst noch den Stapel mit den Flyern in einen Abfalleimer, ging dann aber auch hinter dem Inspektor her. Jazmín blieb im Café an ihrem Tisch sitzen.
Von ihrem Posten aus konnte die Agentin 69 in aller Ruhe beobachten, wie zwei Personen sich erhoben, die ebenfalls auf

der Terasse des Cafés gesessen hatten, um ihrerseits Corrales zu folgen, der wiederum dem Inspektor folgte, der seinerseits hinter dem Mädchen mit den Stöckelschuhen herlief.
Also reihte sie sich hinter den beiden Bären ein, die ganz offensichtlich lächerlich falsche Bärte trugen.

Morgens um zehn hatten sich die Regierungsmitglieder der autonomen Regierung, der Mönch und die Opposition der Paradoxen Union Kataloniens im Büro des ehrenwerten *President* Kataloniens versammelt. Der informierte sie über die Entführung des spanischen Ministerpräsidenten in Madrid und berichtete von dem Telefongespräch, das er am Abend zuvor mit Königin Eusebia I. geführt hatte.
»Und wie zum Teufel denken die sich das bloß, wo sollen wir denn diesen Konfigurator wieder hernehmen?«, fragte Felip Rentafigues.
»Frage ich mich auch, wenn die meinen, alles besser zu können, sollen sie ihn mit der spanischen Nationalpolizei doch selbst ausfindig machen«, unterstützte ihn die Montse von den Hartnäckigen Linken.
»Der Konfigurator muss so schnell wie möglich wieder auftauchen, egal wie. Alles andere wäre für uns von Nachteil«, sagte der katalanische *President* ruhig. Er hatte sich die gesamte letzte Nacht den Kopf darüber zerbrochen, welche Folgen dies alles für die Politik und die nächsten Wahlen haben könnte.
»Aha, warum denn?«, fragte Manel von den Grünroten. »Kann uns doch eigentlich egal sein, ob der Ministerpräsident baskisch redet oder nicht. Wir müssen jetzt mit auf den Zug aufspringen und fordern, dass er fließend Katalanisch lernt ...«

»Immer mit der Ruhe ...«, der katalanische *President* machte sie nun sehr entschieden auf zwei wichtige Aspekte aufmerksam: »Erstens dürfen wir nicht vergessen, dass wir noch vier Leichen im Keller liegen haben und sechs weitere Personen unter medizinischer Beobachtung stehen. Für uns ist es am besten, wenn das Thema Konfigurator so schnell wie möglich abgehakt wird ... Dann: Habt ihr schon mal darüber nachgedacht, wer die nächsten Wahlen im Oktober gewinnen wird, wenn der spanische Ministerpräsident in den öffentlichen Medien auftritt und vom Recht der Basken auf Selbstbestimmung und Unabhängigkeit redet?«

Bei allen Anwesenden tauchte nach und nach das unheilvolle Antlitz eines Fernández Plancha vor ihrem geistigen Auge auf, dann das noch viel abscheulichere eines sich die Hände reibenden Gollum.

»Ach du Kacke, daran habe ich noch gar nicht gedacht«, machte Rentafigues einen Rückzieher.

»Die Zuständigkeit liegt in solchen Fällen trotzdem eindeutig bei der spanischen Nationalpolizei ... Nach allem, was wir wissen, sind die Unaussprechlichen doch in Madrid. Selbst wenn wir wollten, dürften wir unsere *Mossos* gar nicht zu ihnen in die Hauptstadt schicken ...«, dachte die Montse laut nach.

»Falls die Maschine nicht schleunigst wieder auftaucht, müssen wir darüber nachdenken, ob wir uns noch einmal im Nahen Osten umschauen und noch eine besorgen«, sagte der *President*.

»Wie stellst du dir das denn vor? Wer soll das denn alles bezahlen?«, fragte Rentafigues mit einer Stimme, aus der ein gewisses Unbehagen sprach.

»Unterm Strich kommen wir damit immer noch besser weg, als wenn wir die Finanzierung unserer autonomen Regierung ab dem nächsten Jahr mit Sauron aushandeln müssen«, sagte der katalanische *President* und verwendete kurzerhand den Spitznamen, den die Republikaner ihrem Widersacher gegeben hatten.

»Gott beschütze uns«, sagte der Mönch und bekreuzigte sich gleich zweimal hintereinander.

»Wartet mal: Jetzt wo die in Madrid sowieso schon Bescheid wissen, können wir da nicht den Japaner von Interpol einschalten, der in Calabella herumschnüffelt?«, schlug Manel von den Grünroten vor.

»Nein, der ist mittlerweile mit einer anderen Sache in Andorra beschäftigt«, sagte der katalanische *President*, der sich hütete, im Beisein des Mönchs die Agentin 69 zu erwähnen. »Außerdem würde er vermutlich den Zusammenhang zu den vier Todesfällen herstellen ... Doktor Cafarell ist schon auf dem Weg nach Madrid. Das ist der Mann, der das Katalanische Experiment leitet. Wenn alles glatt gelaufen ist, dürfte er jetzt schon im Flieger sitzen. Damit demonstrieren wir der Zentralregierung unseren guten Willen. Das werden sie dann hoffentlich entsprechend honorieren.«

Das Mädchen mit den Stöckelschuhen lief mit ungelenken Schritten über die Verkehrsinsel, die in der Mitte des Platzes lag, und ging dann auf die automatischen Glastüren zu, die zum Parkhaus an der *Plaza Rebes* führten.

Vor der Aufzugstür wartete sie.

Inspektor Sakamura, der dicht hinter ihr war, beschloss, ihr lieber unbemerkt durchs Treppenhaus zu folgen.

Im ersten Parkuntergeschoss wartete der Inspektor vorsichtig, um zu sehen, ob der Aufzug hielt. Dem war nicht so, also lief er ein Stockwerk tiefer ins zweite Untergeschoss hinunter. Wieder versteckte er sich und wartete, um zu sehen, ob das Mädchen aus dem Aufzug herauskam. Mittlerweile hatte Corrales ihn schnaufend eingeholt.

»Mein Gott, Maestro, wie geil sehen denn heutzutage Verbrecherinnen aus. Zu meinen Zeiten hatten die alle nur Hängetitten und faule Zähne ...«

Mit einer scharfen Bewegung gab der Inspektor ihm zu verstehen, dass er die Klappe halten sollte. Dann lugte er um die Ecke.

Die Aufzugstüren öffneten sich, das Mädchen kam heraus und lief auf dem Betonboden hinüber zum Parkdeck. Ihre Schritte waren gut zu hören.

Dann blieb sie plötzlich stehen, schaute sich links und rechts auf dem Parkdeck um und zog die Schuhe aus. Danach lief sie flink und geräuschlos weiter.

Die Vermummten Nr. 2 und Nr. 3 waren Corrales von der *Plaza Rebes* bis ins zweite Untergeschoss gefolgt, hatten sich nun einen Treppenabsatz höher postiert und beobachteten jede Bewegung dieses Travolta und jenes anderen winzigen Männleins, das aussah wie ein Japaner.

Das Mädchen hatte sich unterdessen fast in Luft aufgelöst. Der Inspektor und Corrales pirschten sich bis zur nächsten Ecke heran, um sie nicht ganz aus den Augen zu verlieren – und die Vermummten Nr. 2 und Nr. 3 zogen in ihrem Rücken nach. Der Inspektor hörte Stimmen, die wegen der Akustik auf dem Parkdeck gut zu verstehen waren, leise Stimmen, offenbar waren sie bemüht, von niemandem gehört zu werden. Es schien riskant, jetzt um die Ecke zu lugen. Der Inspektor verrenkte sich eigenwillig: Er bückte sich, streckte den

Hals in verschiedene Richtungen, stellte sich dann auf die Zehenspitzen, bevor er schließlich flach über den Fußboden robbte.

»Ach du Scheiße, Maestro, ausgerechnet jetzt wollen Sie Gymnastik machen?«

Der Inspektor gab ihm erneut eindeutig zu verstehen, still zu sein, und turnte weiter, bis er zufrieden auf einer Seite liegen blieb. Mit diesen befremdlichen Bewegungen hatte er eine Position gesucht, in der er in den Spiegelungen auf dem glänzenden Lack der Fahrzeuge erkennen konnte, was sich um die Ecke herum abspielte.

Schemenhaft wie in einem Zerrspiegel erkannte er das Mädchen, das mit nicht weniger als drei Typen neben einem großen granatfarbenen Wagen stand. Einer der Typen schien sich sehr auf etwas in seinen Händen zu konzentrieren. Was das war, konnte der Inspektor in der Spiegelung auf der Hintertür eines schwarzen Mercedes nicht erkennen. Mit den Händen formte der Inspektor eine Ohrmuschel, drehte sie hin und her, bis er die Stimmen gut verstehen konnte:

»Hast du's gezählt? Sieht so wenig aus«, fragte eine Männerstimme.

»Hast du gedacht, ich lasse mir hunderttausend Euro in Kleingeld auszahlen, du Idiot ...? Mannomann, ich hab die Kohle in die Tasche gesteckt und bin abgezischt.«

»Bist du sicher, dass dir niemand gefolgt ist?«

»Keine Ahnung ... Darum sollten sich doch die zwei aus Pronosti kümmern, verdammte Hacke, ich kann doch hier nicht alles allein machen. Ich hab heute den Löwenanteil beigetragen, und damit basta!«

»Die beiden müssten eigentlich schon längst wieder zurück sein ...« Dann bat Nr. 6 den Vermummten Nr. 5, schon mal den Motor anzulassen und den Wagen so zu wenden, dass sie gleich auf direktem Weg zum Ausgang hinausfahren konnten. »Sobald die beiden kommen, hauen wir hier ab!«

Der Inspektor (und sogar Corrales, der vom vielen Spionieren Lust auf eine Zigarette bekommen hatte) hörte, wie ein Motor angelassen wurde. In der Hintertür des Mercedes erkannte er die Leuchte des Rückwärtsgangs und sah, wie der Wagen sich bewegte. Danach hörte er ein Schrammen, und dann blieb das Auto mit quietschenden Reifen stehen.

»Eh, du bist mit dem Spiegel an die Säule geschrammt, du Idiot«, ließ sich eine weitere Männerstimme vernehmen.

»Pass doch auf, Mann, komm, pack mal hier am Konfigurator an«, sagte dieselbe Stimme.

Der Konfigurator war also in dem Lieferwagen. Mehr musste der Inspektor nicht wissen.

Ohne zu zögern stand der Inspektor vom Fußboden auf und verließ sein Versteck. Entschlossen ging er auf die Leute und das Fahrzeug zu. Seine winzige Figur und die schnellen, lautlosen Schritte bemerkten sie erst, als er nur noch wenige Meter von der Gruppe entfernt war. Sobald sie ihn gesehen hatten, blieb er stehen, verbeugte sich tief und zückte wie aus dem Nichts seine goldene Marke:

»Interpol: Unaussprechliche verhaftet, Konfigurator konfisziert, aaaah, ja.«

Corrales, der sich bisher zurückgehalten hatte und nur um die Ecke linste, wollte den ruhmreichen Moment nicht länger verpassen, setzte sich seine FBI-Brille auf die Nase und stürzte sich dann schleunigst ins Getümmel:

»Ihr habt ja gehört, was der Inspektor gesagt hat«, sagte er, »wenn sich hier noch einer rührt, dann verpass ich dem eine, dass ihm Hören und Sehen vergeht ...«

Die Reaktionen der vier Vermummten fielen sehr unterschiedlich aus.

Nr. 4 hob verlegen die Arme.

Nr. 5 saß im Chrysler hinter dem Steuer und schaltete den Motor ab, um zu hören, was da draußen los war.

Nr. 6 blieb reglos stehen und versuchte krampfhaft zu überlegen, ob vier junge, baskische Patrioten sich von einem schwabbeligen Travolta und einem Hampelmann, dessen Augen man nicht mal sah, festnehmen lassen sollten. Außerdem schienen die beiden auch noch unbewaffnet zu sein.

Nr. 1 wiederum, die gerade die Schnallen an ihren geliebten Militärstiefeln zumachte, richtete sich auf und schob sich schon mal ihren engen Rock nach oben, falls es Ärger geben sollte.

Nr. 6 war als Hirn des Kommandos zuständig für jede Form von Öffentlichkeitsarbeit. Also brach er das angespannte Schweigen und wandte sich auf Spanisch an den Inspektor:

»Verzeihen Sie die Frage, Herr Interpol, Sie wissen sicher, dass Sie laut Bestimmungen eine Feuerwaffe bei sich tragen müssen. Falls Sie nicht ordnungsgemäß ausgerüstet sein sollten, gehen uns Ihre Anweisungen bedauerlicherweise am Arsch vorbei.«

Der Inspektor verstand nur »Feuer« (das stand bei den Sony-Flachbildschirmen in den Warnhinweisen) und »Arsch« (kannte er von Corrales). Das Wort »Waffe« und auch das Wort »ordnungsgemäß« konnte er dagegen nicht einordnen, weshalb er neugierig zu Corrales schaute.

»Nichts weiter, der Herr Verbrecher hier fragt bloß, ob Sie ihre Knarre dabeihaben«, erklärte dieser zurückhaltend, da ihm klar geworden war, dass die Geschichte noch unangenehm

ausgehen konnte, sollten die Herren Verbrecher sich dazu durchringen, den Aufstand zu proben.
»Aaaah, nein, nicht rauchen im Arsch«, antwortete der Inspektor, als hätte er eine offenkundig obszöne Einladung auf liebenswürdige Weise ausschlagen wollen, und lief mal wieder goudafarben an.
Die Burschen aus Pronosti hatten den Wortwechsel im Hinterhalt mitverfolgt und hielten nun den Moment für gekommen, endlich leibhaftig in Erscheinung zu treten. Nr. 6 sah, wie die beiden näherkamen, ohne dass der pupillenlose Chinese und der Travolta dies zu bemerken schienen. Nr. 2 kümmerte sich erst einmal um Corrales, der nach einem einzigen Schubser schon auf dem Hosenboden landete.
»Vorsicht, Junge, an deiner Stelle würde ich mich lieber nicht mit der Guardia Civil anlegen«, maulte Corrales und versuchte, sich so schnell wie möglich wieder zu erheben. Er änderte seine Meinung erst, als der Riese noch einmal auf ihn zukam und »Uuuh!« machte.
Nr. 3 versuchte auf dieselbe Art und Weise den Inspektor auszuschalten. Er schlug zu, spürte aber nur noch einen Luftzug. Der Inspektor war ihm entwischt. Durch die Wucht der Bewegung und entsprechend den Kausalkräften des Trägheitsgesetzes trudelte der Vermummte ein wenig aus dem Gleichgewicht. Sichtlich verärgert drehte er sich um und wollte sich gerade auf die zierliche Gestalt des Inspektors stürzen, als dieser ihm bereits die goldene Interpolmarke unter die Nase hielt.
»Verhaftet«, sagte der Inspektor und hob den Arm wie ein Schiedsrichter, der dem Unaussprechlichen die gelbe Karte zeigte.
Nr. 3 legte im selben Augenblick all seine Kraft in einen zweiten Schlag, sodass seine Pranke mit einer Affengeschwindig-

keit durch die Luft zischte: *zuuuuf*! Der Inspektor jedoch entwischte ihm mit einer fließenden *Aikiro*-Drehung. Mit der überraschenden Gelassenheit eines Adagio wich er nicht nur dem Schlag aus, sondern zückte auch noch wie aus dem Nichts ein paar Handschellen. Eine Schelle schloss er fest um das rechte Handgelenk seines renitenten Gegners und huschte danach mit einem einzigen Schritt zu dem anderen Gorilla hinüber. Er griff sich dessen rechtes Handgelenk und renkte ihm nach allen Lehren des *Jiu-Jitsu* den kleinen Finger aus, um ihn vollends davon zu überzeugen, dass es besser war, sich nicht länger zu widersetzen. Danach wirbelte er ihn mit einem Judowurf (der ein bisschen aussah wie eine Rock-'n'-Roll-Figur) durch die Luft, glitt ihm dann durch die Beine, um zu guter Letzt das andere Ende der Handschellen an seinem Handgelenk zuschnappen zu lassen.

»Verhaftet«, sagte er und zeigte erneut wie ein Schiedsrichter die Interpolmarke.

Die beiden Burschen aus Pronosti plumpsten daraufhin übereinander. Beide hingen mit ihrem rechten Handgelenk in den Handschellen, und zwar auf eine so vertrackte Weise, dass es zu weit führen würde, dieses Knäuel aus Körperteilen in allen Einzelheiten zu beschreiben. So viel lässt sich immerhin mit Bestimmtheit sagen: Es sah ein wenig so aus, als wollten die beiden sich auf unterhaltsame Weise paaren. Die Gorillas wiederum schienen der Meinung zu sein, dass ein echter Baske so etwas nicht tut, sodass sie verzweifelt versuchten, sich aus der peinlichen Lage zu befreien. Sie drehten und wendeten sich, so gut sie konnten. Dadurch verstärkte sich allerdings der Eindruck nur noch mehr, sie wollten sich erotisch stimulieren und seien beim Vorspiel. Befreien konnten sie sich dadurch jedenfalls nicht.

»So, jetzt reicht's mir aber mit euch!«, rief Corrales, der mittlerweile aufgestanden war und es jetzt eilig hatte, dem Burschen, der ihn auf den Boden gepfeffert hatte, ein paarmal kräftig in den Arsch zu treten. »Und jetzt, du Großmaul, hä ... Na, hä, komm doch her, wenn du was willst!«

Der Inspektor wandte sich flink dem verbliebenen Trio zu: den Vermummten Nr. 4, 5 und 6 (Nr. 1 saß noch im Auto und war mit den Schnallen ihrer Stiefel beschäftigt). Nr. 5 und Nr. 6 schauten sich an. Offenbar versuchten sie, sich blitzschnell auf eine gemeinsame Strategie zu verständigen. Im Grunde blieben ihnen nur zwei Optionen: Entweder sie nahmen es wie zwei Männer mit diesem pupillenlosen Fliegengewicht auf, um danach die beiden Kumpels aus Pronosti zu befreien, oder sie liefen wie die Hasen davon und ließen ihre treuen Kameraden im Stich.

Im Bruchteil einer Sekunde hatte Nr. 6 mit seinem unbestechlichen Hirn einen guten Grund gefunden, um sich für Letzteres zu entscheiden:

»Los, ins Auto, wir müssen den Konfigurator in Sicherheit bringen«, rief er.

Alle sprangen ins Auto, bis auf die Vermummte Nr. 1, die mit ihrem hochgezogenen Rock ja bereits im Wagen saß. Dieser Anblick wiederum führte dazu, dass Nr. 4 sich beim Einsteigen eine Beule holte.

Der Inspektor hätte nun sein unsichtbares Schwert aus der Scheide ziehen und mit vier zielsicheren Schnitten die Luft aus den Autoreifen lassen können, um jeden Fluchtversuch mit dem Wagen unmöglich zu machen. Die Agenten von Interpol waren jedoch prinzipiell dazu angehalten, die Sach- und Personenschäden so gering wie möglich zu halten. Daher konzentrierte er sich auf sein *Qi* und sprang mit einem einzigen Satz auf das Wagendach. Dieser Sprung spottete natürlich mehreren Newton'schen Gesetzen.

*Stuk!* Im Innenraum des Wagens hörten sie die Landung des Inspektors. Nr. 5 wurde so nervös, dass er mit den Kabeln nicht mehr klarkam, die er bloß hätte aneinanderhalten müssen, um den Wagen in Gang zu bringen. *Stuf!* Plötzlich sah Nr. 5 das Gesicht des augenlosen Hänflings kopfüber vor sich hinter der Windschutzscheibe. Wie eine hässliche Fledermaus, fast wie ein Vampir. Dann wurde der Vermummte Nr. 5 am Handgelenk gepackt. Auf tückische Weise wurde sein Arm durch das Fenster aus dem Auto gezogen. Nr. 5 blieb gar nichts anderes übrig, als dem Ruck nachzugeben, weil er am Handwurzelknochen einen heftigen Schmerz spürte: »Au, au, au, au, au ...!« Er ließ die Kabel los und versuchte, sich mit der anderen Hand zu befreien. Die Gestalt, die kopfüber vor ihm hing, nutzte die Gelegenheit sofort, zog die Kette der Handschellen durch die Halterung des Rückspiegels und ließ auch die andere Schelle am zweiten Handgelenk zuschnappen. Nr. 5 konnte sich dadurch kaum noch bewegen und musste tatenlos mit ansehen, wie der Vampir wieder aus seinem Blickfeld verschwand.

Auf dem Dach des Voyagers spannte Inspektor Sakamura bäuchlings liegend seine Muskeln derart an, dass er sich wie eine Tortilla wenden konnte. Kaum lag er auf dem Rücken, drehte er sich einhundertachtzig Grad um die Achse seines eigenen Rückgrats. Jeder *Break Dancer* wäre vor Neid erblasst. Dann kam der Trick mit der spanischen Tortilla, und nach exakt eins Komma sieben Sekunden hing sein Kopf an der Fensterseite, an der zuvor seine Füße gelegen hatten – und *vice versa*.

Eins Komma sieben Sekunden reichten dem Vermummten

Nr. 6 offenbar nicht, um sich auszurechnen, dass der Inspektor nun kopfüber auf seiner Wagenseite auftauchen würde. Trotz seines unbestechlichen Verstands hatte er nicht einmal die einfache Vorkehrung getroffen, das Fenster rechtzeitig zu schließen. Das vereinfachte dem Inspektor natürlich die Angelegenheit. Mehr aber noch half ihm die scharfe Urteilskraft von Nr. 6, der nämlich zu dem Schluss kam, dass es am besten sein würde, dem Inspektor brav beide Handgelenke entgegenzustrecken, um sich die Schmerzen am Handwurzelknochen zu ersparen.

Nr. 1 saß noch auf der Rückbank und reagierte auf etwas andere Weise. Kaum hatte sie begriffen, dass sie sich mit dem Wagen nicht mehr vom Fleck bewegen konnten, sprang sie aus dem Auto und rief mit dröhnender Stimme allen zu, die es brennend interessierte, und allen, die es erst in Zukunft brennend interessieren würde: dass sie diesem Schwächling ohne Augen gleich die Fresse polieren werde ... Instinktiv sprang der Vermummte Nr. 4 gleichfalls aus dem Wagen, um wie ein echter Mann seine übermütige Begleiterin zu beschützen.

Der Inspektor stand auf dem Autodach und sah, dass sich die beiden Hintertüren öffneten. Daraufhin vollführte er magische Kung-Fu-Bewegungen, »*Iko Ishooo!*«, und zückte wie aus dem Nichts weitere Handschellen, die er im Stil eines Ninjakämpfers durch die Luft kreisen ließ, »*Ushu, Ushuuuuuo!*«, bevor er mit einem Salto mortale vom Dach sprang, der ihm sicher die Goldmedaille bei den Olympischen Spielen eingebracht hätte, wenn es dort die Sportart »Mit Handschellen vom Lieferwagen springen« gäbe: »*Iiiiiiaaa Sho, Ikaaaai?!*«

Nach einer nicht minder eindrucksvollen Pirouette landete er geschmeidig und in perfekter Balance mit leicht gespreizten Beinen vor den beiden Unaussprechlichen. Die Vermummte

Nr. 1 erwartete ihn dort allerdings schon. Sie hatte ihre Stiefel geschnürt und zeigte keine Scheu, ihre intimsten Stellen unter dem hochgezogenen eleganten Rock sehen zu lassen, um dem ehrwürdigen Maestro mit einem gekonnten Vollspannstoß mitten ins Sakralchakra zu treten, sodass zum ersten Mal im Laufe der Geschichte dieses Buches das Weiße in den Augen des verehrungswürdigen Maestros deutlich zu sehen war. Danach gab es noch ein langgezogenes »Ooooooh« zu hören. Die Handschellen ließ er, sagen wir mal, nicht gerade im elegantesten Zenstil fallen und griff sich dann, ohne weiter aufs Protokoll zu achten, mit beiden Händen an den Unterleib, bevor er seitlich auf dem Zementboden zusammenklappte.

Angesichts solch unverblümter Brutalität hielten sich der Vermummte Nr. 4 wie auch Corrales (der dem Ganzen aus einiger Entfernung beiwohnte) ihre Hände vor die Weichteile und verzogen ein Gesicht, als hätten sie soeben in eine Zitrone gebissen.

»Los, nimm ihm die Schlüssel für die Handschellen ab, um den Rest kümmere ich mich selbst«, sagte die Vermummte Nr. 1 zu ihrem Begleiter Nr. 4.

Bei dem »Rest« handelte es sich selbstverständlich um Corrales, dem, so wie die Ereignisse sich überschlagen hatten, bisher gar keine Zeit geblieben war, um ein Machtwort zu sprechen.

Auf ihn ging nun die Vermummte Nr. 1 zu und provozierte ihn mit frechen Bewegungen:

»Hey, Travolta, willst du Probleme machen oder was ...?«

Corrales blieb gar keine Zeit, um das Fräulein Verbrecherin mit den Militärstiefeln um etwas mehr Respekt vor der Guardia Civil zu bitten, denn plötzlich hörte er hinter sich eine Frauenstimme:

»Mmmm, ich fürchte, meine Süße, die Probleme bekommst du eher mit mir«, sagte die Agentin 69, die den beiden Typen aus Pronosti gefolgt war und nun ihre *Black Hammet* Kaliber 5,23 aus der Tasche holte: klein, aber fein.

Die Vermummte Nr. 1 blieb kurz stehen, schaute sich die verfickte Faschistin, die ihre Pistole genau auf sie gerichtet hielt, so als würde sie für einen Fotografen posieren, etwas genauer an und brüllte dann:

»Wer bist du? Das geht dich hier gar nichts an. Kannst du mir mal verraten, was das soll ...?«

»Oh, gewiss. Ich würde sagen, dass ich es nicht besonders liebenswürdig fand, einer Dame, die mit einer Waffe umzugehen versteht, ihr Victoria's Secret zu klauen. Empfindlicher aber noch reagiere ich darauf, wenn jemand mein kleines Porschibaby kaputtfährt. Zwei sooo persönliche Schätze ... Würdest du jetzt bitte die Güte besitzen, dir und deinem sooo schnuckligen Freund die Handschellen anzulegen?«

»Kommt gar nicht in Frage, hat er gesagt, ihm rekonfiguriert hier gar niemand die Neuronen, nicht einmal der heilige Blasius«, dolmetschte Itziar mit müder Stimme, während sie wie eine Indianerin auf dem Besuchersessel hockte und sich die Fußnägel lackierte.

»Wir meinen es doch nur gut mit dir, Paquito«, sagte die First Lady, der Tränen in den Augen standen und deren Nase schon gerötet war vom vielen Naseputzen.

»Nur ihr und den Mädchen zuliebe«, bezirzte ihn Berto, »außerdem kannst du doch in diesem Zustand unmöglich vor die Presse treten ...«

»*Zer dio ergel horrek?*«*, fragte der Ministerpräsident Paquito sichtlich gereizt.
Itziar übersetzte ins Baskische, hörte sich die lange, wutschnaubende Antwort des spanischen Ministerpräsidenten an und übersetzte sie dann mit gelangweilter Stimme und lang gezogenen Vokalen ins Spanische, wodurch ein scharfer Kontrast zu der Heftigkeit des Originals entstand:
»Er saahagt, es sei-ei nicht rechtmääääßig, einen Miniiisterprääsiidehenten von Spaaaanien in einem öffentlichen Krankenhauaus festzuhalten. Eeher spreche nuuhun einmaaal baskisch, und wenn sie-ie das unoooormaaal finden sollten, dann seien sie-ie fiiiese Faschisten. Die Krankenschwestern seien im Übrigen Engel, und er sei-ei es üüüber alle Maaaßen leid, stäändig dasselbe wiedaaaholn zu müssen ... Möchten Sie-ie es zur Abwechslung einmaaal als Gedicht hööörn?«
Doktor Cafarell war um neun Uhr mit dem Flugzeug in Madrid gelandet, nun gab er Berto und der First Lady heimlich ein Zeichen, mit ihm kurz das Krankenzimmer zu verlassen. Er wollte in Ruhe mit ihnen reden.
»Gestatten Sie mir eine Frage«, sagte er zu ihnen auf dem Krankenhausflur, nachdem sie sich von der Tür und den Zivilpolizisten, die sie bewachten, ein paar Schritte entfernt hatten. »Brauchen wir seine Zustimmung überhaupt? Ich meine das eher als ethische Frage denn als juristische. Reicht uns die seiner Frau nicht, wenn man die Umstände berücksichtigt?«
»Seine Zustimmung? Welche Zustimmung denn überhaupt?«, fragte Berto, der bisweilen ein wenig schwer von Begriff war.

* »Was labert der fürn Scheiß?«

»Nun, man könnte ja die Möglichkeit in Erwägung ziehen ... ihn im Rahmen vorgeblicher medizinischer Untersuchungen vor den Konfigurator zu setzen, ohne dass er es merkt ...«

Berto schaute die First Lady an, die dem Vorschlag durchaus zugeneigt schien:

»Sie meinen ... wir sollten ihn ohne zu fragen vor die Maschine setzen, bis er wieder normal redet, egal, ob er will oder nicht ...?«

»Sein Sprachzentrum wurde ja schließlich gegen seinen Willen auf Baskisch konfiguriert«, begründete Doktor Cafarell seinen Vorschlag. »Da wurde ihm im wahrsten Sinne des Wortes Gewalt angetan. Wir dagegen würden diesen Akt der Gewalt lediglich rückgängig machen ... Vielleicht entspräche das nicht in jeder Hinsicht dem, was wir unter *Political Correctness* verstehen. In seinem Fall aber scheinen mir die familiären Aspekte wichtiger als formale Überlegungen ...«

»So kann man das natürlich auch sehen, und wenn Sie sagen, es sei aus medizinischer Sicht sinnvoll«, sagte Berto und schaute hoffnungsvoll zur First Lady.

»Von einer medizinischen Indikation«, wollte der Doktor sich absichern, »würde ich in diesem Fall nicht sprechen wollen. Das Leben und die Gesundheit des Patienten sind ja in beiden Fällen nicht in Gefahr. Für ihn spielt es keine Rolle, ob wir sein neuronales Netz zurückkonfigurieren oder nicht. Aber falls wir uns dafür entscheiden sollten, bräuchten wir dann nur noch einen Konfigurator und die Zustimmung seiner Frau.«

»Deine Einwilligung hätten wir doch, oder?«, fragte Berto und schaute die First Lady wieder an.

Ihre Augen waren feucht:

»Ihm passiert doch nichts Schlimmes, nicht wahr?«

»Die Wahrscheinlichkeit ist äußerst gering«, antwortete Doktor Cafarell. »Bei jeder gewöhnlichen Blinddarmoperation ist das Risiko höher, würde ich meinen.«
»Ich will ja bloß, dass er wieder mein Paco ist. Er soll wieder ganz der Alte sein, so wie früher. Wenn ihn die Mädchen so sehen würden ...«
»Das darf man ja wohl als Zustimmung der Ehegattin verstehen«, sagte Cafarell.
»Jetzt müssen wir nur noch irgendwo so einen verfluchten Konfigurator auftreiben ... Hoffentlich sputen sich diese Scheißkatalanen ein bisschen ...«, sagte Berto, der für einen Augenblick ganz vergessen hatte, dass Doktor Cafarell aus der Höhle des Löwen kam.

Corrales versuchte, den Inspektor zu trösten, der immer noch unter den Folgen des Vollspannstoßes litt:
»Ich kann's mir vorstellen, Maestro, mir hat es ja allein schon vom Zuschauen wehgetan. Versuchen Sie doch mal, auf den Fersen zu hüpfen. Das machen die Fußballspieler auch. Davon, dass Sie auf dem Boden liegen bleiben, wird es jedenfalls auch nicht besser ...«
»Wir wollen sofort unseren Rechtsanwalt der baskisch-nationalistischen Separatisten sprechen, und wir verlangen, dass uns unsere Rechte auf Baskisch vorgelesen werden«, schrie die Vermummte Nr. 1, die mit Handschellen neben Nr. 4 an ein Rohr gekettet war. »Ihr Scheißfaschisten, wenn unsere Leute das erfahren, werden sie euch mit den Füßen in Richtung Iruña beerdigen ...!«
Die anderen Vermummten waren still. Die Niederlage war

ihnen anzusehen. Auch die Burschen aus Pronosti hatten ihre libertären Verrenkungen eingestellt und lagen nun erschöpft keuchend da, einer über dem anderen.
Jazmín schaute sich ihre gefälschten Papiere aus Andorra an und zählte die zehn Notenbündel, die zusammen hunderttausend Euro ergaben. Dann verwahrte sie alles zusammen mit ihrer *Black Hammet* in ihrem Handtäschchen. Sekunden später kamen zwei Polizeiwagen angesaust, die vermutlich der Sicherheitsdienst alarmiert hatte – schließlich wurde das Parkhaus mit Kameras überwacht.
Beide Fahrzeuge rasten mit Blaulicht heran, bremsten mit quietschenden Reifen, dann wurden die vorderen Wagentüren des ersten Fahrzeugs aufgerissen, und heraus sprangen zwei Polizisten (ein Mann und eine Frau): Beide hatten eine Hand an der Pistolentasche und eine am Schlagstock. Ihre Kollegen im zweiten Fahrzeug blieben sitzen, hätten aber jederzeit losballern können, falls es notwendig geworden wäre.
»Polizei«, sagte der Polizist, nur für den Fall, dass einer der Anwesenden das Polizeiauto nicht gesehen haben sollte oder ihre Uniformen oder die Schirmmütze oder die kleinen Pistolen oder die großen Schlagstöcke. Dann legte er zur Begrüßung den Zeige- und den Mittelfinger an die Spiegelbrille und ließ den Blick zwischen Jazmín und Corrales hin und her wandern, die von allen Anwesenden den ansprechbarsten Eindruck erweckten. Letzter hatte zwar eine sehr spezielle Aufmachung, die anderen aber lagen entweder in den absurdesten Positionen in Handschellen oder hüpften wie verrückt in der Gegend herum.
Nur die Vermummte Nr. 1 ließ nicht locker und brüllte:
»Die spanischen Faschisten hier haben uns angegriffen: Wir sind baskische Staatsbürger und haben ein Recht darauf, mit

dem baskischen Botschafter in Andorra zu sprechen«, forderte sie selbsbewusst, um zu sehen, wie weit sie damit kam.

Der Polizist allerdings hatte nur Augen für Jazmín, insbesondere für alles, was sich zwischen ihrem Kinn und ihrem Bauchnabel befand.

»Mmmm, oh, Gott sei Dank, dass Sie gekommen sind. Ich habe einen ziemlichen Schreck gekriegt ...«

»Was ist denn hier los? Wer hat diesen Personen Handschellen angelegt?«, fragte die Polizistin nun ihrerseits Corrales. Sie war etwas kleiner als der Mann und auch rundlicher, aber ihre Ausrüstung wirkte keinen Deut weniger einschüchternd.

»Corrales von der Guardia Civil aus Spanien, entspannen Sie sich, meine Hübsche«, sagte Corrales zu ihr, »Sie werden sehen, der Inspektor Sakamura hier ist von Interpol und wird Ihnen alles erklären, sobald er sich ein bisschen erholt hat. Diese Irre da mit den Stiefeln hatte es volles Rohr auf seinen Sexualplexus abgesehen ...«

Für die Polizistin sah dieser Typ in seiner Travolta-Aufmachung aus wie jemand, der mit schmutzigem Zeugs handelte. Das leichte Mädchen an seiner Seite wirkte auch nicht gerade vertrauenerweckend auf sie, auch wenn ihr beschränkter Kollege da anderer Meinung sein mochte. Auf den ersten Blick sah es vielmehr danach aus, als hätten die beiden diesen Schränken da in Handschellen und dem armen hüpfenden Chinesen etwas angetan.

Der hüpfende Chinese erholte sich recht bald wieder – zumindest so weit, dass er mit der goldenen Interpolmarke wedeln konnte.

Der *President* der autonomen Regierung Kataloniens und sein Minister wandelten gemächlich wie Peripatetiker in einer Art Slalom um die Bäumchen im Orangenhof herum.

»Verzeihung, das liegt nur an der Medizin, die ich nehmen muss ...«, entschuldigte sich der katalanische *President* für den trockenen, gleichwohl gut hörbaren Fauxpas. »Ähäm ... Wo waren wir gerade stehen geblieben? Ah, ja, für den Fall, dass wir jemanden im Nahen Osten finden, der uns einen weiteren Konfigurator verkauft, müssten wir erneut einen kleinen Teil des Etats abzweigen, bloß wo, hast du eine Idee ...?«

»Vielleicht könnten wir im Gesundheitswesen ein paar Leistungen streichen ...«, schlug der Minister mit der gesammelten Inkompetenz eines Zweitgeborenen vor.

»Du Depp, meine Güte: Kürzungen im Gesundheitswesen kommen nie gut an. Ist dir noch nie aufgefallen, dass dann alle sofort aufschreien? Man muss die Gelder da abzwacken, wo es niemandem auffällt ... Bei der Bildung beispielsweise, da werden die Folgen erst eine Generation später spürbar.«

»An den Schulen haben wir für den ersten Konfigurator schon beim Spanischunterricht gespart. Vielleicht sollten wir dann jetzt lieber den Kindergärten an den Kragen gehen ...«, machte der Minister einen zweiten Vorschlag, der auch nicht vielversprechender klang.

Der katalanische *President* verpasste ihm einen leichten Klaps in den Nacken:

»Kindergärten? Nie im Leben: Eher schon können wir an den Universitäten sparen, na, du bist mir ja ein Dösbattel. Denk doch mal nach: Hat der Durchschnittswähler etwas von den vielen Forschungsstipendien, die wir hier ausgeben, obwohl die Fortschritte in der Forschung sowieso nur in Amerika gemacht werden ...?«

In diesem Augenblick klingelte das Handy des katalanischen *President*:

*Paraules d'amor, senzilles i tendres ...*

Das war der Klingelton der Agentin 69, die ihn von der *Plaza Rebes* aus anrief, nachdem sie soeben die hunderttausend Euro wieder in der *Petita Banca Andorrana* eingezahlt hatte, diesmal allerdings auf ein Konto, das unter dem klangvollen Namen *La Belle Jazmín* geführt wurde.

»Mmmm, Andreu, Süßer, erwische ich dich gerade in einem ungünstigen Augenblick?«, fragte sie den katalanischen *President* mit samtener Stimme.

»Nein, schieß los, was gibt's ...?«

»Oh, unser japanischer Inspektor war ja sooo entzückend, den hättest du mir schon viel früher vorstellen sollen ... Meine kleine Mission ist nun beendet, nicht wahr? Die drei Tage sind vielleicht verflogen ... Wegen des Inspektors brauchst du dir keine Sorgen mehr zu machen: Er hat gerade ein paar unverschämte Unaussprechliche festgenommen und will jetzt wieder zurück nach Frankreich fliegen. Dann würde ich nämlich nach dem Mittagessen in Richtung Genf aufbrechen ... Ich habe gerade mit einem Freund telefoniert, der bei den Vereinten Nationen arbeitet und der ein ganz fürchterlich schrecklich schlimmes Problem hat wegen ein paar lächerlicher Fotos ...«

Dem katalanischen *President* ging ein Licht auf (das ihm für gewöhnlich als Glühbirne über dem Kopf baumelte):

»Der Inspektor hat ein paar Unaussprechliche festgenommen? Ist er deswegen nach Andorra gefahren?«

»Mmmm, das ist eine lange Geschichte: Diese unverschämten jungen Leute haben mir doch meine Porscheline geklaut, und dann stellte sich heraus, dass der Inspektor ebenso scharf darauf war, sie zu schnappen, wie ich ...«

»Und warum hast du mir das nicht gestern schon erzählt, als du angerufen hast?«

»Oh, Andreu, Süßer, wie hätte ich denn wissen sollen, dass dich das interessieren könnte. Du hast gesagt, ich soll mich darum kümmern, dass der Inspektor nicht so viel in Calabella herumschnüffelt, und am liebsten sei es dir, wenn er so weit weg wie möglich wäre, und du weißt doch, dass ich immer nur nach dem ›Was‹ frage, aber nie nach dem ›Wieso‹ oder ›Warum‹ ...«

Der katalanische *President* hielt sich nicht mit der Frage auf, ob seine penible Diskretion in dieser Situation ratsam gewesen war oder nicht, da die kleine Glühbirne ausgegangen und stattdessen ein Ideenblitz an derselben Stelle aufgegangen war:

»Du weißt nicht zufällig, ob diese Unaussprechlichen in Calabella etwas gestohlen hatten ...?«

»Doch, eine dieser Maschinen, die im Mittleren Orient im Umlauf sind. Man nimmt an, dass es sich um eine Geheimwaffe handelt, denn die Geheimdienste sind ja alle ganz verrückt nach denen ... Der Inspektor hat sie verpacken lassen und nach Lyon geschickt.«

»Nach Lyon? Wieso denn ausgerechnet nach Lyon?«

»Süßer: In Lyon sitzt die europäische Zentrale von Interpol ... Aber falls es dich interessiert, kann ich dir genau sagen, wohin er sie geschickt hat.«

»Wenn du wüsstest, was für einen Gefallen du mir damit tun würdest«, sagte der katalanische *President* und bereute noch im selben Augenblick, dass er sein Interesse so emphatisch bekundet hatte: »Das hängt natürlich davon ab, wie viel du dafür haben willst ... Ist ja klar ...«

»Mmmm, das geht aufs Haus ... Ich weiß es zufällig, weil der

Inspektor kein Spanisch schreiben kann, und so habe ich bei dem Kurierdienst den Schein mit der Adresse für ihn ausgefüllt. Das Paket ging an einen Kommissar Frère-Jacques, *Rue des Policiens n.°* 45 ...«

Corrales hatte seine Sachen im *Gran Hotel dels Pirineus* gepackt, sich seine Real-Madrid-Sporttasche umgehängt und war auf dem Weg zum Zimmer des Inspektors.

»Die Mission ist wohl beendet, was, Maestro?«

»Aaaah, ja, viele Mission beendet«, sagte der Inspektor und wischte mit seinem feuchten Putzlappen weiter den Zimmerboden.

»Hm ... Und jetzt? Fahren Sie wieder zurück zu den Franzmännern ...?«

»Eine kleine Frage: Fan Me Ne?«, fragte der Inspektor und streckte den Kopf unter dem Bett hervor.

»Die Baguettefresser aus Frankreich, wo der Zweifelturm steht ... Wenn die ein ›r‹ aussprechen, klingt das doch immer so, als wollten sie auf die Straße spucken ...«

»Aaaah, ja, fahren Zentrale Interpol. Ermitteln viel europäische Straftat.«

»Und könnten Sie da nicht für die schwierigen Fälle einen Helfer von der Guardia Civil gebrauchen?«

Der Inspektor krabbelte nun ganz unter dem Bett hervor, um den Putzlappen auszuwringen. Auf dem Weg ins Bad baute er sich mit hinter dem Rücken verschränkten Armen kurz vor Corrales auf und schaute dem Zollfahnder scharf in die Augen.

»Du viel spanische Zoll Guardia Civil. Große, wichtige Mission. Viele katalanische Gemahlin warten Calabella, ja, ja.«

»Ach, mit der Gemahlin, da würde es auch genügen, sich am Wochenende zu sehen ... Und außerdem langweile ich mich beim Zoll zu Tode. Das war früher schon so, als noch krumme Dinger gedreht wurden, aber jetzt erst recht, seit die Europäische Gemeinschaft den gemeinsamen Markt hat ...«

»Aaaah, nicht langweilen: großer Bewacher deines Landes. Wichtige Person, große spanische Ehre, ja«, sagte der Inspektor und sah dabei aus, als bewache er grimmig wie ein Samuraikämpfer die Küstengrenze.

Corrales schien kurzfristig etwas nachdenklich, während der Inspektor zum Waschbecken ging, um den Putzlappen auszuwaschen.

»Mensch, wenn man es so sieht ... Eines Tages werden Sie doch sicher zurück zu uns nach Spanien kommen, oder etwa nicht? Um noch mehr Todesfälle aufzuklären oder was auch immer, nicht wahr?«

»Aaaah, ja, sehr sicher.«

»Dann können Sie jedenfalls auf alle Fälle wieder voll und ganz auf mich zählen ...

Oh Mann, Maestro, die Fliesen im Bad müssen Sie doch nun wirklich nicht putzen. Sollen denn unsere Putzfrauen alle auf den Strich gehen, um sich ihren Lebensunterhalt zu verdienen ...?«

Die Vermummte Nr. 1 hatte in den Räumlichkeiten des Hauptkommissariats von Andorra la Vella so lange revolutionäre Parolen gebrüllt, bis sie heiser war.

Während der Polizeichef von Andorra sie mit gemischten Gefühlen aus seinem gläsernen Büro heraus beobachtete, versuchte er sich darüber Klarheit zu verschaffen, was er mit diesen sechs Personen, die sich selbst als »baskische Patrioten« bezeichneten, anstellen sollte. Mal drohten sie mit Hungerstreik, mal damit, den Märtyrertod zu sterben und sich die Schädel einzuschlagen, falls er sie nicht augenblicklich wieder freilasse.

Für die Polizei in Andorra gab es eigentlich keinen Grund, sie festzuhalten. Ihnen war ja hier nichts weiter vorzuwerfen, als dass sie in Handschellen auf einem Parkdeck auffällig geworden waren. Interpol schien sich auch nicht für sie zu interessieren, das hatte er in dem Gesicht des seltsamen Inspektors ablesen können. Der hatte sich ausschließlich (und zwar brennend) für diese Schrottkiste interessiert, die sie hinten in ihren Chrysler Voyager geladen hatten. Die hatte der Inspektor unbedingt, und zwar augenblicklich, nach Lyon verschicken wollen. Andererseits hatten sie den Voyager, wenn man sich die Papiere genau anschaute, allem Anschein nach in Spanien geklaut. Die spanische Polizei würde sich also vermutlich sehr wohl für diese Gestalten interessieren. Nachforschungen dieser Art fielen allerdings in keiner Weise in den Zuständigkeitsbereich der hiesigen Polizei. Auf keinen Fall wollte er sie hier in Andorra frei herumlaufen lassen. Schon gar nicht die Verrückte in dem engen Rock und den Militärstiefeln. Sogar in Handschellen hatte die noch einen Aktenschrank verbeult und auf Unterlagen gespuckt, die meterweit von ihr entfernt lagen. Außerdem hatte sie den Polizisten gebissen, der versucht hatte, sie aufzuhalten, als sie den Wasserspender umschmeißen wollte.

In Anbetracht derart ungemütlicher Zeitgenossen entschied sich der Polizeichef für die einfachste Lösung.

Er erhob sich von seinem Sessel und ging hinüber in die Halle, in der die sechs mit ihren Handschellen in einer Reihe an eine Bank gekettet worden waren, damit sie nicht noch mehr Schaden anrichten konnten. Er wollte auf keinen Fall mit der Wahnsinnigen in den Stiefeln verhandeln (auch wenn die mittlerweile ein bisschen müde aussah von dem vielen Gezeter). Der Schüchterne, der neben ihr saß, schien ihm auch ungeeignet. Die zwei einen Meter neunzig großen Schwergewichte waren wohl auch nicht die Richtigen. Also blieb er vor den zweien stehen, die am pfiffigsten aussahen.

»Wir werden Sie in Ihrem Fahrzeug bis zur Grenze begleiten. Sobald Sie die Grenze überschritten haben, sind Sie frei. Sie können sich nun aussuchen, ob Sie zur französischen oder zur spanischen Grenze gefahren werden wollen«, sagte er ohne weitere Erklärungen.

»Zur französischen«, sagten die Nr. 5 und die Nr. 6 gleichzeitig.

Der Wildfang musste mit krächzender, aber immer noch kraftvoller Stimme natürlich wieder mal das letzte Wort haben:

»Eins wollen wir dieser Witzfigur mal sagen: Uns schmeißt niemand so einfach aus irgendeinem Land raus, okay! Schon gar nicht aus so einem beschissenen Land! Wenn wir nach Frankreich fahren, dann nur, weil *wir* das wollen, okay!«

Nachdem Kommissar Frère-Jacques mit Inspektor Sakamura telefoniert hatte, war für ihn die Geschichte mit dem Konfigurator aus Calabella abgeschlossen. Immerhin war die Maschine mit einem Kurier aus Andorra la Vella bereits auf dem Weg nach Lyon.

Bevor er aber den Fall ganz zu den Akten legen konnte, mussten noch alle Spuren verwischt werden. Die WHO hatte dies vorgeschrieben, weil unter keinen Umständen irgendetwas über die Konfiguratoren an die Öffentlichkeit dringen durfte. Sie mussten diese verfluchten Maschinen also nicht nur aus dem Verkehr ziehen, sondern sich die unglaublichsten Geschichten ausdenken, um schlüssig zu erläutern, was den Opfern widerfahren war. Die ganze Geschichte war noch abstruser als beispielsweise die mit der Lobby der Bierproduzenten und der Lobby der Fernsehsender (Letztere finanzierte Erstere): Damals war ein sogenanntes Champions-Gas mit in die Bierflaschen gefüllt worden, worauf Millionen Europäer (vor allem Männer) sich in den Bars zusammendrängten, um sich nichtssagende Übertragungen von Sportereignissen anzuschauen, die sie ohne die Wirkung des Gases einen Feuchten interessiert hätten.
Im Fall des Konfigurators aus Calabella hatte der Kommissar allerdings nicht nur das Phänomen einer kollektiven Bewusstseinstrübung zu erklären, sondern das Auftauchen von nicht weniger als vier lachenden Leichen. Und was mit den weiteren sechs Personen passieren würde, die bei Inspektor Sakamura auf der Liste standen, stand ja ebenfalls noch in den Sternen.
Aus diesem Grund stattete der Kommissar dem Inspektor Albert Glatz (der überraschenderweise mit einer wilden Haarpracht gesegnet war) einen Besuch ab. Er war einmal Doktor der Biochemie an der Sorbonne gewesen und gehörte zu den renommiertesten Spezialisten für Nervengifte.
Mit beeindruckender Gelehrsamkeit tippte der Doktor ein paar passende Schlüsselbegriffe in die bekannte Suchmaschine *Guglé Française* ein, hinter der sich nichts weiter verbarg als

das banale Google in französischer Schreibweise (samt Anklang an die *grandeur de la patrie*).
»Dieses Nervengift hier könnte was für uns sein, *n'est-ce pas*?«, sagte der Doktor und zeigte auf den Bildschirm: »Actiolina Sardónica«. Es löst eine Spannung im Ringmuskel der Lippen aus, der für das Schließen der Mundöffnung verantwortlich ist. Ich vermute mal, dass es in zu hoher Dosierung tödlich sein kann, wie ja eigentlich fast alles ...«
»Und worin ist dieses Nervengift enthalten?«, fragte Kommissar Frère-Jacques, der dem Doktor über die Schulter schaute.
»Offenbar sondert die tropische Quallenart *Cnidaria esperitata* das Nervengift ab, die wegen ihrer Körperform auch *Schlafmütze* genannt wird. Die meisten ihrer Arten kommen aus Südostasien: Sie treiben sich vor den Küsten Javas, Sumatras und Borneos herum ... Ist Ihnen damit geholfen?«
Kommissar Frère-Jacques dachte kurz nach. Calabella ist ein Hafenstädtchen, das passte zu Quallen. So richtig gefallen wollte ihm aber nicht, dass diese Schlafmützen sehr weit von Spanien entfernt zu Hause waren:
»Ist es nicht ein wenig zu *extraordinaire*, wenn diese Medusen den Weg aus Borneo nach *l'Espagne* gefunden haben sollen?«, fragte er den Experten.
»*Pas du tout.* Gab es nicht schon Hasenplagen in Australien? Hatten wir nicht auch hier schon eine Plage mit nordamerikanischen Krebsen? Nach dem Dreisatz dürfte daraus folgen, dass *les petites* Quallen aus den südlichen Meeren den Weg zu uns gefunden haben, *voilà*. Sonst können Sie sich natürlich immer auf den Klimawandel berufen, auf den sich jede neuzeitliche Katastrophe bestens zurückführen lässt ...«
»*Bon*, wir wollen natürlich auch keine Panik in der Bevölkerung auslösen«, erwog der Kommissar nachdenklich. »Wir

bräuchten etwas weniger Beunruhigendes ... Lassen Sie mich nachdenken ... Nehmen wir an ... ein Schiff aus Borneo ... war im Mittelmeer zum Fischfang unterwegs ... und benutzte das Fleisch einer asiatischen Qualle ... als Köder, um ... sagen wir ... Sardellenschwärme anzulocken. Klingt das plausibel?«

»Das hängt davon ab, ob unsere Sardellen sich für Quallen erwärmen können«, sagte der Doktor verhalten. »Wir können ja mal in der *Wikipédie française* nachschauen ...«

»Klingt auch nicht gerade doll, dass ein Schiff aus Borneo im Mittelmeer Sardellen fangen will, was? Uns müsste da noch etwas Besseres einfallen ...«

Just in diesem Augenblick klingelte das Handy des Kommissars:

*Sur le pont d'Avignon l'on y danse l'on y danse ...*

Das war der Klingelton für die Anrufe seiner Sekretärin, einer Mademoiselle Frigidoire.

»*Allô*«, sagte der Kommissar mit der tadellosen Aussprache eines Muttersprachlers.

»*Monsieur le Commissaire*: Darf ich Sie mit dem Innenminister *d'Espagne* verbinden ...?«

Der Kommissar war immer offen dafür, die Dinge so zu nehmen, wie sie kamen, und dachte, dass dies, nachdem er stundenlang erfolglos versucht hatte, irgendeine spanische Behörde zu erreichen, wahrlich ein glücklicher Zufall war.

Auf dem Hotelparkplatz verabschiedeten sich Corrales und der Inspektor von Jazmín.

Die Agentin 69 hatte sich für ihre Reise nach Genf in ein limettenfarbiges Jean-Paul-Gaultier-Kleidchen geworfen, trug an den Füßen gelbe Manolos und hatte falsche Papiere aus Monaco dabei. Sie gingen zu dem pistazienfarbenen Lamborghini, der zwischen ihrem weißen Porsche und dem sangriafarbenen Alfa Romeo stand:

»Die Schweiz ist sooo rein im Sommer ...«, sagte sie, offenbar um ihr Outfit zu rechtfertigen.

Corrales hielt ihr die Wagentür auf:

»Señorita, Sie müssen wissen, dass Sie jederzeit voll und ganz auf Corrales von der Guardia Civil zählen können.«

»Oh, wie aufmerksam von Ihnen und sooo doll spanisch ...«, sagte Jazmín und erlaubte dem spanischen Galan, mit seinem stachligen Schnauzbart ihren Handrücken zu berühren.

Corrales räusperte sich. Er war betört von dem zarten Parfüm der Agentin 69:

»Maestro, ich warte dann mal oben auf Sie«, sagte er und pufftte dem Inspektor wohlerzogen den Ellbogen in die Seite, wie es sich zu solchen Anlässen gehörte.

Der Inspektor blieb stehen und wartete. Jazmín ließ den Motor an, dann hauchte sie:

»Mmmm, und Sie wollen mich wirklich allein fahren lassen ...? Oh, ja, ich ahne es schon: Sie sind unglaublich grausam zu mir ... Geben Sie mir bitte Beischeid, falls Sie Ihre Meinung eines Tages ändern sollten. Am besten schicken Sie mir Ihre Nachricht in die Hotelsuite, da komme ich früher oder später immer wieder vorbei.«

»Aaaah, ja, viele Nachricht, hi, hi.«

Jazmín warf ihm noch einen Kuss zu, bevor sie einen Gang einlegte. Der Inspektor verbeugte sich tief, und der Lamborghini sauste die Auffahrt hinauf. Oben blieb sie kurz stehen, dann brauste sie mit quietschenden Reifen der Sonne entgegen.

Corrales wartete leise vor sich hin pfeifend an der Hotelrezeption. Er schaukelte gelangweilt oder vielleicht auch ein bisschen traurig seine Real-Madrid-Tasche hin und her. Der Inspektor gesellte sich zu ihm, und dann gingen die beiden still zum Ausgang, wo bereits ein Taxi auf sie wartete.

Fast vier Stunden dauerte die Fahrt nach Calabella, auf der sie kaum ein Wort wechselten.

Der Inspektor war in eine Reflexion über den tieferen Zusammenhang von Kontingenz und freiem Willen vertieft, über das Suchen und zufällige Begegnungen, bis er, in einem Augenblick, der einer Erleuchtung sehr nahe kam, meinte, den Sinn seines eigentümlichen Schicksals als Kriminalmönch zu verstehen.

Corrales schlief mit all den Bildern und Erinnerungen an dieses Abenteuer im Kopf ein und träumte von seiner Kindheit in Carabanchel, in der er wiederum bisweilen davon geträumt hatte, eines Tages einmal ein FBI-Agent mit Spiegelbrille zu sein.

Kaum hatte der katalanische *President* von der Agentin 69 die Adresse erfahren, an die der Konfigurator geschickt worden war, da bat er auch schon seine Sekretärin, sie möge ihn bitte umgehend mit dem Königshaus verbinden.

Zweieinhalb Stunden später hatte die Königin die Güte und einen Augenblick Zeit, sich zu einem Telefonat mit ihm herabzulassen:

»Majestät, ich bin hocherfreut, Ihnen mitteilen zu dürfen, dass wir den Neuronenkonfigurator ausfindig gemacht haben, ganz so, wie Ihre Majestät es gewünscht hat«, sagte der katalanische *President* zu ihr wie ein braver Bub, der getan hatte, was ihm aufgetragen worden war.

»Was für einen Konfigurator?«, fragte die Königin, die in der Nacht zuvor in ihren Gemächern Besuch bekommen hatte und mit ihren Gedanken noch immer ganz woanders war. Womöglich schaute sie auch nur den Rauchschwaden der Zigarre nach, die sie gerade genüsslich in ihrem königlichen Sessel qualmte.

»Die Fremdsprachenmaschine ... die der Ministerpräsident der Zentralregierung benötigen würde ... Die Geschichte, die uns die Basken eingebrockt haben ...«

»Ah, die habt ihr schon? Siehst du, was man alles erreichen kann, wenn man nur will, du Dummerchen. Also los, dann hoppiflotti ab mit dem Ding ins *Hospital La Paz*, da warten die sicher schon darauf ...«

»Nun ja, Majestät, die Maschine befindet sich nicht direkt in unseren Händen ...«

»Ach nein, wo ist sie denn?«

»Interpol ...«

»Und was ist das nun schon wieder? Ist das auch so eine verflixte Maschine?«

»Da habe ich mich wohl missverständlich ausgedrückt: Das ist die Internationale Kriminalpolizei, die ihren Hauptsitz in Lyon hat ... Um alles Weitere müsste sich die Regierung in Madrid kümmern, da man uns ja verboten hat, ein eigenes Land zu sein. Wir haben weder eine Nationalmannschaft noch haben wir Interpol vor Ort«, fügte der katalanische *President* in einer Tonlage hinzu, die zu der Rolle eines Opfers passte.

Königin Loles versuchte, den sich ankündigenden ogilvyschen Jähzorn im Keim zu ersticken.

»Okay, und was hat das ganze mit mir zu tun …?«

»Nun ja … wenn Ihre Majestät die Liebenswürdigkeit besitzen würden, mit dem Innenminister zu reden, um ihn damit zu beauftragen, sich den Konfigurator bei einem gewissen Kommissar Frère-Jacques auszuleihen, da er, nach allen Informationen, für die wir im Übrigen ein wahres Vermögen bezahlt haben, dafür zuständig sein soll …«

»Und warum, mein Lieber, rufst du ihn nicht selbst an und besprichst das direkt mit ihm? Muss ich denn hier alles alleine machen?«

»Wie Ihre Majestät wissen, tun wir alles dafür, Ihre Wünsche zu erfüllen. Ihrer gestrigen Bitte haben wir schnellstmöglich entsprochen, da wäre es mir unangenehm, uns in eine Sache, für die, hmm, ja eigentlich allein die Basken verantwortlich sind, weiter verwickelt zu sehen. Zumal wir nur äußerst ungern in diesem Zusammenhang etwas mit der Zentralregierung oder mit Interpol zu tun bekommen würden …«

Die Königin schnaufte resignierend, bevor sie das Gespräch beendete und dem Kammerherrn das schnurlose Telefon reichte:

»Los, wähl mir bitte mal die Nummer vom Bananenbieger. In diesem Land voller Intriganten geht ja offenbar gar nichts ohne das Königshaus.«

Berto, der Innenminister und amtierende Ministerpräsident, saß gerade mit Pachorra del Cuajo zusammen, um ein paar unerfreuliche makroökonomische Statistiken zu beschönigen, als sein Handy mit königlichem Klingelton läutete:

*Mi jacaaa, galopa y corta el viento cuando pasa por el puerto, caminí-to de Jeré-eee …*

»Majestät, was für eine Ehre, Ihren Anruf entgegennehmen zu dürfen. Wir haben gerade wieder einmal darüber gesprochen, dass der Beitrag, den die Monarchie für unsere Demokratie leistet, kaum zu überschätzen ist ...«, schwindelte Berto in unnachahmlicher sozialistischer Manier.

»Du sollst mir nicht immer so in den Arsch kriechen, sondern gefälligst mal den Kommissar Frère-Jacques in seiner Interpolzentrale in Lyon anrufen. Der hat die Maschine, die den Katalanen geklaut worden ist.«

»Gott sei Dank«, sagte Berto und vergaß für einen Augenblick seinen vielfach erprobten Agnostizismus.

»Na, dann spute dich. Und dass ihr nicht noch einmal auf die Idee kommt, mir in eurer Legislaturperiode mit nationalen Ausnahmezuständen die Bude einzurennen: weder du noch dein Kumpel, der Ministerpräsident. Wegen euch und den Republikanern hatte ich dieses Jahr einen Sommer, den ich so schnell nicht wieder erleben will.«

Zehn Minuten später sprach Berto, der Innenminister und amtierende Ministerpräsident, mit Mademoiselle Frigidoire, der Sekretärin des Kommissars, und zwei Minuten später hatte er den Kommissar direkt an der Strippe, der sich gerade mit Doktor Albert Glatz über südostasiatische Quallen austauschte.

Die Unterhaltung führten sie selbstverständlich *en français*, was Berto nicht davon abhielt, sich auf seine unnachahmliche Art ein Drama zurechtzulegen: Der Ministerpräsident Spaniens sei von gemeingefährlichen Unaussprechlichen entführt worden, die ihm mithilfe eines Konfigurators eine unverständliche Sprache verpasst hätten, sodass er jetzt, so Berto, sich nichts sehnlicher wünsche, als seine geliebte spanische Sprache zurückzuerlangen. Erstens, um die Regierungsgeschäfte weiterführen zu können, zweitens aus sicherheitspolitischen Gründen für unser Land, drittens aber vor allem, um mit seinen beiden kleinen Töchtern sprechen zu können - zwei bezaubernden Mädchen im zarten Kindesalter, die seit zwei Tagen heulend durch die Krankenhausflure des *Hospital de La Paz* liefen.

Kommissar Frère-Jacques hatte entweder ein weiches Herz, oder ihm war ganz und gar nicht daran gelegen, dass die Öffentlichkeit davon erfuhr, dass ein europäischer Regierungschef an einen Konfigurator angeschlossen worden war (vielleicht lag es aber auch nur daran, dass eine Führungsperson bei Interpol tun und lassen kann, wozu sie Lust hat, weil sie keiner weiteren Institution untersteht) - jedenfalls willigte der Kommissar sofort ein, den Konfigurator nach Madrid zu schicken. Unter einer Bedingung, klar, dass die Maschine nur und ausschließlich dieses eine Mal benutzt werde, um den Ministerpräsidenten wieder in seinen ursprünglichen Zustand zurückzuversetzen, und sie danach unverzüglich und in tadellosem Zustand zurückgeschickt werde.

Der Innenminister und für kurze Zeit amtierende Regierungschef rief danach sofort im *Hospital La Paz* an, um Doktor Cafarell zu sprechen, der sich noch immer in Madrid aufhielt. Noch in dieser Nacht sollte die Rekonfiguration über die Bühne gehen: Er könne schon alle Vorbereitungen treffen, um Paquito, den Ministerpräsidenten Spaniens, an die Höllenmaschine anzuschließen, selbstverständlich ohne dass dieser etwas davon merke.

Doktor Cafarell wiederum, der zum Zeitpunkt des Anrufs gerade in der Krankenhauscafeteria gesessen und einen doppelten Whisky getrunken hatte, ging schnell zurück in das Zimmer des Ministerpräsidenten, um ihn schon einmal auf die kommenden Ereignisse vorzubreiten:

»Gute Nachrichten, Herr Ministerpräsident, ich habe mit

dem Chefarzt gesprochen, und es sieht ganz so aus, als könnten wir Sie nach einer letzten Mikroscanneruntersuchung der Stimmlippen wieder entlassen. Noch heute Nacht werden Sie vermutlich endlich wieder in Ihrem eigenen Bett schlafen können.«

»Was labert dieser Schwachkopf?«, fragte Ministerpräsident Paquito seine Dolmetscherin auf Baskisch, die Krankenschwester Itziar, die sich soeben ihre Fußnägel in fünf verschiedenen Farben lackiert hatte.

Der Morgen des sechsundzwanzigsten Juli war strahlend, ein Sommertag wie aus dem Bilderbuch. Die Touristen suchten sich nach und nach auf dem weitläufigen Strand in Calabella ein Plätzchen. Auf der Strandpromenade herrschte sommerliches Treiben. Viele Passanten hatten bunte Badelatschen an, hier und dort kam ein flottes Cabrio vorbei, das dem Straßenverkehr einen Farbtupfer verlieh wie ein feuerroter Klatschmohn.

Corrales war um Punkt neun mit dem Inspektor verabredet, um ihn zum Busbahnhof zu bringen. Zwei Minuten vor neun stand er bereits frisch rasiert und in der tadellos gebügelten Zolluniform der Guardia Civil an der Rezeption des Hotels Costa Brava. Die Frau an der Rezeption hörte Radio. Corrales lauschte den Kurznachrichten und den aktuellen O-Tönen, die an diesem Morgen von einigen Prominenten aufgenommen worden waren:

»Unser Ministerpräsident gab heute Morgen vor den Delegierten der UNO einen knappen Bericht zum Staatsbesuch in Lappland ab, um den er gebeten worden war:

›Der Besuch in Lappland war erfolgreich, sehr erfolgreich sogar. Wir sind davon überzeugt, dass wir mithilfe aller Spanierinnen und Spanier, die der Arbeit unserer Regierung ihr Vertrauen schenken, die internationale Krise schon bald hinter uns lassen werden, ebenso wie die nationalistischen Spannungen‹ ...« Der spanische Ministerpräsident Paquito sprach mit dem ihm eigenen palencianischen Akzent und verbreitete die üblichen Floskeln des linken Flügels der spanischen Sozialisten.

Um Punkt neun trat der Inspektor aus dem Aufzug. Er hatte nur ein einziges Gepäckstück dabei, einen großen Beutel aus paisleygemustertem Stoff.

»Einen schönen guten Morgen, Maestro«, begrüßte ihn Corrales bestens gelaunt. »Wie Sie sehen, bin ich pünktlich.«

»Aaaah, ja, Corrales viele frühe Morgenstunden ...«

»Boah, und dabei war meine Angetraute heut Nacht so fickrig ... Zuerst wollte die mir ja mal wieder kein Wort glauben und hätte mir fast eins übergebraten mit der Pfanne, weil ich vergessen hatte, sie anzurufen, aber zum Glück hatte ich ein sehr teures Parfüm aus Andorra für sie dabei, dreißig Euro hat mich der Spaß gekostet ... Na ja, wie auch immer, wir hätten jedenfalls noch Zeit, ein kleines Bierchen zu zischen, bevor der Bus fährt. Heute geht alles auf meine Rechnung, damit Sie mal merken, dass die Guardia Civil auch nicht gerade knauserig ist.«

Sie verließen das Hotel, gingen auf dem Bürgersteig die Strandpromenade entlang und bogen dann in die erste Querstraße links ein. Direkt an der Ecke des Busbahnhofs betraten sie die Bar *La Parrilla*, in der Corrales sehr gern früh morgens einen Aperitif *Sol y Sombra* trank und sich auch hin und wieder ein Bierchen genehmigte, sofern es der Dienst zuließ.

»Hallo Santi, ich bringe heut einen Kollegen von Interpol mit: Kannst du uns gefälligst mal bedienen, wie es sich gehört?«

»Menschenskind, Corrales, das darf ja nicht wahr sein, ich dachte schon, die hätten dich wegen Schmuggels hinter Gitter gesetzt«, der Wirt war wohl Hobbyanwalt, »gestern hast du dich ja den ganzen Tag nicht blicken lassen ...«

»Vorsicht, mein Lieber: Ein bisschen mehr Respekt vor der Guardia Civil, wir kommen gerade von einem Spezialeinsatz aus dem Ausland zurück ...«

»So, so ...«

»Scheiße, warum glaubt einem denn keiner ...?«, beschwerte sich Corrales. »Los, bedien mal den Inspektor.«

Der Inspektor bestellte sich ein »Bubbel reines Wasser, kein sehr kalt«, und Corrales, der mittlerweile versiert war im Übersetzen des Maestros, wiederholte entsprechend: »ein Mineralwasser ohne Kohlensäure, aber frisches Wasser, hörst du, und ein Bierchen.«

»Möchten Sie noch was essen, einen spanischen Obstball oder so?«, fügte er hinzu und schaute den Maestro fragend an. »Ich für meinen Teil würde nämlich noch ein paar *Boquerones* essen, die Fischlein werden hier frisch aus den Booten hergebracht, und die Schwester von Santi paniert sie dann so gut, dass mir jetzt schon das Wasser im Mund zusammenläuft.«

»Heute haben wir doch keine *Boquerones*, Corrales, du lebst wohl hinterm Mond«, sagte Santi, griff sich *La Vanguardia* von der Theke und hielt sie ihm unter die Nase. Hast du denn noch gar nicht gesehen, dass Calabella heute in allen Zeitungen steht?«

Corrales las die Überschrift des Artikels, auf den ihn Santi aufmerksam gemacht hatte, laut vor:

»Quallengift tötete vier Personen », stand da als Überschrift über den Spalten, unter der das Unterwasserfoto einer ziemlich gelangweilt wirkenden Qualle, die gewissermaßen aussah, als ob sie eine Zipfelmütze trug, abgedruckt war.

»Menschenskinder, mal sehen, ob die auch was über uns geschrieben haben«, und dann machte er sich schleunigst daran, den Artikel gründlich zu lesen:

»Der Interpolkommissar Frère-Jacques erklärte der Presse, dass ein bereits identifizierter Fischer auf einem chinesischen Markt mehrere Säcke eines Fischfutters gekauft hatte, das aus einer besonders giftigen Quallenart, die auch als ›Schlafmütze‹ bekannt ist, hergestellt worden sei. Ein solches Quallenpulver werde in der Regel aus völlig unschädlichen Arten gewonnen und in den Ländern Südostasiens als Köder benutzt, um Sardellenschwärme anzulocken. Doktor Albert Glatz von Interpol teilte mit, die Substanz sei von der Strömung vermutlich bis zu der Badestelle der vier Touristen getrieben worden. Offenbar seien die vier Touristen dann mit der Substanz in Berührung gekommen - entweder oral oder über die Haut. Das Gift der Schlafmützen löse starke Muskelkontraktionen aus, die das rätselhafte Lachen der Leichen, das alle in Erstaunen versetzt hatte, erklären. Vermutlich habe die Substanz in starker Dosis auf den Lachmuskel gewirkt. Das Gesundheitsministerium der autonomen Regierung Kataloniens nahm bereits Bezug auf den Bericht von Interpol und versicherte, dass an der Costa Brava das Baden absolut unbedenklich sei. Vorsichtshalber werde aber davon abgeraten, in den nächsten zwei, drei Tagen frische *Boquerones* zu essen.«

»Die spinnen wohl! Wieso steht denn hier kein Wort über uns drin, Maestro ...? Aber merken Sie was ...? Ich hab's doch gewusst. Die Quallen waren an allem schuld. Hab ich's nicht gesagt?«

»Aaaah, ja, Corrales großer Buddha«, sagte der Inspektor und kniff seine kaum sichtbaren Äuglein zu einem verschmitzten Zenlächeln noch mehr zusammen.

»Ich habe das sofort gespürt, als ich den Deutschen auf der Yacht gesehen habe ... Was aber hat dann diese komische Maschine damit zu tun, die hinten im Transporter der Basken stand? Das will mir so gar nicht in den Kopf ...«

»Pssst: viele Geheimnis«, sagte der Meister und hielt sich den Zeigefinger vor die Lippen, »niemand erzählen von sehr mysteriose Maschine ...«

»Das ist ja echt der Hammer: Die von Interpol sind so geil drauf, klasse, das find ich gut, Staatsgeheimnisse und all das ... Aber von unserer Schlägerei darf ich doch erzählen, oder? Wissen Sie noch, wie wir uns die beiden Schränke vorgenommen haben ...? Boah ... Wie wir die zur Schnecke gemacht haben ... Oder wie wir den Engländer und die Holländerin, die mit dem Blumenstrauß, verhört haben ...? Das war Psychologie in Reinkultur ...«

Corrales unterbrach seine fabelhaften Erinnerungen nur, weil sie sahen, dass der Bus nach Can Fanga in den Bahnhof hineingefahren kam. In Barcelona musste der Inspektor den Flieger nach Lyon nehmen.

Corrales kümmerte sich darum, dass Sakamuras Gepäck ordentlich im Bus verstaut wurde, und verabschiedete sich an der Bustür vom Inspektor.

»Also, Maestro, Sie wissen ja jetzt, wo Sie mich finden. Hoffentlich kommen Sie öfter mal vorbei, um den einen oder anderen Fall aufzuklären. Oder kommen Sie einfach mal auf ein Schälchen Reis vorbei, das mochten Sie doch so gern ...«

»Aaaah, ja: *amigos para siempre, naino, naino, naiono, na ...*«, trällerte der Inspektor. Dann verbeugte er sich tief, stieg in den Bus und suchte sich einen Fensterplatz.

Corrales, dem in solchen Augenblicken immer ein bisschen schwer ums Herz wurde, hatte zum Abschied noch einmal die Hand gehoben und gewunken. Er war bereits wieder auf dem Weg zurück in die Bar *La Parrilla*, um vor Dienstantritt beim Zoll noch das eine oder andere kleine Bierchen zu zischen, als er plötzlich die Stimme des Inspektors hörte, der aus der Bustür herausschaute und rief:

»Eine kleine Frage: Sieh sich das mal einer an. Fötzchen gesehen?«

Corrales schaute in die Richtung, in die Sakamura zeigte und sah ein betörendes dunkelhaariges Mädchen im Bikini, das quer über den Platz zum Strand lief.

»Aaaah, ja: viele spanische Prachtexemplar und Schätzchen und Mu Qi ...« Er hörte den Inspektor noch rufen, als sich bereits die hydraulischen Türen schlossen. Der Fahrer ließ den Motor an, und der Bus fuhr los.

## Epilog

Wenige Monate später erhielten die Eheleute der Verstorbenen den *Creu de Sant Borni*, eine Auszeichnung, die von der autonomen Regierung Kataloniens an all diejenigen verliehen wurde, die für den Tourismus ihr Leben gelassen hatten. Der Genfer, den sie in seinem Käfer tot aufgefunden hatten, schien keine Ehefrau zu haben, daher nahm ein Freund von ihm aus Barcelona die Ehrung entgegen, ein Herr mit einem Schnurrbart, der zu den Feierlichkeiten in einer ledernen Montur erschienen war und dessen unglaublich behaarte Brust über und über mit Ketten behängt war.

Die weiteren sechs Teilnehmer am Experiment, deren neuronale Netze ins Katalanische konfiguriert worden waren, zeigten keine weiteren besorgniserregenden Symptome. Der Argentinier, der Nordafrikaner, die Peruanerin, die Italienerin und der Franzose hatten sich höchstens ein paar neue Eigenheiten angewöhnt: Beispielsweise bewahrten sie auf einmal die Plastiktüten aus dem Supermarkt auf oder stapften durch die Wälder und suchten nach *Rovellons*, *Llanegues*, *Peus de Rata* und anderen mykologischen Köstlichkeiten. Obwohl sie alle nun ausgezeichnet katalanisch sprachen, erwarb niemand von ihnen das anspruchsvolle *Certificat C de Català*, sodass sich ihre Aussichten auf dem Arbeitsmarkt nicht unmittelbar verbesserten. Der Marokkaner und die Peruanerin gingen zunächst weiter ihrer wenig einträglichen, unsicheren Arbeit nach. Als die Krise vorbei war, wurde eine neue Welle illegaler Immigranten ins Land gespült, die dann diese Arbeiten übernahmen. Der Argentinier profitierte von seiner Dreisprachigkeit (Spanisch, Lunfardo und Katalanisch). Er schlug sich nun deutlich besser durchs Leben, da er nie mehr das Misstrauen

erregte, das Argentiniern in der Regel entgegengebracht wird, sobald von Geschäften die Rede ist. Der Franzose stammte von jeher aus einer wohlhabenden Familie. Er lebte weiter als freier Künstler. Allerdings änderte er seinen Stil: Er malte von nun an wabbelige Drahtseilbahnen und andere surrealistische Geniestreiche. Der Italiener nahm in Guadalix nördlich von Madrid mit großem Erfolg an Big Brother 23 teil und wurde landesweit berühmt, weil er der Erste war, dem live im Fernsehen eine beträchtliche Portion Fett abgesaugt wurde.
Den Brasilianer Ricardinho dagegen brachte sein Berater auf die Idee, sich erneut an einen Konfigurator anschließen zu lassen, um *Carabanchelí* zu lernen (kurz *Cheli*), was ihm in der darauffolgenden Saison zu einem Vertrag bei Real Madrid verhalf, wodurch er noch einmal weitere zehn Prozent mehr absahnte als bei *Can Fanga*.
Satrústegui, der alte Fettsa..., der *Lehendakari*, machte einen genialen Vorschlag, um die Unabhängigkeit des *Euskal Herria* schrittweise und behutsam vorzubereiten: Die Baskinnen und Basken wollte er in einem Volksentscheid darüber abstimmen lassen, ob sie an den Werktagen von Montag bis Freitag zum spanischen Staat gehören, dafür aber an den Wochenenden, Feiertagen und in den Ferien unabhängig sein wollten. Aus unerfindlichen Gründen stieß die Initiative auf kein Verständnis bei den zuständigen Institutionen des Invasorenstaates. Stattdessen wurden ihm alle nur erdenklichen dämlichen verfassungsmäßigen Hindernisse in den Weg gelegt.
Auch der Präsident Aragoniens, Nicolás, machte mit einem innovativen Vorschlag von sich reden: Er wollte die steppenartige Landschaft der Monegros in eine Raketenabschussbasis der Europäischen Weltraumorganisation ESA verwandeln. Zu dem Projekt gehörte die Idee, ein Museum für die

unbekannten Werke Goyas aus dessen bisher wenig erschlossener galaktischer Phase zu eröffnen. Abgerundet werden sollte das ganze Projekt mit dem Verkauf themenbezogener Souvenirs: Astronautenhelmen, um die das Kopftuch der aragonesischen Männertracht geknotet war, oder Raumstationen in der Form der Basilika del Pilar. Auch ihm blieb die Unterstützung vonseiten der Zentralregierung verwehrt, die er sicherlich verdient gehabt hätte.

Der *President* der autonomen Regierung Kataloniens wurde zwölfmal wiedergewählt. Er erreichte eine der längsten politischen Laufbahnen überhaupt. In seiner langen Amtszeit stand er dicht davor, ein altes Ziel zu verwirklichen: die Steuergelder der Katalanen für Katalonien! Sein Vorschlag für ein neues Steuergesetz war bereits im Gesetzgebungsverfahren in Madrid, als der Bürgermeister von Baqueira Beret und eine einflussreiche Gruppe von Potentaten aus Veilha bei der autonomen Regierung Kataloniens vorstellig wurden, um die Steuereinnahmen aus dem Arántal für die entsprechende Provinz einzubehalten. Eine Woche später forderten mehrere Küstengemeinden in Ober- und Unterampurien für sich dieselben Rechte, bis sich schließlich das Fieber der steuerlichen Selbstbestimmung bis in die Hauptstadt Kataloniens ausgebreitet hatte, wo sich das wohlhabende Viertel Pedralbes, in dem auch der König wohnte, schon der bloßen Vorstellung verweigerte, seine Gelder könnten anderen Stadtbezirken zugutekommen – die verwahrlost und mit dunkelhäutigen Immigranten überfüllt seien. An diesem Punkt angelangt, räusperte sich der *President* der autonomen Regierung Kataloniens mehrfach, dann reiste er nach Madrid, um mit der ihm angeborenen Eleganz das Projekt der fiskalischen Unabhängigkeit zurückzuziehen.

Der Minister Pachorra del Cuajo überlebte den kontinuierlichen wirtschaftlichen Abschwung politisch nicht, bekam aber von einem multinationalen Handykonzern einen Vertrag über achtzehn Millionen Euro jährlich angeboten, um genau das Gegenteil von dem zu tun, was er als Wirtschaftsminister getan hatte: Er war dafür zuständig, die Bilanzen so zu manipulieren, dass bei dem multinationalen Konzern am Ende eine katastrophal defizitäre Gewinn-und-Verlust-Rechnung herauskam.

Zwei Jahre bevor die Emanzipationsministerin sich der ersten ihrer zahlreichen Geschlechtsumwandlungen unterzog, reiste sie offiziell nach Südamerika, um sich von der Situation der Mapuche-Frauen ein Bild zu machen. Dort lernte sie Bono von U2 kennen, der als Schamane eine tadellose Figur abgab und mit dem sie sich so gut verstand, dass sie schwanger von der Reise zurückkehrte. Sie brachte Zwillinge zur Welt, denen sie erst eine beispielhafte Mutter war, und als die beiden abgestillt waren und sie die erwähnten medizinischen Eingriffe vorgenommen hatte, ein beispielhafter Vater.

Berto, der Innenminister, konnte den Stress als amtierender Ministerpräsident Spaniens nie ganz verwinden. Vielleicht war das auch der Grund, weshalb er nach der Legislaturperiode der Politik umgehend den Rücken zuwandte und zu seinem vorherigen Job als Komiker in das beliebte Programm von Andrés Bonafont zurückkehrte.

Der spanische Ministerpräsident, Paquito, blieb wie sein katalanischer Amtskollege ebenfalls noch für mehrere Legislaturperioden im Amt. Er erlebte sogar als einziges Regierungsmitglied das Ende der Wirtschaftskrise mit. In den vielen Jahren brachte er die ihm eigene Art des nicht schwer zu durchschauenden, aber liebenswerten Schwindelns zur Meisterschaft. Seine bedächtige und beruhigende Art kam bei den Künstlern, Intellektuellen und fortschrittlichen Wählern allgemein gut an – solange die entsprechenden Leute keinen Schnurrbart trugen oder autoritär auftraten, ließen sie sich ja durchaus gern mal um den Finger wickeln. Im Anschluss an seine letzte Amtszeit wurde er Generalsekretär der NATO. Daraufhin hat nie wieder jemand etwas von ihm gehört.

Fernández Plancha wurde im wahrsten Sinne des Wortes von der Führungsriege seiner Partei zum Fenster hinausgeschmissen, als die PEPE im Oktober erneut scheiterte und zum neunten Mal hintereinander die Wahlen verlor. Glücklicherweise stand der dunkle Thron im schwarzen Lande Mordor, wo die Schatten drohen, in einem nicht allzu hoch gelegenen zweiten Stockwerk, sodass er mit ein paar Schrammen und leichten Verstauchungen davongekommen ist. Sehr viel mehr Glück dagegen war seinem Amtskollegen in Katalonien beschieden, dem verabscheuungswürdigen Gollum: Zum Abschluss des Filmfestivals in Sitges hielt ihn eine weltberühmte Schauspielerin für einen Schauspieler, der sich als Monster verkleidet hatte, und küsste ihn auf die Stirn. Dieser mehr als unerwartete Kuss machte einen neuen Menschen aus ihm. Seine Haut war nicht länger grünlich und fetttriefend, und auch sein Atem war nicht wiederzuerkennen. Die Veränderungen gingen natürlich tiefer. Bald schon fand er eine Freundin. Er verließ den giftigen Sumpf der katalanischen Politik, um von Haus zu Haus und mit großem Erfolg ein renommiertes mehrbändiges Lexikon zu verkaufen.

Der bekannte Radiojournalist José Domingo de la Cascada biss sich eines Tages versehentlich die Zunge ab und musste daraufhin ins Krankenhaus gebracht werden. Nach diesem Eingriff war er nie wieder der Alte.

Die Krankenschwester Itziar wurde für ihre Tätigkeit als Dolmetscherin des spanischen Ministerpräsidenten wie alle Übersetzer erbärmlich schlecht bezahlt. Damit jedoch alles, was sie in jenem Krankenzimmer im *Hospital La Paz* je gesehen und gehört hatte, unter einem Mantel der Verschwiegenheit verschwand, wurde ihr aus dem katalanischen Haushalt ein üppiges Bestechungsgeld abgezweigt. Von dem Geld konnte sie sich eine nicht eben kleine Yacht leisten und für den Rest ihrer vielen und glücklichen Tage leben.
Kommissar Frère-Jacques wurde wegen seiner Verdienste um die Entsorgung der Konfiguratoren zum Hauptkommissar befördert. Die Konfiguratoren spielten allerdings bald schon keine Rolle mehr. Die islamistischen Fundamentalisten hatten stattdessen ein Neuronenspray erfunden, das dieselbe Wirkung erzielte und mit dem sich darüber hinaus ganze Teile der Bevölkerung problemlos ausräuchern ließen. Der Kommissar hatte zu jenem Zeitpunkt bereits sein neues Dienstzimmer im obersten Stockwerk der Zentrale in der *rue des Policiens* bezogen, und niemand kam je auf die Idee, ihm diese Beförderung wieder abspenstig zu machen.
Die Schicksale der sechs Unaussprechlichen nahmen einen unterschiedlichen Verlauf.
Die Burschen Nummer 2 und 3 eröffneten in Tan Tarantán eine Tapasbar. In ihrer Heimatstadt hatten sie allerdings keinen besonderen Grund mehr, auf ihre unnachahmliche Art zusammenzuhalten. Daher rangen sie sich dazu durch, die Tapasbar in Tan Tarantán aufzugeben, um eine Kneipe in einer anderen baskischen Stadt aufzumachen. Von diesem Tag an stellte sich das Zusammengehörigkeitsgefühl sogleich wieder ein, und so lebten sie bis zum heutigen Tage glücklich und solidarisch zusammen wie zuvor.

Nr. 5 ging in die Politik und erreichte einen hohen Posten in der Partei der Baskischen Grünen Täler. Nr. 6, der Mann mit dem scharfen Verstand, landete zu guter Letzt bei Interpol, wo er dank seiner Erfahrung mit Antisystemteilchen äußerst erfolgreich für Hauptkommissar Frère-Jacques arbeitete.

Nr. 1 und Nr. 4 wurden ein Paar. Ihre Beziehung konnte jeweils für ein halbes Jahr verlängert werden. Das taten sie mehrfach. Eines Tages brachte die Vermummte Nr. 1 ein Kind zur Welt. Dadurch wurde ihnen das Refugium der terroristischen Zelle zu klein. Um von der Bank einen Kredit für eine großzügigere Wohnung in Barakaldo zu erhalten, verlängerten sie ihre Beziehung nun jeweils um ein Jahr. Um wiederum die Wohnung besser ausstatten und die Kinderbetreuung bezahlen zu können, ließen sie sich wenig später auf eine jeweilige Laufzeit von zwei Jahren ein. Schließlich einigten sie sich eines schönen Tages darauf, den ewigen Bund fürs Leben zu schließen. Zur Hochzeitsfeier spielte ein Ska-Gitarrist in einer öffentlichen Toilette ganz groß auf.

Königin Eusebia I. war die republikanischen Karikaturen irgendwann leid. Sie dankte ab und zog mit allem, was vom denkmalgeschützten Volksvermögen nicht niet- und nagelfest war, zurück in ihre Geburtsstadt Jerez de la Frontera. Das alte Spanien, das es ja eigentlich nie wirklich gegeben hatte, bekam daraufhin eine rosafarbene republikanische Fahne mit Pünktchen und das Wappen mit den Lämmern und Baobabs auf dem legendären Gelb der ehemaligen spanischen Fahne sowie seinen derzeitigen Namen in der UNO als Provisorische Union der Iberischen Staaten.

Was den Maestro Sakamura, Corrales und die Agentin 69 angeht, so kreuzten sich ihre Wege im Laufe der Jahre gleich

mehrfach. Ein erstes Mal schon kurz nachdem sie sich gerade erst voneinander verabschiedet hatten.
Die Einzelheiten eines so hinreißenden Wiedersehens und die darauffolgenden Abenteuer verdienen es jedoch zweifellos, in einem eigenen Band festgehalten zu werden.

# Sobo Swobodnik

**»Ausgestattet mit einem lakonischen Wortwitz und einer begnadeten Beobachtungsgabe, steht Swobodnik der Welt und ihren Abgründen fröhlich gegenüber.«** ***Süddeutsche Zeitung***

978-3-453-40888-3

978-3-453-40712-1

978-3-453-40711-4

**KUHDOO ausgezeichnet mit der MIMI 2011, dem Krimi-Publikumspreis des deutschen Buchhandels**

Leseproben unter: **www.heyne.de**

**HEYNE <**